瞳文社
TONGWENSHE

若我不曾忘记你

记忘不曾

你

梧桐私语 著

IF I HAD NEVER FORGOTTEN YOU

天津出版传媒集团

天津人民出版社

图书在版编目（ＣＩＰ）数据

若我不曾忘记你 / 梧桐私语著. —— 天津：
天津人民出版社, 2014.12（2020.3重印）
ISBN 978-7-201-08987-4-01

Ⅰ.①若… Ⅱ.①梧… Ⅲ.①长篇小说－中国－当代
Ⅳ.①I247.5

中国版本图书馆CIP数据核字(2014)第264821号

若我不曾忘记你

RUO WO BUCENG WANGJI NI

梧桐私语 著

出　　版　天津人民出版社
出 版 人　刘　庆
地　　址　天津市和平区西康路35号康岳大厦
邮政编码　300051
邮购电话　（022）23332469
网　　址　http：//www.tjrmcbs.com
电子信箱　reader@tjrmcbs.com

责任编辑　玮丽斯
装帧设计　詹妮视觉

制版印刷　三河市华东印刷有限公司印刷
经　　销　新华书店
开　　本　660毫米×960毫米　1/16
印　　张　18
字　　数　253千字
版权印次　2014年12月第1版　2020年3月第2次印刷
定　　价　46.80元

CONTENTS 目录

目录 CONTENTS

序

写给亲爱的你

当你翻开这一页看到这段文字的时候——恭喜你，买下这本书是你做的再正确不过的决定啦！

小梧桐提议让我给她作序的时候，我的第一反应是——

天啊，这是必须的！

惊喜过后，第二反应浮上来——

请问，序应该怎样写？

小梧桐叫我自己琢磨。

好吧，那我就来"扯一扯"吧。

一直觉得小梧桐是个非常认真严谨的人。

为了写好一篇新文，她会构思很久，让那些人物在脑中翻转到终于成形，才会谨慎地下笔。

为了写好饱满的情节，她会翻看很多书，甚至去图书馆查找资料，竭尽全力让勾勒的故事能够尽善尽美。

写到这里，脑中仿佛可以看见小梧桐一边双眉紧锁地翻着书，一边推推眼镜咬笔头的样子。

——反正，我想象中就是这样，哈哈。

但小梧桐又是一个很"二"的家伙。

她会在微博上发一些一再展示她让人着急的智商的文章却居然不自知；她会在聊天的时候发许多"啦啦啦"，看得你在这一头好气又好笑；她还会突然咋咋呼呼地说"老辰，老辰，我今天……"

——看，都把我叫老了！

也许就是因为她的"犯二"，小梧桐的文才会总是透出一股由衷的温馨来，比如这本书。

叶晴欢悦而敏感纤细，她需要一个人给她稳稳地守护。韩震坚韧而深情，所以，他能够带给叶晴她需要的爱与温暖。

曾看到一个读者在梧桐这篇文的下面评论说："韩震是个体贴的男人，他了解叶晴的家世，了解叶晴些许的经历，了解叶晴的性格。正是因为这些了解，他任由她像小刺猬一样保护着自己，而他处心积虑、步步为营地一点一点向叶晴接近，让叶晴慢慢适应他的存在，习惯他的陪伴，以及接受他的保护。确切地说，愿意他爱她，同时她也去爱他。"

这样的韩震与叶晴，叫人如何能够不喜欢？

我喜欢这篇文，喜欢那朴实的文字，却带着满满的感动与温馨，读的时候好几次都忍不住笑出来。读完，让我觉得唇齿留香，只想到这样一句话：最初的等待，最终的守候。

这本书里，讲述的就是这样一个窝心且幸福的故事。

与这篇文一样，小梧桐也总是让人感到窝心。

其实与梧桐认识的时间并不久，却是一见如故、相见恨晚。

用小梧桐自己的话说："有的人认识没多久，可就是感觉亲切，有的人却是越走越远。咱俩就是前者。"

所以，在脱下最初的那层"温柔友善"的外衣后，我们发现彼此越来越投缘。

我总是嘲笑她是个"二货"。

　　她总喜欢在微博上"黑"我。

　　好吧，其实半斤八两没什么差别。

　　但我喜欢这样的小梧桐，喜欢这样的我俩。

　　好了，啰啰唆唆说了这么多话，想必正在准备看书的你早已
不耐烦了吧？

　　准备好了吗？

　　来，深呼吸一口气，然后翻开下一页，赶快进入小梧桐为你
勾勒的温暖世界吧！

奈良辰

2014年3月25日

第一章

人总是花费大量精力与时间想方设法让自己99%的生活运行在既定轨道上；只可惜真实发生在生活里的99%，大多都是在意料之外。

相遇在白色夜晚·

【01】

叶晴读初中那年，在一本书上看到这样一句话：人总是花费大量精力与时间想方设法让自己99%的生活运行在既定轨道上，只可惜真实发生在生活里的99%，大多都是在意料之外。

说这话的是个二十几岁的疯狂艺术家，所以这话也被当时的叶晴当成疯话，听听就过了。

可随着年纪的增长，经历了父母感情从和睦到破裂离异，再到今天突然接到家里邻居的电话，通知她母亲被送进当地的医院，这句话就像魔咒一样，一点点印证着叶晴的生活如何从平稳走向一个个意料之外当中。

当然，那99%的意料之外里也包括此刻这场突如其来的车祸。

当一长串的轮胎擦地声闷闷地冲击进叶晴耳朵时，她才意识到刚刚的光亮是车灯，而自己被撞了，然后她的脑子是短暂的空白。

夜晚7点，滨岛市主城区，雪下了一天，这会儿还在继续，马路被过往车辆轧出雪痕，在路灯下像镜子一样晃眼。

路上行人不多，没有车祸过后料想中的尖叫、议论声。叶晴安静地躺在路上，任凭雪花落在脸上，一点点唤回了知觉。

好冷。

她试图爬起来，也就是同时，"肇事车"的车门"咔"一声开了，一个人从上面跳下来，是个穿着花衣服的人，角度问题，叶晴看不清那人的长相。

马鸣怕冷，才下车就被车外的低温冻得打了个哆嗦。耸耸肩膀，他又往羽绒服领子里缩了缩脖子。他是被派下来看被撞人伤情的，可几乎连腰都没弯，他就看到那双黑白分明的眼睛正朝他看来。嘴巴一咧，他回头朝车里喊："还活着呢……"

"还活着呢"，很轻松的口气，听着有点像北京饭庄里店小二每天喊的"三号桌爆肚一份"那样稀松平常。此刻的车头标在冬夜的微弱路灯下泛着冰冷的光，让叶晴的心骤然一寒。

还真挺倒霉的，她苦笑着从地上慢慢爬起来。

马鸣回头和车里几个人正商量着，冷不防身后有声音，他回头，看到已经从地上站起来的叶晴。如果不是她站姿不稳，两手的摆放姿势也奇怪，再加上她身上那件被地面弄脏的白色羽绒服，马鸣可能认不出就是刚才被撞的那个女生了。

他的表情叶晴怎么会看不懂？她嗤笑一声，不再理会马鸣，而是弯腰去捡地上的围巾。

围巾被雪浸湿了，戴不了，无奈之下，她几下对折好围巾收进包里，露着空荡荡的脖子抬脚离开。

这过程里，她没看马鸣或者车上几人一眼。

这事儿还真奇了！

搞不清叶晴葫芦里卖什么药的马鸣不甘心被动，他小跑几步赶上叶晴，伸手拦住了她："等等！"

"你不要去医院？不要钱吗？"马鸣的声音类似于电视台主播的那种男中音，只是说的话不招叶晴待见。

绕了几次都没绕开，叶晴恼了："是不是手里有点钱的人都有'被讹癖'，遇到事情不花点钱摆平就显不出你那点身份来？还是我非发发善心收了你的钱你才满意？"

马鸣眼睛瞪得圆圆的，这女人哪来这么大火气？

"你……你……"

他没"你"出个所以然，车门就再次打开了，这次从驾驶位上下来的是个戴副无框眼镜的男人，样子很斯文。才下车他就朝叶晴露出笑脸："我想这位小姐误会了，我们没有恶意，只是撞了人总要确定你是否没事，真不需要去医院看下吗？"

男人语速不快，话说得也合情合理，叶晴放缓语气说："不用麻烦了，我赶时间。"

回家的末班高速客车8点发车，她再不快些就赶不上了。这么想着，叶晴低头要走，可她没想到那个斯文长相的男人拦住了她："那用不用……"

"不用！"叶晴果断回答的同时也给了对方一个"再拦我就不客气了"的眼神。可即便是这样，唐安柏还是不怕死地拦下了她。唐安柏推推鼻梁上的眼镜，和马鸣示意后从对手里接了张名片递给叶晴："上面有我的联系方式，有事尽管打上面的电话。"

握着手里硬塞来的烫金名片，叶晴真是哭笑不得：碰瓷讹人的不少，真没见过抢着要负责的。

狐疑地看了眼前的两个男人一眼，叶晴坚定地转身。她脚步匆匆，身影很快就融入茫茫雪地，看不见了。

马鸣跟在唐安柏后面上车，才坐好，他忽然一拍脑门："坏了，我把老大的名片给那女人了。"

正踩油门的唐安柏微微一笑，就是因为知道马鸣才跟老大要了名片才让他给的，他这个家伙身上什么时候揣过名片啊。

车上加上开车的唐安柏一共坐了4个人，陆凡坐在后排，他刚刚也跟着下了车。此刻的他透过后视镜看到唐安柏那表情，也会心一笑。

比起刚刚，车窗上的雨刮器摆动得更频繁了，正前方的玻璃不断有白色雪花落下，再被雨刮器扫走。路况越发糟糕，雪似乎更大了。

韩震坐在车后排靠左位置，从刚刚车祸开始，他是自始至终唯一没从车上下去的人。他望着窗外出神，这时突然有人推他的手，是坐在他旁边的陆凡。陆凡手指着窗外，要他看过去。

韩震看了一眼，说了今晚在车上的第二句话："停车。"第一句是车祸时的那句——"停"。

　　叶晴比他们走得要早，可因为路难走的关系，这么久她也只走出50多米远。站在路旁，她试图拦辆出租车。她挥舞着手招呼，急切的样子像随时可能冲向马路中央截车似的。雪天，路上倒是有出租车，只是都是满客，没有一辆为她停下。

　　车外，叶晴第三次抬手看时间；车内，韩震说出了今晚的第三句话："下车。"

　　才系好安全带的马鸣回头不明所以地问："大哥，你要谁下车？"

　　"当然是你了。"唐安柏笑眯眯地拍了一下马鸣的后脑勺，"下去把人叫上来。"

　　"又是我……"马鸣想抗议，可他也知道在他们这四个人里，自己的抗议多半无效，于是他心不甘情不愿地打开了车门，下车。

　　说起来，叶晴是被硬拽进车的，被塞进车的前一秒，她还在拼命想挣开男人的控制："都说我没事了！你们还有完没完！"

　　可就算她再反抗，也架不住男女体力的悬殊，直接被马鸣毫不客气地推上了车。她生气、委屈、焦急，总之心情不平静。可她不知道，此时此刻在车上，还有一个人，他的心情同样也相当不平静。

　　已经记不清上次见面具体是几年前了，总之韩震知道，他终于又见到了她，他的草帽女孩儿——叶晴。

　　韩震尽量让自己的语气听上去沉稳些，不疾不徐地问："去哪儿？"

　　叶晴正思考如何脱身，听到韩震的声音，她回头看着他。这是个让人一见难忘的男人，高颧骨，鼻梁很挺，从面相看，是个正直刚毅的人。最让人难忘的是他的眼睛，漆黑得像夜，似乎有魔力。在某个短暂的瞬间，叶晴的神思被摄去，失去了思维能力。这是种震慑力，让人只要与之对上眼就不敢有小算计的震慑感。

　　叶晴失语。

　　陆凡坐在韩震旁边，看着不停敲着车门想上车的那人，询问似的看向韩震。没想到，韩震直接给了"开车"的命令。

发动机轰鸣，唐安柏降下车窗，朝窗外喊："老四，自己打车回家，路上小心！"

车是进口车，大马力的发动机吞没了马鸣的咒骂声，只留下一个在雪地里张牙舞爪的穿花棉袄的身影。

这一幕让叶晴笑了，虽然有点不厚道。

笑过后，她突然想起什么，抓住唐安柏的胳膊猛摇："停车，快停车！"

像遭遇烫伤一样，唐安柏一面拼命甩着胳膊，一面控制方向盘，竟没了平时的沉稳。

"别动手，别动手啊……"他求救地看向车后座。

韩震的语速比起刚才似乎快了些，不过依旧惜字如金："去哪儿，送你。"

叶晴看着窗外，这个时间，真的很难打到车，也许这人的提议真是她唯一的办法。况且对他们来说，这点事不是麻烦事——应该不是……吧。

"长途汽车站。"打定主意，她开口。

"这么晚，确定去长途汽车站？"

"嗯。"对话进行到这里，戛然收了尾。

【02】

沉默似乎没让路程变得漫长。没一会儿，车停在一栋白色建筑前，建筑楼顶写着几个字——滨岛市长途汽车站。

汽车站正门是个拱形设计，门下的人流稀疏得如同路旁站立的几盏路灯，场面很冷清荒凉。似乎在这种天气里，人们宁愿待在家里而不是出行。

叶晴打开车门，又迅速回头："我叫叶晴。还有，谢谢。"

说话时，脖颈多了丝暖意，叶晴诧异地低头去看，是条羊绒围巾，暗黑格子的男款，属于他的。

她想拒绝这额外的美意，可最终还是被唐安柏硬推下了车。

车上的韩震看着叶晴终于进了汽车站大门，想起什么，拍拍陆凡的肩："从后备厢里拿些吃的给她。"

陆凡点头，下车。

陆凡是个长得相当好看的人，这点在他出现在光线充足的候车大厅里时，叶晴就更加确认了。他的出现引起了一阵不小的轰动，大厅里人不多，女性更少，仅有的几个，都或偷瞟或明目张胆地看着陆凡。

视野里多出一双蓝色运动鞋时，叶晴一抬头看到穿身运动装的陆凡正朝她微笑。和开车那人的那种笑不同，眼前这个人的笑干净得没有杂质，这让向来谨慎的叶晴想对他心存戒备都不能。

"有事？"她问。

陆凡没说话，只把手里的东西递到叶晴手里，然后拉起她的手，在手心写了几个字：路上吃。

他是……哑巴。

直到略带杂音的广播里开始播报登车通知，叶晴终于收起心神，她想到这次回家的目的，邻居阿姨说妈妈因为老年痴呆症被送进了医院，可妈妈才多大，怎么就得了这病呢？

这是滨岛市几年来少有的大雪，雪花像老天爷弹乱了的棉絮，大片大片飞向地面，层层叠加，最后再被过往车辆轧实。

夜晚，叶晴坐在大巴车里，看了一路镜子般闪亮的马路风景。

这种路况发生交通意外并不奇怪，只是叶晴没想到她会那么倒霉，连着遇到两场。第二场的地点离她家很近，当时车已经开进了虞商市区，大巴车打滑失控，撞向了路旁的电线杆。

叶晴揉着胳膊下车时，车头冒着黑烟，再加上孩子的哭闹声、大人的谩骂声，算不上严重的车祸被人为地渲染出几分惨烈。

　　她没留在原地等救护车，她伤得不重，况且她急着回家。

　　雪渐渐停了，路却没好走多少。跌跌撞撞地又走了一个小时，叶晴进了鑫环小区大门，站在一栋楼前。6楼东首那户人家的灯还亮着，叶晴看着那灯光，心跳不受控制地开始加快。

　　那是她家。

　　她抱着侥幸心理先回家看看，没想到，"妈妈"竟然真的在！

　　可兴奋的情绪并没持续多久，等家门打开，她看清门里的人时，刚刚还堆满胸腔的美好愿景就像化成泡沫的小美人鱼，消失得再也不见了。

　　"小晴，你怎么回来了？"猛一看到回家的女儿，叶知秋一脸尴尬，挤了半天才挤出个笑脸，他说了这么一句不合时宜的话。

　　叶晴摘了围巾、手套，换鞋进屋，然后坐在沙发上冷脸反问："这是你家？我回家需要你批准？"

　　叶知秋尴尬地搓着手，不知该怎么回答。倒是和他一起来的秦梦瑶开了腔，她是叶知秋离婚后再娶的老婆："你爸没别的意思，只是天这么晚了，你爸是担心你一个女孩子出门不安全。"

　　秦梦瑶是个有点小聪明的女人，也很会打扮。只是眼前这个手里拿着叶晴家东西的女人丝毫引起不了叶晴的好感。

　　她起身从秦梦瑶手里拿回那条她买给妈妈的丝巾，像是要抹去秦梦瑶摸过的痕迹一样，拿手反复蹭了几次，然后抬头看着叶知秋："这次是来找什么的，找到了吗？"

　　"什，什么东西？我没在找啊！"叶知秋一紧张说话就结巴，这个毛病还是妈妈告诉叶晴的。

　　她看了眼正伸手拉秦梦瑶的父亲，鄙夷一笑。她看向秦梦瑶，等着对方的回答。

　　秦梦瑶脸上的尴尬转瞬即逝，她笑了一下："这不是听说你妈进医院了吗？她身边也没人照顾，我就和你爸商量着来整理点东西给你妈送去。"

"听谁说的？"叶晴突然觉得哪里不对，接到邻居阿姨电话时，阿姨只是说妈妈病了，其余再问什么，阿姨就吞吞吐吐的了，再联系到出现在自家的这两人，叶晴突然明白了什么："是你们把我妈送到医院去的？"

叶知秋神情越是躲闪，叶晴越肯定，心就越沉："是不是？"

叶知秋被逼到墙角，脸涨得通红："是……是我！她病得不轻，不是看在夫妻一场的情分上，我才懒得管她呢！"

眼泪在眼眶里打转，叶晴却笑了："谢谢你送我妈去医院，她缺什么明早我去医院会给她捎。天不早了，我就不送了。"叶晴起身送客。

叶知秋却没有走的意思，他看了秦梦瑶一眼："小晴，那个……"

叶晴用余光瞥了他一眼。

"爸手头最近有点紧，我想着咱家……"

"爸爸，咱家没钱，你不是不知道。"她笑。

"不是还有房吗？"

叶晴直接笑出了声："房？叶知秋，你是不是每次没钱就想着还有这栋房？叶知秋，你还有脸吗？"

叶知秋被说得脸一阵红一阵白，秦梦瑶却在一旁火上浇油："知秋，我就说你这个女儿本事大，你教不了吧。"

秦梦瑶的话果然激到了叶知秋，他眉毛一横，挥起手："这是和爸爸说话的语气吗？"

叶晴等着他这个巴掌落下，可是痛感没有如期而至，叶知秋的巴掌中途被人拦下了。

是那个男人。

在长途汽车站和叶晴分开，坐在车里的韩震临时又改变了主意，他找了车，也去了虞商。

还是记忆里走过许多次的那条路，只是难走，他迟些才到，到时刚好看到叶晴家门开着，叶晴站在门口，一个男人站在她对面举着手要打她。

很自然地，韩震伸手去拦。

叶知秋这个人，是没什么大本事的，却爱面子。老婆在旁边，自己被女儿那样骂，无论如何他也要表示一下。

可这突然冒出来的年轻男人是怎么回事？手被韩震抓住，叶知秋连着挣了几下没挣开，有些恼火："你是谁啊？"

"她朋友。"韩震眼神淡淡的，轻轻瞟了叶晴一眼。

"我女儿有你这么个朋友，我怎么不知道？小晴，你认识他？"韩震手劲儿不小，叶知秋已经满头冒汗，又不想示弱，于是力量相差悬殊的双方就维持一个奇怪的僵局，叶知秋死撑，韩震陪他。

"是不是我朋友，和你无关，总之我家不欢迎你，你走。"随着叶晴的话语，韩震手一使劲儿，随手把他甩出了房间。

门外，缓过神的叶知秋气得直跳脚："小晴，你不听爸爸的话是吧，和这种不三不四的人来往不会有好结果的……"

结果，叶知秋的声音连同同样被丢出房间的秦梦瑶一起被关在了门外。

世界清静了。

叶晴转过脸有些虚脱地坐在墙角。半晌儿，她猛地想起房里还有个人，她抬起头，刚好对上韩震看向自己的目光："说真的，不三不四，你怎么出现了？"

后来她知道了，"不三不四"有个很正经的名字，叫韩震。只是到了最后，叶晴也没弄明白，这个人从滨岛一直跟着自己到了虞商，帮她解了围，然后没任何企图就走了，究竟是为什么。

至于他是怎么找到自己家的，那个叫韩震的男人更是拿一句"路过"敷衍了事。有这么巧的路过吗？

第二章

你不试，怎么知道这个男人合不合适。知不知道实践才是检验真理的唯一标准，要注意实践啊！

男人总有千万种

【01】

再提起这件事是一个星期后了，那时候，叶晴已经处理好妈妈的事，回了滨岛。

她站在滨岛地铁1号线上，满脑子想的是今后每月要为妈妈支付的高额治疗费用，而站在她对面的夏花则更乐于听听叶晴那天的神奇经历。

"太奇怪了，实在太奇怪。要我说那男的对你没意思才怪，可是干吗追了一座城市，美也救了，连个热吻拥抱都没有，人就走了呢？这太不符合艳遇的普遍定律了！可那男的肯定对你有意思啊……"夏花摇着头，循环进行自我肯定再否定、再肯定再否定的自言自语。

她耳朵上坠着一副耳饰，三个大环的造型，中间嵌了一颗紫色水晶，水晶随着主人的动作撞击金属环，叮当作响，引得旁边的年轻人频频朝她看去。

"夏花，帮我个忙，行不？"

一路没搭理夏花的叶晴才开口，直接被夏花用手捂住了嘴："小声点儿，和你说过多少次了，别叫我大名！"

夏花和叶晴是生活在两个世界的人。

叶晴来自单亲家庭，父母早年离异，父亲再婚；夏花则是有个配备了原装父母的家庭，虽然算不上和谐，但多少过得去。

叶晴母亲这些年拼命赚钱，可母女俩每年的可支配收入始终距离城市平均消费水平差那么一点点；夏花五谷不分，除了能靠张好脸蛋和副好身材走秀赚钱外，父母都从商，她是名副其实蜜罐里长大的公主。

叶晴成绩优异，爱好绘画，偶尔听听轻音乐；夏花入D大两年来，挂科6次，文化课是硬伤，最爱泡吧，尤其是晚上。

可在机缘巧合之下，她们成了朋友。自从成为朋友那天起，叶晴了解了夏花的性格：开心时就笑，笑得一点形象都没有，人家都看得到她的后槽牙；难过时却不哭，爱找个没人的地方吸烟，还有就是讨厌被直呼大名……

叶晴好笑："真不懂你为什么不喜欢自己的名字，夏花挺好听啊。"

"饶了我吧，都土得掉渣了。"夏花拿出包里的小镜子，对镜理理头发，"对了，你说找我帮忙？你可是很少会开口求人的人啊。说吧，什么忙？"

叶晴组织了一下语言，说明了情况。

秦钟是滨岛市万科电子的产业部经理，晚上他约了一个重要客户在市区一家私房菜馆吃饭。饭后，他带着客户去事先安排好的KTV唱歌。大客户是个中年胖子，饭局上喝高了，是带着醉意来的娱乐城。

才坐下没多久，秦钟叫来娱乐城的老板，让她安排几个服务员来陪唱。服务员们来得很快，秦钟瞧着大客户的眼神，似乎是满意了，他的心也随之往下放了放。

因为服务员们的到来，气氛很快就热了起来，加上秦钟他们刻意捧场，大客户连唱两首歌，虽然始终没在调上，但大家都是这方面的老手，捧场的掌声无数，大客户更乐了。

中途有人打电话给秦钟，于是他出去找安静的地方接电话，出门时刚好和进门送酒的服务生擦肩而过。

他没走远，就在距离包间很近的一个拐角接听电话。电话是公司一个属下打来的，和他确认一件事情，电话前后只说了三句不到就结束了，他往包间折返。

他没想到，一个人站在他们那个包间门口，正推门往里走。等看清那人的脸时，秦钟真是吓了一跳。

没来前，叶晴就被夏花告知在这种地方免不了要受委屈，她也是有心理准备的。可真碰上时，她发现那感觉真的过于屈辱。

她不过是进去送酒而已，面对伸过来的"咸猪手"，她本能地往旁边躲闪。拉扯间，手里的酒泼了"咸猪手"一身。

"咸猪手"先愣了一下，然后脸色沉了下去："看来今天不给你点颜色看看，你就不知道我'王万发'三个字怎么写。"

说完，他甩了叶晴一个巴掌。他力气很大，叶晴脸上火辣辣地疼。

"王老二，我还真是忘了你名字怎么写了，要不你教教我？"唐安柏刚刚在走廊隐约觉得那人像她，现在这么一看，还真是她。他推开门，大大咧咧进去，有认识他的服务员小声叫着"二少"。

那个叫王万发的大客户是第一次见唐安柏本人，不过报纸、杂志上早见过不止一次了，滨岛四少里的老二唐安柏，没动用一毛钱，仅仅靠几个口传消息就让一个挑衅他的公司老总顷刻破产的"狐狸唐"，他怎么会不认识？

"二少笑话了，二少笑话了……"王万发不知道自己哪里触了这尊佛爷的霉头，直到目光落在了叶晴身上，他顿时明白了什么。

从包间脱身出来，叶晴转身对唐安柏说谢谢，可她发现自己还不知道对方的名字。

"我叫唐安柏。"看懂她的意思，唐安柏微笑着说。

"谢谢你，唐先生，我去工作了。"

"慢着，去我们那边坐坐吧。"

"可是我还要工作。"

"是不是我们点酒你就可以去我们那边工作？"唐安柏狡黠地笑，"那好，888包间四瓶XO，麻烦你送过来。"

叶晴无奈。

888包间是娱乐城最好的一个包间，在4楼走廊的尽头，面积有一个篮球场那么大，里面有麻将房、KTV、台球桌等数种娱乐设施。叶晴才来上班那几天，曾被领班带着参观过。

唐安柏先推门进去，立刻遭到里面人的围攻，大多喊着"二哥，为你点的歌都过了，怎么去这么久"之类的话。可当他们看到跟着唐安柏进门的叶晴时，惊讶程度同叶晴比起来，不相上下。

怎么这么多人？叶晴想。

而一条腿正踩在沙发上，挥着膀子做高呼状的马鸣则是眨眨眼，眉毛蹙了起来。他用不小的声音说："可算让我找着你了，就是你让我冻到感冒，发烧39℃！"

麦克风被丢到一边，马鸣冲过来就想找叶晴算账，可他连她衣角都还没碰着，眼前就空了。他回头，看到唐安柏安排着那女人坐在了沙发上，而她旁边坐的竟然是韩震。

大仇何时得报啊！马鸣觉得他的心都滴血了。

这时走到他旁边的唐安柏挥手朝马鸣后脑勺又是一巴掌："大男人挨点冻就发烧，还好意思拿来说！"

马鸣揉揉头，讪讪地说："能不能别每次都打后脑勺啊，智商都打没了。"

"反正也不多。"

叶晴坐在沙发上，有点局促不安。

韩震坐在旁边，手里拿着一个长颈酒杯，正轻轻晃着，里面的冰块撞击杯壁，发出叮当的碰撞声。音响轰鸣的房间里，他坐着的地方出奇安静，气氛有些诡异。

"没什么事我先走了。"叶晴说完起身,可还没走到门口,就被出去又回来的唐安柏堵个正着:"干吗去?脸肿成这样,出去扮鬼吓人啊!"

他不提,叶晴还真没觉得,这么一说,脸真的开始一跳一跳地疼起来。于是,稀里糊涂地,叶晴又被按回沙发,手里多了一个盘子,里面装满了冰块。叶晴有些哭笑不得,光有冰块怎么敷啊?

"用这个。"手里的盘子被换成玻璃杯,说话的韩震正把冰块填进杯子。

他的手在眼前来回晃着,动作很快,叶晴看不仔细,只记得那是双修长好看也很白的手,比她的都白。

"谢谢。"说着,她把装满冰块的杯子贴在脸上,感觉的确比刚刚好多了。

"不客气。"

她发觉韩震真是个惜字如金的人,自己莫名其妙地见了他三次,加起来他说过的话字数总计不会过百。他似乎也不爱笑,总板着一张脸,像有人欠他钱似的。

"你在这里干什么?"

她听到他这么问,问得突然。

"工作。"她低着头,把手里的杯子转了个方向。她回答得坦然,并没因为自己在娱乐场所工作而觉得有什么不光彩,因为她问心无愧。

她感觉那男人的目光更深沉了。

【02】

自从那女人进来后,马鸣就没了唱歌的心情,窝在房间一角,喝着闷酒。唐安柏突然推了他一下,他抬起头,险些被眼前的情景惊得心跳停止。老大竟然拿了杯子帮她敷脸!

这是什么情况啊?

叶晴也觉得这样的情况是超出自己预想的，她腾地站起身："我先走了。"

她步履匆匆，很快消失在自动关闭的包间门后面。

叶晴硬着头皮去请假，今天的状况让她只想先离开这里。她不知道的是，她才走，韩震也起了身："我回去了，你们玩。"

目瞪口呆地目送走两人，马鸣问唐安柏："二哥，到底什么情况啊？"

"爱情来到的情况呗。"唐安柏抿了口酒，微笑。

马鸣瞪圆眼睛，谁爱情来到？老大吗？可这春天来得是不是有点太莫名其妙了？

那晚，韩震躺在床上，辗转反侧，难以入眠，平时躺着舒服的大床突然变得不那么舒服了。他连着翻了两个身，依旧睡意全无。睁着眼，他仰躺着看天花板。

她真的一点都记不起他了。

好像真应了那句老话，物极必反。

接连倒霉几次后，叶晴的生活竟然平安顺遂了一阵，所以半个月后，在校门口巧遇郑斌和林乔的叶晴打算直接无视他们，并不想让对方影响自己的好心情。

可林乔似乎不想就这么轻易放行，她拦在叶晴面前，昂着头，手挽着郑斌，同叶晴说话。

唐安柏坐在车里，观察了那三个人有一会儿工夫，虽然不清楚几人的具体关系，不过觉得自己猜得离事实也差不了多远。他抬手看了一眼腕上的手表，打开车门，下车。

"叶晴，磨蹭什么呢？等你半天了。"唐安柏走上前，站在叶晴旁边，熟稔的口气带着种亲密，这不免让郑斌多看了他两眼。

没弄清状况的叶晴稀里糊涂就跟着唐安柏上了车，车开出几百米远她才反应过来：自己怎么上了这人的车？

"我要下车。"她坚决地说。

唐安柏笑："你可不像过河拆桥的人啊。"我刚刚可是帮你解了围。这是唐安柏的潜台词。

"又没人求你。"叶晴冷哼一声，把头撇向一旁。窗外阳光不错，下过雪的关系，所有风景看过去都是闪亮亮的。叶晴的情绪却突然变得低落，她默默想着心事。

"那个是你男朋友？"唐安柏转动方向盘，把车开进大学旁边一条路。

叶晴"哼"了一声，像在说"你又知道"，因为不想被误会，半天她才闷闷地说："是前……"

她突然想起什么，转身看着唐安柏："你怎么找到我学校的？"

"顺路而已。"唐安柏轻飘飘地说。

叶晴冷笑："你和姓韩的那家伙还真是朋友，瞎话都编不出二样儿。"哪来那么多顺路！

前方是滨岛大学侧门，叶晴以为帮自己解了围的唐安柏会在那里放下她，可没想到对方非但没停车，相反，油门一踩，唐安柏直接把滨岛的校门甩在了脑后。

"你要带我去哪儿？"叶晴心里有点急。唐安柏随手打开车载音响。在巴赫的音乐声里，叶晴听他说："没见过绑票的会告诉肉票要去哪儿的。"

发动机声音从门外传来时，马鸣正不情愿地被别人在脑门上贴第十一张纸片。

马鸣很闹心。是不是出门前忘了和他那过世多年的祖爷爷问好，被他老人家念叨了，怎么这么背呢？

可等门开了，看清进来的人时，马鸣找到了原因："二哥，你怎么把她领来了？"

叶晴算是被唐安柏半"绑架"而来的。一路上，叶晴很窝火，她想不通，自己明明才是被撞的那个，可最后怎么反被这几位爷赖上了。窝火的情绪在进了那栋别墅大门，听到马鸣那句话时，烟消云散。

能给他添点堵也值了。

别墅里装修得很好，进门是一组环形布艺沙发，中间是张琉璃桌，上面摆着些散乱的扑克牌。马鸣坐在沙发上，拨开脸上的纸片朝她说话，样子很滑稽。

"二哥，你不是去找人过来凑局打麻将吗？人呢？"马鸣嚷嚷。

室内温度很高，唐安柏脱了外套："不是带来了吗？"

"谁啊？她？"马鸣眼珠子险些掉在地上。

唐安柏点头默认，他回头看到叶晴仍然站在门口一动不动，扬扬眉毛："愣着干吗？进来啊。"

"我要回去。"

"我没拦着你，不让你走吧？"

叶晴转身，身后唐安柏的声音响起："这里离市区有几十公里，走路的话，天黑时怎么也到了。"

叶晴真是想爆粗口了："你到底想怎样？"

"不怎样，我刚刚帮你解了个围，现在我们打麻将人不够，你帮个忙，算报答我吧。"

叶晴冷笑，这人还真会倒打一耙，谁求他了。

韩震是来散心的，可不知道是人少的关系还是什么，他提不起兴致，趁着老二叫人的工夫，他上楼去看书，可马鸣那张停不下来的嘴让他心烦。

韩震拉开阳台的门，楼前，那个小小的身影居然在。院子里停了三辆车，她正逐一地去拉车门。韩震笑了："偷车犯法你不知道？"

叶晴是真不想在那儿待着才出来想辙的，可气人的是，院里停了三辆车没一辆门是开着的。气着气着，叶晴被自己气笑了：人家又不是二百五，哪会不锁车呢？

就在她产生这一系列心理活动时，突然响起的声音吓了她一跳。

那人说："偷车犯法你不知道？"

叶晴回头看那人，他站在2楼阳台上，双手张开，撑在栏杆上，风吹得他的头发有些凌乱，雪让光线变强，他的五官就融化在这光线里。不知怎么，叶晴的心突然怦怦跳了两下。

"谁偷车了！我只是检查下车子有没有锁好！"说完，她气呼呼地回了别墅。

别墅门被"砰"的关上，声音很大。

"把门摔坏了，可是要赔的。"韩震看着空无一人的风景，心情不知怎么又好了。

他没马上回房，直到唐安柏推门进来。

"不下去？"唐安柏问。

这时的韩震早收起了表情，他走回房间，顺手带上阳台的门："不去，下面太乱，我看书。"

他指指手里的书。

唐安柏笑着走过去，抽出韩震手里的书掉了个个儿，再放回他手里，然后一言不发微笑着出了房间。

房门关上时，韩震"啪"的一下把书扔在桌上。他最不喜欢老二这点，干吗总爱揭穿人，还总默默地！

韩震下楼后，刚好听到叶晴和马鸣进行如下对话：

"不玩！"

"三缺一不上桌很缺德，你知不知道？"

"上桌也积不了德。"

"真这么不给我面子？"

"熟人才讲卖面子，你是哪位？"

马鸣的脸成了猪肝色："赢了算你的，输了算我的，成不？"

他就是想打两圈而已，凑个局怎么这么难呢……

"成。"

"成……成！"回过味儿的马鸣瞪着眼睛看叶晴，他还以为她是个不为五斗米折腰的人呢。

叶晴点着头搓手，她还就是个为了五斗米折腰的小女子，大米3.3元一斤，五斗米真值些钱呢。

韩震站在楼梯角，看着叶晴一副摩拳擦掌的样子，心里像长了小草，感觉痒痒的。

唐安柏来到他身旁，手搭上他的肩："哎，这么爱钱，好吗？"

韩震摇摇头："不好。所以新都那个项目你让给老六吧，反正你不爱钱。"

韩震轻飘飘丢下一句话，走开去冰箱里拿酒，留下唐安柏独自体会什么叫小心眼，还有现世报。

"石头，你这样实在是太不可爱了！"唐安柏对着韩震的背影感叹。

那天不知道是真背还是怎么的，玩了四圈，马鸣就输了四圈，最后输得他瞪着双绿眼睛喊："怎么可能，你是不是出老千了，怎么可能？"

巧得很，四圈都是他下家叶晴赢，他就奇了怪了，自己够谨慎了。

叶晴一脸嫌弃地看着马鸣："马小四，输钱输急眼了也不能作为耍流氓的理由。"

小时候叶知秋别的没教过叶晴，不过有条她记得，牌桌上的君子人不会坏。所以叶晴觉得马鸣这个人，整体来说还不坏，勉强算个君子。

可如今，这个"君子"却不乐意了："谁急眼了，谁耍流氓了……"

唐安柏起身去倒了杯水，回来时刚好看到韩震盯着叶晴的目光。那目光有点怪，和单纯的爱慕不大一样，唐安柏仔细一瞧，原来韩震是盯着叶晴的手在瞧。他不明白了，喜欢人都喜欢看人的脸，看人家的手算哪出呢？

叶晴不知道有人在看她，依旧习惯性地跷着小指码牌。

"马小四，你说你之前赢了那么多，我看肯定是人家让着你。"叶晴真没想到，她和这群人接触的时间不长，竟和马鸣意外地打成了一片。

【03】

今年的第二场大雪在晚饭才开始时就突然下了起来，铺天盖地的雪片落下，给原本就是白色的世界又加了层厚度。

开饭前叶晴就想走，被硬要认她做师父的马鸣当场扣住，后来吃过饭了，大家想走了，却发现外面早就无路可走——雪堆得老厚了。

"大不了咱们在这儿住一晚就是了。"

叶晴脸色变了。

韩震也摆出为难却又无可奈何的表情："也只好这样了。"

也只有唐安柏站在韩震身后悄悄竖拇指：大尾巴狼就是这么装的，刚刚不知道是谁一再让厨子"慢工出细活"，敢情是万事俱备，只等下雪啊！

又是难以入眠的一夜。韩震闭起眼，眼前是那双在码麻将的手。为什么叶晴玩麻将的手法，和他熟悉的那个人那么像呢？

接连翻了几个身，韩震决定还是下楼去找点吃的。带着心事吃晚饭，铁定是吃不饱的。

他没想到，叶晴也在厨房。

夜静悄悄的，显得厨房里的响动格外明显。

叶晴在翻冰箱。说起来，半夜找吃的这件事确实不能怪她，谁让一场大雪下得让她没了心思好好吃饭呢。

冰箱里东西很多，她只拿了盒类似意大利面的东西，还有鸡蛋，正回身的工夫，身后突然冒出来的说话声吓了她一跳。

"晚饭没吃饱？"

"没吃饱。"她答得也痛快。

然后韩震就没再说话。

叶晴也没理他，她开火烧水，等水开时，打了个鸡蛋。晚上不想折腾，面条加荷包蛋做起来轻松省事，最重要的是，吃得饱。

可有人不想让她那么省事，韩震用指节敲了两下琉璃板，像商量又压根不是商量地说："再加两个蛋。"

"我吃一个就够了。"叶晴瞟了韩震一眼，她那么像吃货吗？

"我的意思是味道看起来不错，我也想试试。"韩震才不说他饿得胃疼呢。

"韩先生，你自己有手。"叶晴有点不满。

"拿人手短。"韩震故意忽略叶晴那张发绿的脸。

叶晴觉得气着气着都不饿了。

十几分钟后，她同韩震一人捧着一碗面，坐在只开着一盏灯的餐厅里，品尝着这顿午夜加餐。她碗里一个蛋，韩震那碗是两个。

第二天清早，两人默契地谁也没提起昨晚的事。早餐过后，几个留宿别墅的人准备开车回家。叶晴抢先一步坐在了唐安柏那辆车的后排位置上，车窗外的几人似乎在讨论怎么分配车子的事。

叶晴闭起眼睛养神，她觉得昨天的经历像梦，等再睁眼时，打麻将赢来的那些钱、荷包蛋，还有险些被餐厅灯光融化掉的那个身影就会通通如烟尘般消散了。

可谁也没告诉她，睁开眼，怎么眼前会是韩震的后脑勺呢！

"老二的手受伤了。"他这么解释。

谁信？明明早上还看到唐安柏打马鸣后脑勺！

手机没电了，车行中途，叶晴借了韩震的手机给夏花打了个电话报平安，可想而知遭到对方一顿火力凶猛的盘查。等她一一汇报完毕，夏花突然神经兮兮地问起韩震的手机听筒会不会扩音。

"还好吧。"看了眼神色如常的韩震，叶晴小声对着手机听筒说。

几分钟后，等她记清了夏花那一堆要求，车也驶在市区马路上有一会儿工夫了。

叶晴递还手机给韩震，指指路旁："把我放路边就好，这里离学校已经不远了。"

"路不难走，我送你。"韩震坚持。

叶晴连连摇头："不是，是我要帮朋友买点东西。"

夏花在生理期，给她开了一溜单子让她买东西，韩震自然是不方便在场的。目送走那辆车子，叶晴长舒一口气，转身进了超市。

卫生巾区在做活动，穿着粉色服装的促销员举着两包卫生巾殷勤地向过往客人兜售。叶晴看价格划算，自己也拿了两包。

临近圣诞，超市里到处挂着打折的标示，推着小车，叶晴走到陈列内裤的地方。说起内裤，叶晴一直觉得夏花是个活得特别粗糙，却总能糙出许多道理来的人。

就好比内裤这个东西，夏花就说过一句话，她说："选老公就像选内裤，不仅要样子好看，最要紧的是穿着舒服。"

叶晴觉得这是条歪理，内裤不舒服可以换，老公用完觉得不好哪那么容易就蔫了？

虽然叶晴本身不认可这句话，不过不妨碍她笑着朝一旁的导购员脱口而出："小姐，麻烦来沓这个牌子的老公。"

她声音虽然不大，还是引来周围少数人的侧目。

叶晴觉得老天爷似乎特别喜欢安排一些见面会不愉快、不见面最好的人频繁地在生活中擦肩，什么时候双方的肩膀磨得皮开肉绽，到最后连吵架都没了力气，大概他老人家才会打个哈欠摇着蒲扇喊暂停。

结好账的叶晴出了超市门口，看到迎面朝她走来的那两个人时，她真觉得这就是命中注定的孽缘。

对前男友郑斌和他的现任女友，叶晴总想做到眼不见为净，可郑斌每次见她时总一副余情未了的样子，叶晴特受不了。

"叶学姐，这么巧？一个人逛超市啊。"中文系的林乔有双大眼睛，忽闪忽闪看着叶晴，她扫了眼叶晴袋子里的东西，"真巧，郑斌也是陪我来买这个的。不过我不用这个牌子，我用……"

叶晴心神一晃，她记得那时她还没和郑斌分手。

她急着用本书，是上午才被郑斌拿走的那本，叶晴打电话给郑斌，让他快点儿给她送来。郑斌说他在外面，问能不能晚点送来。

当时恰好叶晴心情不好，甩了一句"不马上送来就别来"的话直接挂了电话。

结果郑斌还是来了，满头大汗的他手里还提着两个袋子。拿了书总算消气的叶晴扒拉了下袋子，全都是零食之类的。

"没听说最近有球赛啊，买这么多零食干吗？"

郑斌结巴半天没答出个所以然。

等叶晴看到第二袋里的东西时，她的脸腾地就红了，半天过去，她才用蚊子大小的声音说："这个牌子的很贵，你又乱花钱。"

后来叶晴才懂了，那些东西根本不是买给她的。

往事像潮水一样从脑海里奔涌而过，过去甜蜜的小情侣如今正营垒分明地对站着，而那个贴心的男朋友早成了叶晴眼里的渣男。

"我说我自己来可以，他非陪我来，他怕我一个人无聊。早知道学姐你也来，我们结伴好了，也省得你一个人逛没意思。"林乔笑着，像朵花儿似的。

郑斌有些心虚，半拖半抱地往里拽林乔："乔乔，我们先进去吧，回去还有事儿呢。"

"怎么这么久？"

叶晴本来还想看看林乔和郑斌还会做出什么表演，一个声音打断了她这个计划。韩震晃晃悠悠地朝他们走来，风吹起他的大衣，他举着一杯热奶茶，奶茶杯的盖子没了，奶茶装得很满，为了避免奶茶洒出，总会有些滑稽的举动，不过这些动作放在韩震身上，竟有些潇洒，当然也包括他"不小心"把奶茶洒在林乔身上的这一刻。

"抱歉，手滑。"韩震索性把纸杯丢进了旁边的垃圾桶，手插着口袋看着手忙脚乱的林乔。

叶晴看向他，这道歉也太没诚意了吧。

要我再有诚意点？

当然不。

林乔自然没放过他们两人之间的"眉目传情"，不免又被气得够呛，可又不好发作，只得和男友要赖："郑斌，这是我才买的新衣服，就穿过两次，沾上奶茶怎么洗啊？"

"没事，乔乔，我拿去干洗店给你洗。"

郑斌想息事宁人，林乔却不买账："这种羊毛大衣，清洗一次很贵呢……"

她就是要让叶晴难堪，她的男人是从叶晴那里抢的，她的衣服也是叶晴买不起的。

"不介意的话，小姐可以买件新的，不是限量款，还买得到，是也没关系，咱们中国香港、美洲总能找着一件赔你。"韩震晃晃手里的卡。

那张金卡晃得林乔眼睛疼，这种VIP卡，开卡底金就够她望尘莫及了。什么限量款，500块一件的"阿依莲"哪里有限量款！

她咬着牙，尽量让自己语气里的酸意听上去淡点："不用，回去我自己弄弄就好。"

"真不用？"

"不用。"

"那我们走了。"

借坡下驴这招绝对是唐安柏教他的最好用的一招。

叶晴是直到坐上车才憋不住笑出声的。

韩震瞥了她一眼，不就是出了口气吗？她还真是容易满足。

开车前，他想说点什么来解释下为什么自己明明说走了又再出现的事，这时一个离车头越来越近的人让他咽下了准备好的话。

他降下车窗："这位同学，你还有事？"

跑步过来的关系，林乔一张脸红扑扑的，她大大地喘了几口气后开口："是这样的，圣诞节学校有舞会，本来我们商量着想邀请学姐参加，可是她没男朋友，又找不着舞伴，这下好了，有了您，我想我现在可以安心邀请学姐了。叶晴学姐，希望你来参加我们的圣诞舞会。"

叶晴皱眉，对那个什么舞会，她是没兴趣的。可没等她拒绝，有人竟先答应了。

"好，我们会如期参加。"

林乔满意地走了。

　　叶晴却不满意了："韩震，我们总共没见几次面，你凭什么替我答应事情？再说你以什么身份去？"

　　"你希望我是什么身份呢？"

　　舞伴？

　　男朋友？

　　叶晴觉得头疼。

第三章

夏花甩甩披散肩头的波浪卷发，对着镜子抿抿红艳的嘴唇："夏花，你怎么就这么足智多谋呢！我都要佩服死你了。"

一个善意的出卖

【01】

头疼的叶晴想找人说说心事，于是夏花裹着被子坐在位于二层的床上，以老佛爷垂帘听政的姿态边听她"倒垃圾"，边心安理得地使唤了她一下午。

"花，我该怎么办？"

"什么怎么办？"夏花捧着一个很大的马克杯，里面盛着叶晴给她买的西米露。

"我不想参加什么该死的圣诞舞会。"

夏花翻了个白眼，仰头一口气喝光了剩下的西米露，然后她用舌尖舔舔嘴唇："我对那个姓韩的为什么对你这么感兴趣更感兴趣。"

夏花说话像绕口令，难为叶晴竟然听懂了。

"我要是知道他什么意思就不会来问你了。"叶晴反坐在椅子上，手叠扣在椅背顶，下巴压在手上，声音闷闷的。

"想知道吗？"

"当然。"脑子一团糨糊的叶晴真需要个人帮她分析分析。

夏花把头从高处探下来，朝叶晴勾勾手指："过来……先给我冲杯红糖水。"

叶晴无语。

叶晴不是不谙世事的小姑娘，其实夏花不说，她大约也是知道韩震意思的，所以夏花的那句"他差不多是看上你了"脱口而出时，叶晴并没太多的惊讶。

"可我不喜欢他。"

刚才还带着明显焦虑的人此刻拿起桌上的杂志翻看起来，这样的叶晴让夏花叹气："你这是一朝被蛇咬，十年怕井绳。郑斌那个王八蛋，早点看清是福气。可未必别的男人就都和郑斌一样。"

"就算不是，我也没那个心情。"

夏花也知道郑斌是影响叶晴的因素之一，而更主要的是，叶晴现在还有个妈妈需要照料，多一个人，她就多一份顾虑。

书上的字像蚂蚁，让叶晴心乱。翻了几页，她直接扔了书，抱着椅背直挠头："我不想去那个舞会！"

"考虑考虑这个韩震，说不定是个好男人呢。"夏花继续游说。

而叶晴则直接和她翻了脸："我在说舞会，能不能别提男人！"

夏花撇撇嘴："男人的事还就是舞会的事，归根到底，这个舞会就是一个男人引起的'血案'，是再找个男人去把郑斌灭了，还是直接放话说'姑奶奶我不稀罕参加你们那破舞会'，两条阳关道这么明显，任你挑，有什么好烦的？"

叶晴真纳闷那两条独木桥是什么时候化身成阳关道的。

"你也说，选男人就像选内裤，舒服度很重要嘛，对内裤都那么挑剔，何况是男人，当然要精挑细选了。"叶晴本意是拿夏花的话堵住夏女王的嘴，可她还是低估了夏花的能力。

夏花说："舒不舒服，试了才知道。你不试，怎么知道这个男人合不合适。知不知道实践才是检验真理的唯一标准，要注意实践啊！"

叶晴点点头："总算知道你和那个学哲学的师兄搞对象是为什么了，敢情就忙着总结精辟理论了。"

夏女王懒得再搭理她。

在夏花的寝室待了一下午，叶晴回了自己的宿舍，刚好舍友替她拿回了送去干洗店洗的衣服：一件羽绒服，一条围巾。

羽绒服是她的，围巾是韩震的。

谢过舍友，叶晴对着那条围巾发起了呆。这围巾该怎么还呢？她想起那天马鸣似乎留了张名片给她。

找了半天，她才在羽绒服口袋里找到了那张皱成一团的名片。叶晴安慰自己，幸好没水洗。她小心地把对折黏住的名片分开，好在上面的字还看得见一些。

上面写着执行经理的字样，下面罗列着办公电话、传真号以及私人手机号码。公司名刮花了，看不清。叶晴想，总归是马鸣爸妈开的什么大公司吧。

她拿出手机，开始编写短信，内容如下：

马鸣，韩震的围巾我干洗好了，什么时候你来帮他拿下。

想想，她又补充：别告诉韩震，你来就好。

还不放心，她又输入了一行字：如果你不告诉韩震，我教你打麻将。

这三行字她前后检查了几遍，确认口气、语法都正确，也没错别字，才按了"发送"。

没一会儿，对方有了回复——

时间、地点。

叶晴一愣，没想到马鸣看上去大大咧咧，发短信倒惜字如金。

很快敲定好时间、地点，叶晴放下件心事，安心地看了一下午的书。

同样的下午，韩震却心情欠佳。起因源于他收到的短信，他搞不懂自己哪里得罪了那个女人，什么叫"别告诉韩震，你来就好"？

越想越窝火，韩震叫来了秘书。

半个小时后，被秘书叫来的马鸣莫名其妙地进了韩震的办公室。

"啥事啊？正睡觉呢。"马鸣一脸迷糊。

韩震却一言不发地把他拽到了办公室里间，那里有面穿衣镜，韩震拉着马鸣并肩站在镜子前。

"老大，怎么了？"马鸣正面对着镜子。

"老大，到底怎么了？是不是出事了？"马鸣被韩震推着转了个角度，侧对着镜子，韩震也是同样的姿势。

"不是，老大，真出事了，你说啊，我胆小！"马鸣背对镜子，这下他看不到自己的脸了，也包括韩震的。

"没事，你回去吧。"照完镜子，韩震再不理会已经乱了方寸的马鸣，他心里只反复念叨着一句话：那女人肯定是发烧了，眼光不正常，他明明比马鸣强多了！

第二天，滨岛大学一食堂2楼，叶晴坐在角落的位子上，面前是摞书，她在等马鸣来取围巾。结束后，她打算去校图书馆看会儿书，快毕业了，是否考研她没想好，不过先看看书做准备总没错。

过了饭点，食堂人不多，身边偶尔有同学经过。

等人是件无聊的事，叶晴翻开一本书，边看边等。那是让她头疼的数学，从小她就不爱学数学，各种数学符号在她眼里就像长相奇怪的肿瘤，她一直想把它们切离自己的生活，可惜从未成功。研究生考试，数学仍是必考项。唉，相爱相杀的科目。

叶晴只顾对着数学符号瞪眼，等她发现对面坐了一个人时，已经是半分钟以后了。

"你还是那么不爱学数学，一看数学题就皱眉。"郑斌拿出一副特了解她的口气说道。这让叶晴很反感，不过似乎每个前任在和旧爱搭话时，都爱以这种"你还是怎样怎样"的句式开始，好像他们之间是有多熟。

其实分手后叶晴真想告诉他：他们真的也就只有那么熟。

叶晴没搭腔，她合上书看向窗外。

可叶晴忘了，前任大多时候都是种没有自知之明的动物，他们也总爱以各种为你好的理由继续骚扰着你的生活。

郑斌的第二句话依旧老套："小晴，我想和你谈谈……"

郑斌说："小晴，你别和林乔一般见识。"

郑斌说："小晴，林乔她脾气不好，你让着她点。"

郑斌说："小晴，林乔的爸爸是教导处主任，得罪她对你没好处。"

……

也不知郑斌说了多少，叶晴总算回过头看他。她揉揉耳朵，看着他微笑："不好意思，风太大，你说什么呢？"

郑斌语塞。

半晌儿，他说："小晴，我们一定要这样吗？我是为你好。"他看着相处两年的前女友，突然觉得有点陌生。

叶晴这次呵呵笑出了声："你要是真为我好，就'少为我好点'吧，林乔不是给你列了24条，头一条就是和我保持距离吗？"

头回听到那24条时，是他们确定分手的第三天，叶晴错听成了24孝，笑得落了泪。

"还有啊，你来找我是不是不想让我参加舞会，然后就不能和你家林乔争什么舞后了？告诉你，参不参加是我的事，至于夺舞后，我没那个兴趣，也自认没那个实力。"叶晴这么说一半是谦虚，一半是不想让郑斌因为这事再继续缠着自己。

可她没想到，这话却激起另一个人的火头。

"谁说没实力了？"韩震站在叶晴对面，脸色不大好看。

叶晴心里咯噔一下："你怎么来了？"

【02】

韩震是个守时的人，今天却迟到了几分钟，原因是出门前接了一个电话。电话是老家打来的，先是他80多岁的祖母和他从冬衣开始聊起一直聊到了东南亚的天气——韩震有个姑姑住在东南亚。

然后是他妈，做母亲的关心重点更加全面，从衣食住行一直到恋爱感情，每次一说起韩震的感情问题，韩妈妈总是偏爱这样开始话题："儿子，你也不小了……"

韩震进电梯，按楼层号时板着脸答："没到30呢。"

一

个

善

意

的

出

卖

●

"年龄这东西说到眨眼就到，你王阿姨家的侄女这阵听说从国外回来，我和你王阿姨提了提，你找个时间回家一趟，和人家见见面……"

手机已经被韩震揣进口袋，韩妈妈的声音像干扰电流，很无力。出了电梯，他估摸着那边该说得差不多了，准备拿出手机挂断电话，谁知不知什么时候，韩爸已经接过了电话，正中气十足地吼："有没有在听我讲话？"

"讲。"已经钻进车里准备开车的韩震只得先熄了火，安静听老爷子训话。他第四次用指头按压眉心时，老爷子总算说了结束语，可那时距离他和叶晴的约定时间只有10分钟了。

一路快车，还是迟到。可才到就看见她和那个男的坐在一起说话，这让他生气。

更可恶的是，那女人看见他有必要一副吓一跳的样子吗？

叶晴还真吓了一跳，她重复了一遍刚刚的问话，有点结巴："你，你怎么来了？"

"你约的我，你忘了？"报复性地，韩震在叶晴脑门上弹了一下。

疼！叶晴揉着脑门，看着韩震坐在自己身旁。

一直疑惑的郑斌终于忍不住问了那个问题："你和小晴是什么关系？"

"如你所见。"韩震大手一扬，把叶晴揽在怀里，"这关系。"

见叶晴没否认，郑斌悄悄握紧了拳头，低着头"哦"了一声。

"还有……"韩震似乎不想善罢甘休，他看着郑斌说，"我会好好照顾叶晴的，以后就不劳你费心了，您那位恐怕也不让你省心。另外，那个圣诞舞会我们会如约参加的，拿奖倒是不一定，重在参与。"

"嗯嗯。"郑斌感觉自己是在胡乱回答的，他仓促起身，说了句"那我先走了"，就匆匆离开了。

"我和你哪有什么关系？"郑斌才走，叶晴就变脸了。

韩震也不耍无赖，他慢条斯理地缩回手："我那是为了帮你解围，再说你自己也没否认。"

那种情况，她否认得了吗？她又想起什么，问："你怎么来了？"

"来拿东西。"

可……她叫的明明是马鸣啊！

"你把短信发到我的手机上了。"韩震拿出手机，在叶晴眼前晃了晃，"所以，能和我解释下，'别告诉韩震'这句话是什么意思吗？"

说这话时，韩震的表情很阴沉，叶晴心里咯噔一下。

她感觉自己快被眩晕感弄得窒息了。

"解释下，这话什么意思？"韩震晃晃手里的手机，那几个黑色方块字晃得叶晴眼睛疼。

她捏捏眉心："没什么意思，听说你很忙，不想打扰你而已。"

韩震轻笑一下，笨女人，编瞎话都这么不用心。

叶晴看他的脸色缓和了些，以为没事了，松了口气。可她还是低估了男人的小心眼，譬如她看见韩震起身，以为他要走，却没想到对方开口说："我现在不忙，你请我吃饭。"

"凭什么啊？"

"就凭我前后帮你解了几次围，你也该请我几顿了。"韩震说得理直气壮。

谁也没求你！叶晴在心里翻了个白眼，还是答应了。

"不过吃什么我定。"她补充道。

"成。"韩震答应了。

答应的时候韩震真是痛快的，所以当他站在人潮涌动的大厅里，不远处是群正在玩滑梯的小屁孩时，打退堂鼓已经是不可能的了。

周末的肯德基有儿童餐促销活动，来了许多带着小孩的家长。个头很高的韩震站在门口，身旁是不时跑进跑出的小孩，他有些无处下脚。

看到这一幕，叶晴觉得这几十块钱花得，值！

叶晴爱吃肯德基的奥尔良烤翅，不爱吃汉堡，因此当她解决掉自己套餐里的烤翅后，开始对着韩震那份发呆。

"你不爱吃这个？"她问。

"还成，我没怎么吃过。"韩震奇怪这种快餐食品有那么好吃吗？怎么其他人都吃得津津有味。

"没事，没事，我最爱帮助人了，这样，我们交换，把你不爱吃的鸡翅换给我，这个汉堡给你。"

叶晴很擅长断章取义，她自动把韩震"没怎么吃过"的范围缩小到鸡翅上。她笑眯眯地啃鸡翅，任凭韩震对着面前并排的两个汉堡露出一愣一愣的表情。

想让她请吃饭，哪是那么好吃的！叶晴越想越开心。

等她吃完，韩震的东西依旧没动。

叶晴眨眨眼，声音幽幽的："我请不了更好的东西，不过我妈说，不能浪费一粒粮食……"

于是那天，等韩震强忍着反胃的感觉从位子上起身准备离开时，他心里想的是：这是哪国的农民伯伯啊，种的粮食也太油腻了。

变故在他们走到门口时发生了，一个拿着冰激凌的小朋友撞上了韩震，冰激凌直接掉在了韩震衣服上。

孩子的妈妈赶过来，慌忙抓着餐巾纸要给韩震擦，却不想被韩震一闪身，躲过去了。

"不用。"他这个人多少有些洁癖，不喜欢被陌生人碰。

年轻妈妈很尴尬，只能不停说着不好意思。

叶晴觉得他有点小题大做，叹了口气，塞了张纸巾在韩震手里："那边有水池，自己弄弄不就好了，干吗吓小孩？"

小男孩性格外向，开始是被吓到了，这会儿好了胆子也大了，他摇着头疑惑地问："可是姐姐，你为什么不骂叔叔？"

叶晴自认脑子不笨，却搞不懂小男孩话里的意思。小男孩的解释跟进得倒是快，却让叶晴闹了个红脸，小男孩说："猪宝每次把吃的弄了爸爸一身，爸爸就发火，然后妈妈就说他不爱猪宝，然后妈妈就亲亲猪宝，最后妈妈还要给爸爸的衣服处理'善终'。"

是善后吧。

叶晴对笑眯眯地看着她的孩子妈直摇头："我和他不是……真不是……"

真是解释不清了！叶晴正懊恼着，水池那边，韩震喊她："叶晴，能来帮我'善终'一下吗？"

目送走一脸"别解释了"表情的孩子妈，叶晴转身去处理罪魁祸首。

"韩震，乱说话的人会长舌疮你知不知道！"她很生气，可看到把自己弄得狼狈不堪、一团乱的韩震时，她就气不起来了。

"有钱人是不是都像你这样，生活不能自理？"叶晴拿纸沾了些水，在他衣服上反复蹭着。

以前韩震特不喜欢爱唠叨的女人，家里他母亲、祖母、外婆、姑姑都不是一般的爱唠叨，他烦。可时下，这个低头帮自己擦衣服的小女人同样在唠叨，他怎么就烦不起来呢？

弄了半天总算弄得差不多了，叶晴长舒口气抬起头："好了。"

她对上韩震的眼睛，那眼睛很黑很亮，好像有种强大的吸引力，随时要把自己吸进去。叶晴盯着慢慢靠向自己的那张脸，张张嘴，问了句："你手机内存多大？"

她也不知道自己这套说辞能否蒙混过关，不过韩震看了她一会儿倒真的收起那种慑人的目光，他重新站好，和叶晴保持着安全的距离，他五指沿着额顶捋顺头发一直到脑后："16G的吧，记不清了。"

叶晴"哦"了一声，说："我们走吧。"

韩震是开车来的，车停在大学东区的校内停车场。韩震事前和叶晴说过，所以几分钟后，当他慢悠悠走到停车场时，叶晴已经在地上堆了三个小雪人了。

叶晴没戴手套，手冻得通红。

"真丑。"韩震说。

神色如常的叶晴回头看他一眼，再看手边一眼，明白了他在说自己堆的雪人。

"是丑是美和你又没关系。"叶晴一脚踩上其中一个雪人，小木棍做的鼻子顿时直立插在雪里，雪人成了馒头大小的坟头，上面插炷香。

说实话，对今天自己的种种表现，叶晴多少有些懊恼，像赌气似的，她抬脚要把其余两个雪人也踏平。

却被韩震拉住："这两个堆得还行。"

还行？一个少只眼睛，一个脑袋和身子一样大。叶晴翻了个白眼，她不知道，韩震是喜欢看那两个雪人并肩而立的样子罢了。

"行，那就让它们在这儿待着吧。你上车，我去图书馆了。"叶晴挥挥手，准备告别。

"那是什么？"韩震指着不远处一栋建筑问。

【03】

有时候叶晴真觉得自己太好说话了，不然干吗韩震说他想参观下滨岛大学的计算机博物馆，她就答应了呢？虽然她的好说话是建立在韩震表示那顿饭他没吃好的前提之上的。

说起滨岛大学的计算机博物馆，似乎每一个在滨岛大学就读过的学生都会把眼前这栋老楼当成骄傲。叶晴也不例外。

关于这栋楼的历史，她还是才入学时从一位学姐那里听来的呢。据说当初国内的计算机第一人就是在这里提出了中国未来电子互联网的运作构想，也是在他提出这个构想之后的几年，中国的互联网真如其预言的那样，以空前速度发展着。

"人类文明能有几个历史性的转折，又有几个人能预言出这种转折呢？后来，为了表示对那位老先生的敬意，国家给我们学校投资兴建了这座计算机博物馆。"当这段话从叶晴嘴里说出来时，她有种自己成了解说员的错觉，同时有种热热的东西在胸口徘徊。叶晴仰起头，看着眼前的楼宇，冷不防帽子突然被人扯了一下，眼睛被棉线帽遮住。除了面前站着的韩震的轮廓，她连他的表情都看不见，倒是听得见。

韩震轻嗤一声："有那个多余情感去爱一个和你毫无关系的无用专业，还不如多唱两遍《歌唱祖国》呢，不喜欢那首，唱《爱我中华》也行。"

我爱我的学校关你什么事！叶晴真想摘了帽子甩到韩震后脑勺上再冲他吼这么一句。

叶晴时常在博物馆做义工，和看门的大叔很熟。把包放在大叔那里，叶晴跟着韩震上楼。

2楼是些文献书籍，似乎并没引起韩震的兴趣，转了一圈，他提出去3楼看看。

3楼与2楼有着很大区别，陈列的是一些实体机器，它们大多有着许多操作按钮，看上去就很复杂，样貌也奇怪。叶晴没具体操作过。

韩震看了一会儿，回头发现叶晴正对着一台电脑发呆。他走过去，看到屏幕上一个大大的LOSE正发着蓝光。

听到韩震的声音，叶晴沮丧得肩膀一垮："还是没过……"

"一个破游戏，没过就没过，至于那么难过吗？"

"你懂什么！"叶晴白了韩震一眼，韩震又怎么知道她和叶绍之间的那个约定呢？叶绍走时说过，这个游戏她什么时候通关了，他就回来了。

叶晴不想理韩震，转身要走，步子还没迈出去，领子就被人拽住，人也被拎回了原地。韩震似乎并没觉得自己的动作有多不斯文，他挑挑眉毛：

"站一边看着，你看我是懂还是不懂。"

叶晴真想对他说句"你得了吧"，可随着他长长的五指在键盘上跳跃，叶晴不说话了。

韩震有双好看的手，五指修长，放在键盘上，动作灵活得不像常人。没一会儿，他就过了叶晴一直过不去的那关。叶晴真羡慕他的协调能力，说起来，她的协调能力还算可以，说不上好，但也不赖，不过遇到这款既要操作键盘，又要兼顾旁边手感光柱的游戏，叶晴总觉得想通关，她的脑子至少还要再装两个CPU、内存翻四番才有可能。

她想起了很会玩这个游戏的叶绍，思绪不自觉飘出了好远好远。

……

"睡着了？"不知过了多久，叶绍出现了，他推叶晴。

那一刻，不知怎么的，叶晴特别委屈，她哭着捶打叶绍："你舍得回来了？爸爸不要我时你不在，妈妈生病时你也不在，就我自己……"

叶晴觉得她已经很久没哭了，特别是哭得这么痛快，她捶着叶绍，看叶绍的脸一点点黑下去，最终成了韩震……

呃！

韩震说："你这哭功不怕把这楼哭塌了啊？"

叶晴脸红。

韩震说："看人玩游戏也能睡着，睡觉还磨牙……"

叶晴四下里找地缝。

韩震说："你看你这一把鼻涕一把泪，把我淹的……"

看着已经窘迫到不行的叶晴，韩震伸伸懒腰，指下屏幕："通关了，这下还说我不懂？"

"怎么可能！滨岛大学没有一个通关记录的！韩震，你不会是作弊了吧？"叶晴不信。

韩震瞪了一下眼睛："你要知道，从读书开始，没人说过我作弊，同学没有，老师更没有。叶晴，你在质疑我的人格？"

　　叶晴也是见好就收的人，她盯着韩震看了两秒，还是忍不住笑出声："不质疑不质疑，'有人格先生'，下楼前我觉得你先去清理下衣服比较好。"

　　韩震衣服上全是叶晴"画"的地图，真是杰作啊。

　　后知后觉发现这个问题的韩震脸一窘，迈着大步朝楼梯走去。

　　叶晴跟上去："开放区没洗手间，我带你去6楼。"

　　弄好一切，叶晴和韩震一前一后下楼，就在这时，走廊的灯突然灭了。

　　"怎么回事？"有些怕黑的叶晴问。

　　"停电了吧。"

　　其实是叶晴进门时没注意，大门外是贴了一张通知的，内容如下：

　　冬季关系，纪念馆闭馆时间由下午4点调整至下午3点。

　　实施日，就是前天。

　　她更不知道，这个通知韩震看到了。

　　幸福之于叶晴，就好比读高中时坐的2路公交车，每天都乖乖站在路旁企盼，却总是来得很迟。

　　当22岁的叶晴站在纪念馆一楼大厅那盏泛黄的留夜灯下，面对着两扇闭拢得严丝合缝的金属大门时，她才知道，自己的确是假幸福、真倒霉了。

　　"明明是4点关门，还没到时间啊……我的手表没坏啊。"

　　第三次看叶晴核对她手表上的时间，韩震忍不住插嘴："学校的钟坏了也说不定。"

　　4点的钟声适时敲响。叶晴看着韩震，韩震耸耸肩："敲钟人的脑子坏了，这也不是没可能……"

你家电子钟的脑子说坏就坏，还坏得那么刚好，快了半个小时？叶晴开始瞪韩震。

好吧，后者觉得他不该这么幸灾乐祸，他该藏在心里慢慢地乐。

接受了博物馆提早闭馆的现实，叶晴开始发愁：怎么办呢？难不成真等到明早开门的时候再出去？

看了眼一旁优哉游哉的韩震，叶晴晃晃头，她才不要呢。

她拿出手机打电话给夏花。每次遇到困难，叶晴想到的唯一可以求援的人就只有她了。

电话接通得倒很快，夏花似乎在秀场，听筒里是嘈杂的背景音，可以想象应该有很多人。

"半个小时内赶到计算机博物馆这儿，等救命！"叶晴压低声音，焦急的语气却异常强烈。

夏花那边的秀已经接近尾声了，她在试衣间边卸妆，边任由化妆师粗鲁地取走她头上的头饰。

"喂，那个是我的，这才是你的！"夏花指指桌上两瓶外包装类似、一个是国际名牌一个却是地摊高仿的化妆水对另一个模特说。这场秀是临时拼场，模特们互相不熟，有爱占小便宜的临散队了总爱顺手牵羊拿点别人的好东西。打发走那个穷酸模特，夏花把手机从右手换到左手，右手则伸向一管唇彩。她一边涂着艳丽的唇彩，一边看着镜子里那个长相美艳的女人，姿态慵赖地对着手机说："没听说滨岛大学最近出色狼啊，就是劫道的也是改革开放前才有的事，你这让我救哪门子的命啊？"

"博物馆提早关门我不知道，被关在里面了。"叶晴抿着嘴唇，想想后补充，"我是和那个韩震一起被关的，夏花你……"

"快来"两个字都没来得及说，叶晴就听见夏花那边传来不大真实的干扰信号声。夏花嘴巴发出几声嗞嗞声后，把电话举得离自己老远，然后声音微弱地说："哎呀，叶晴，信号不好，我的手机没电了！"

一个善意的出卖 ●

然后夏花果断挂了电话，无视周围几人看神经病一样看她的眼神，夏花甩甩披散肩头的波浪卷发，对着镜子抿抿红艳的嘴唇："夏花，你怎么就这么足智多谋呢！我都要佩服死你了。"

叶晴快恨死夏花了，她更恨自己，因为自己的手机是真没电了。

"怕什么，我又不会对你做什么。"韩震看到叶晴这副样子，有点不高兴。

叶晴撇撇嘴：她是怕她会做什么！

"你的手机呢？"

"没电。"

叶晴彻底放弃了希望，认命等天亮。

天色渐暗，当最后一缕光从眼前消逝，叶晴已经独自一人在1楼待了一个小时了。不知是怕她尴尬还是什么，韩震早就去了3楼。

不过叶晴觉得那人大抵是没那么好心的。

1楼有盏留夜灯，3楼的灯按理在闭馆时是会关的，不过此时的3楼却正笼罩在一个五光十色的奇妙世界里。看着坐在斑斓光柱中央的韩震挥舞手臂的样子，叶晴有些呆了。

韩震面前的是台多按键电子设备，之前叶晴不知道这个设备是怎么运作的，不过看着此时的韩震，听着耳边的动听乐声，叶晴想，真正的钢琴弹出来的也不过如此吧。

韩震在进行键盘操作，随着他每按一次按键，悬浮在他身体四周的五彩音符就相应地有所跳动。

叶晴知道那首曲子，是那首很著名的《梦中的婚礼》，她还记得小时候妈妈送她学钢琴，第一天那个教钢琴的年轻老师就对她说：《梦中的婚礼》曲作者不是理查德•克莱德曼（Richard Clayderman），而是法国的作曲家保罗•德•塞内维尔（Paul De Senneville）和奥利维埃•图桑（Olivier Toussaint）。她还记得当时自己向那个扎马尾辫的女老师抱怨过外国人的名字好奇怪，太难记。可她真记住了。

听得入神，叶晴连韩震是什么时候停下来的都没察觉到。过了许久，她才发现韩震是在看手机而不是在操作键盘了。

"你的手机不是没电了吗？"叶晴质问。

韩震耸耸肩："没听过一句成语叫死灰复燃？电池有时候也很坚强。"

"那就把你坚强的手机借我用一下，我找人来救我们。"叶晴朝韩震伸手。

韩震却晃晃黑屏的手机："不好意思，这次似乎真没电了。"

后来的某天，等一切尘埃落定时，叶晴质问夏花对自己下了套，却反被对方将军。夏花从来是犀利直白的，她当时就说："谁让你傻傻的想不起来关机和没电都能黑屏的！"

现在的叶晴则沮丧地把注意力放在了机器上："你是怎么弄的，我在学校待了3年了，我怎么不知道它还能这样？"

"老祖宗在地球上住了那么多年，开始不是照样不知道地球是圆的？"

叶晴没来得及反驳，就被韩震拉过去，坐在他刚才坐的位子上。

"你试试。"他说。

游戏是种分散人注意力的方式，叶晴很快忘了自己对黑暗的恐惧，全身心地投入到游戏当中去了。

"那两个是做什么的啊？"连打出5个LOSE的叶晴手指嗒嗒地点着键盘边缘。隆冬时节，她玩得满头大汗，却顾不上擦，玩得兴起的她没注意到男人的手已经插进她臂弯间。韩震眯着眼，声音柔和："这个圆形出现时，你要按下这里，这是跳键，还有三角形那里，需要同时按这两个……"

"哪两个？"

"这两个。"

"喂！"嫌韩震的手妨碍她按键了，叶晴懊恼地叫了声。

几分钟的曲子终了，叶晴心满意足地说："真好……"

她喜欢弹琴，也学过，可惜因为家里的变故，这个爱好也就中途夭折了。叶晴把手搭在机器上："这游戏我怎么没见过……"

"刚刚改程序重组的。"韩震看着屏幕，操作鼠标，调出程序包。

能在实体模拟机上调出源程序对叶晴来说是相当难的一件事，她虽然辅修过计算机课，可就那低空飞过及格线的分数就能说明，她不擅长这个。

她讶异于他的能力。以至于直到韩震讲解完，她还一愣一愣地数着手指，像是重复他刚刚指的那几个点。

咕咕叫的肚子唤回了叶晴的意识，到该吃晚饭的时候了，可他们能吃什么？又有什么可吃呢？

叶晴想起打包回来的汉堡。当她下楼拿来包里的KFC打包袋时，她忽略了韩震发绿的脸。

被他才华折服的叶晴扬起笑脸："韩震，就剩这么一个汉堡了，给你。"

他能说不吗？

叶晴没想过有一天她和一个几乎陌生的男人，在亮着几缕光柱的半黑房间里，吃着硬邦邦的汉堡，竟也吃出点浪漫的味道，更何况这个男的是韩震。

光斑打在他身上，他把外套脱了，里面是件浅色羊绒衫，背显得很宽，明明是席地而坐的姿势，他却坐姿端正，后背挺直。

吃了个半饱的叶晴收拾起东西，随口说："韩震，我想问你个问题。"

她第一次用这种认真的态度和韩震说话，后者有些不习惯，拿起汉堡又咬了一口，含糊地说："什么？"

他这种想掩饰却让自己的害羞更加明显的举动逗笑了叶晴，她拍落手上粘的东西："你到底是做什么的？富二代吗？"

韩震被汉堡噎得咳嗽，她从哪儿看出他是那种四体不勤、专吃父母的富二代的？可随即他又乐了，因为叶晴自己先把自己否定了："不过看看觉得你不像。"

韩震满意地点头，他拿起张纸巾对折一下准备擦嘴，就听叶晴自言自语："我看你该是搞计算机的技术宅男。特点很符合啊，脸那么白，显然是不常外出，话少，嘴还毒，很符合整天对着电脑、拿看网络笑话当娱乐的技术宅男的特点嘛……"

韩震有把她的嘴封住的冲动，没想到这时叶晴突然高呼了一声："你也喜欢把纸巾像这样对折一下再用啊，我以为就我有这习惯呢……"

叶晴叽里呱啦又说了很多，可韩震再没听进去几句。这种状态一直持续到夜深。

3楼有扇窗，如水的月光从窗外照进来，落在女孩熟睡的脸庞上。韩震站在刚刚那台机器旁伸手拨弄荧光，有轻微乐声随着动作流淌而出，他记不起这是第几次失眠了。

韩震回头看看趴在一张桌子前安睡的叶晴，心中有个问题一直在翻腾着，她和哥哥为什么有那么多相似的习惯？打麻将时的惯用手势是，今天用纸巾还是。

哥哥和他说，这样用可以让纸巾多一次使用的机会，环保。和叶晴几乎一模一样的说辞。

叹口气后，他拿起外套，走过去盖在叶晴身上。被惊扰的女孩动动身子，把脸侧向韩震这边。她一点没变，和韩震第一次见她时一样，脸带点婴儿肥，笑时有两个浅浅的酒窝。

看着看着，他俯身凑上去。月光如水，映着两张交叠的脸。睡梦中的叶晴觉得嘴巴甜甜的，禁不住舔了两下。

她不知道，就在今晚，韩震的手机收到条短信，是和她有关的。

　　她喜欢音乐，尤其是钢琴曲，吃东西的时候需要人陪吃得才多，她怕黑，适当分散注意力就好……最重要的，不许欺负她，不然我削死你！

　　当时韩震觉得这个署名XH、疑似叶晴朋友的家伙太过粗鲁，不过他对这个素未谋面的东北虎妞第一印象不错。

　　也许这就是缘分，韩震刚好会弹钢琴，也刚好知道如何改造电脑程序的方法。不过他似乎忘了，换作第二个人，叶晴也压根没机会被锁在这里。

　　滨岛大学夏花的宿舍。

　　夏花枕边的书里夹着张模糊的名片，那是夏花从叶晴宿舍拿来的。

　　有时候，适当地出卖也是闺密间爱的表现……

第四章

她居高临下看着蹲在地上的韩震，拿手背抹着嘴巴："谁允许你亲我的？谁又允许你喜欢我的？"

经年后的你和我

【01】

计算机博物馆的负责人是个头发花白的老头，叫陈忠。这天清早，他从住处出门，拎着跟了他几十年的茶杯慢悠悠地朝博物馆走。快到门口时，不知是不是错觉，他看着眼前的场景，总有种自己来晚了的感觉。

把杯子夹在腋下，老头撸起袖子眯眼看了下手表。

没晚啊。

他眨巴两下小眼睛，弓腰朝站在门前的那群高挑男女走去，边走心里边犯起了嘀咕：这是咋了，模特班要赶早场？还是学校要求他们也要加强电脑知识？

他摇摇头，他是理解不了现在娃娃的想法了，还是开门要紧。

夏花倒是仗义，博物馆门没开就拉了一群同学来给叶晴打掩护。进门前，她发了条信息给韩震，所以进门后，她是直奔3楼去的。

远远地，她没看到叶晴，倒先看到一个男人背影，肩膀很宽，个头儿看上去也不矮。第一次的眼缘，夏花对韩震的印象不错。

看了短信的韩震不动声色地收起手机，穿好外套。他算是服了叶晴这个女人，他们都在同一屋檐下睡过了，还怕被人看见？

身后有脚步声，是细高跟鞋敲击大理石的声音，听起来，那鞋跟在10厘米以上。韩震回头，恰好看到穿双恨天高朝自己走来的女人。

"韩震？"

"谁？"

夏花点头："是我。"

她又说："韩先生个子不太高嘛。"

韩震眯着眼打量起夏花来。

滨岛市入冬以来的气温一直在零下5℃左右徘徊，湿冷的天气让夏花那双只穿了丝袜的腿显得格外湿冷，她上身是件黑色短款皮夹克，露着大片脖颈。她一只手插着口袋，两腿岔开站立，正高傲地扬着下巴看他。这种姿势让她的领口显得更大了。

韩震别开视线："我踩双高跷我也高。"

"韩先生穿衣品位不错，不过还可以再提高那么一点点。"

"我愿意让自己穿得暖和些。"

"韩先生干吗这么不解风情，说话带刺儿？"

"我和你有交情？"韩震反问，有点不悦。

夏花没错过韩震的面部表情，她轻笑一下收起戏谑："还真和叶晴说的那样有意思。那丫头人呢？"

韩震板着脸指指头顶："6楼。"

他又补充："卫生间。"

"叶晴你就那点出息！"夏花摇曳着转身，踩着"高跷"上楼。扭着屁股上楼前，她甚至不忘拿出镜子照照，这种轻浮的举动让韩震又一皱眉。

他下定决心要教育那个蠢女人，少和这种人来往。他哪知道，上了6楼的夏花对叶晴说的头一句话就是："蠢丫头，目前看，你这次运气还不赖，就是不知道他是真正有派头还是装的，我要再观察观察。"

而小心翼翼从隔间里出来的叶晴回她的第一句话是："天啊，夏花你怎么穿得这么少……"

亏她名字叫叶晴，怎么这么不解风情？夏花翻个白眼，觉得把自己拿这身行头来试韩震是否是正人君子的过程解释给叶晴听会费好大口舌，索性作罢，直接拉着她下楼。

趁着人多，在3楼会合后，他们往1楼走。走到一半时，刚好撞见不紧不慢往楼上来的陈忠。眼神不太好的老爷子没看到叶晴，只是闷头嘀咕着：

"怎么会，怎么会，那个系统明明已经坏了很多年了，我调了这么久也没调好，怎么显示灯就正常了呢？"

叶晴想，指不准韩震又鼓捣了博物馆的什么呢。

和一同来的几个同学打过招呼，夏花和叶晴一起去停车场送韩震。

走到韩震的车旁，夏花盯着旁边雪地里两个丑丑的雪人，突然打了个喷嚏。

"真冷啊，叶子，你回去帮我拿件羽绒服，蓝色长款那件，一会儿我还有个场要去赶，穿成这样，没等到地方估计我就被冻死了。"夏花可怜巴巴地央求叶晴。

叶晴埋怨地瞪了夏花一眼："叫你只顾美丽'冻'人，在这儿等我，我很快。"

叶晴朝韩震招招手算道别，然后快速朝宿舍跑去。边跑她还不忘边嘱咐夏花："找个背风的地方。"

"她和你很要好。"目送走叶晴的背影，韩震对夏花说。

夏花得意地昂着头："那是，我俩是共患难的交情。"

可转脸，夏花就严肃起来，她单手扶着开着的车窗，身体微微前倾凑近车里的韩震："韩先生，作为叶晴的好朋友，我想嘱咐她的追求者几句话是必需的，想听吗？"

"说说看。"韩震调整了一个坐姿。

夏花眼里露出一丝嘉许，用小燕子的话讲，韩震是个"可浇的炉子"，她随即声音一转，五大三粗地开始拍韩震的车子："像你那么含蓄是不可能把叶晴抓到手里的，对她就要表明态度，然后死缠烂打，必要的时候，苦肉计、美男计通通不要考虑地轮番上……"

夏花越说越激动，样子像极了一个恨女嫁不出的老娘一样。她并不确信韩震是那种从一而终的好男人，只是夏花还是认同那句话，实践出真知，恋爱是检验贱男的一大标准而已。

郑斌那种贱男不就是"恋"出来的？

而韩震的嘴角也终于在夏花"美男计"出口时，开始抽搐。

都说女生一辈子能有一个闺密是种幸福，可幸福的背后，不免就有一个或几个男人要遭殃。韩震从没想过有一天，自己会被一个女人说教如何去求爱，这也太……

侮辱人格了！

叶晴抱着东西赶回停车场，韩震在踩油门，她再看夏花，不禁喊了声"天啊"！

"花！"如果不是夏花珍惜她的衣服多过她自己，叶晴绝对有理由怀疑自己会把衣服扔掉去把夏花拉回来。

车里的韩震神情如同吃了一只蟑螂，再看车后方，夏花一路小跑，不时追上慢行的车子拍打车窗，嘴里喋喋不休着什么。

"夏花！"在"全名"的感召下，夏花终于闭上了对着韩震车窗喋喋不休的嘴。

韩震松了口气，他伸手朝外挥了挥，然后车子很快驶出了视野范围。

"你刚刚和他说什么呢？"

"想知道？"夏花眯着眼，接过羽绒服套在身上。

"当然！"

夏花朝她勾勾手指，叶晴凑过去，然后听见夏花用十分轻柔的声音对她说了一句话："我啊，刚刚在对他进行爱国主义教育。"

你就糊弄吧！

麻烦的日子似乎就此远离了叶晴，除了会偶尔梦起博物馆的那个夜晚，数数日子，叶晴已经几天没见到韩震了。

就像徐志摩的那句诗：他是天空的一片云，偶尔投影在她的波心。只是偶尔。

12月19日，叶晴上完课乘地铁去上班。她现在每隔几天会和老家的医院通次电话，医生说妈妈的情况时好时坏，治疗成了持久战，她需要钱，许多钱。

中途停靠，出神的叶晴没注意到有空位，站在原地发呆时被一个抢座的年轻人撞了个趔趄。

"对不起……"那年轻人一头红发，打扮流气，道歉也是拉着长声的，没什么诚意。

叶晴"哦"了一声，没在意。

也许正是她不在乎的态度引起了对方多余的念头，红毛伸手拉她："哎呀，妹妹，是哥哥不对，哥哥带你看医生去好不好？"

叶晴厌恶地往旁边挪了挪，没搭腔。

很快到了站，叶晴下车，红毛竟也下了车，一路不远不近地跟在她身后。这种地痞，叶晴没少见过，她加快脚步。不信到了公司，红毛还敢乱来。

公司招牌上的霓虹灯变化着颜色，映在叶晴眼里，她松了口气，想着进去就没事了，可偏偏就有不怕死的，红毛赶上来，拽住了叶晴。

"妹妹原来是做这个的啊，那还有什么害羞的，走，哥哥带你出去乐乐。"

叶晴不知该怎么办了。

就在这时，身后有人叫她："叶晴。"

她抬头，看见路旁停的一辆车旁站着许久没见的韩震。

他脸色不好，似乎在生气。

算起来，韩震已经有7天零5个小时没见到叶晴了。不是他不想去找她，而是这几天，他不在滨岛。

家里来消息，祖母心脏病发，进了医院。说起韩震的祖母，不得不先说说他父母。韩震的父母是早年上山下乡时候相爱结婚的，在东北生下韩震的哥哥韩川，韩川的童年是在东北度过的，性格也随了东北人的粗犷与勇敢。

韩震出生时，父母已经返城几年了，那时候父亲在市警察局做刑侦工作，忙得时常是十几天见不着一次，母亲虽然不做警察，可做翻译的她能分心照顾儿子的时间也是寥寥。

所以童年的韩震，大部分时间不是跟在比他大5岁的哥哥屁股后面跑，就是和祖母在一起。祖母很疼他。

接到这样一通电话，韩震想不回家显然是不行了。

可等他回了家才发现，祖母好好地坐在家里剥橘子，而祖母旁边还坐着一位陌生小姐，祖母说，那是他妈妈朋友的侄女，才从国外留学回来。

韩震气得头皮发麻，转身就要走，步子还没迈出去，就被从门外进来的韩博宇堵了回来。韩博宇年近60，头上已经有了白发，还在公安厅任职的他中气十足，朝小儿子说："多久才回家一次，规矩全忘了，这次回来就在家待一阵，什么时候把规矩记清了，什么时候再走……"

就这样，韩震被"关"了近一周的禁闭。

此刻，重获自由的他再见到叶晴不是气别的，他想的是，这女人脑子里是怎么想的，他没办法来找她，她就不知道找他啊！不找也就算了，电话都不知道打一个！这该死的女人！

韩震挥起拳头，揍在了红毛脸上。

红毛惨叫一声，却没趴下，他趔趄着倒退两步，竖着指头说了句："你们等着！"然后溜掉了。

"韩震。"

"韩震！"

叶晴叫韩震是因为他的手流血了，她没想到，还会有人叫他。

她抬起头，看到一个打扮得很漂亮的年轻小姐从车上下来，跑向韩震，然后拉起他的手。

"韩震，你没事吧？手疼不疼？哎呀，出血了。"年轻小姐拉着韩震的手，声音怎么听怎么像在大惊小怪。

叶晴撇撇嘴，本来想去看看他的，现在也只好作罢了。

"没事。"不知怎的，叶晴觉得韩震这句话带着怨气，他气什么呀？

没等叶晴想明白，韩震竟朝那个年轻小姐招招手："安沁，上车，我送你回家。"

叫安沁的女人还一副摸不着头脑的样子，人就被韩震拉上了车。

出现3分钟不到，车子一个左拐弯，从叶晴眼前离开。

"这人没事吧？"被尾气呛了一脸灰的叶晴嘀咕，不过她心里在想，那个安沁和韩震到底是什么关系，情侣吗？

坐在车里的安沁脑子里想也是叶晴："韩震，你就是因为她才急着让我救你出来的吧？"

韩震哼了一声，没说话。

安沁觉得这情况实在是有趣，她和韩震都有各自喜欢的人，而他俩明明只有兄妹情谊，却被双方父母冠上了未婚夫妻的身份。

【02】

两天之后，正自习的叶晴接了个电话，电话是马鸣打来的。

"他病了？"叶晴眨眨眼，"他病了去看病就是了，告诉我干吗？"

"大姐，别说你忘了我老大为你打架的事，他得了破伤风，正发烧呢。"马鸣尽可能把情况往大了说，说得他自己都快哭了，叶晴总算问他要了韩震的地址。

挂断电话，马鸣朝坐在不远处的唐安柏龇牙咧嘴："二哥，你别说，苦肉计还真成。"

就在韩震才回来的那天，他们在韩震的办公桌上发现一张写满字的纸，上面写着速战速决、苦肉计之类的词汇。

恋爱中的老大，真是很傻很天真。马鸣想。

一个多小时后，拿着东西站在地址上那户人家家门前的叶晴心情却很忐忑。她在想自己就这么冒冒失失地跑到人家家里来，该怎么说呢？

听说你病了，我来看看你？还是对他很不硬朗的身板先嘲讽一番来掩盖自己的尴尬？

她正想着，门就开了。赤着上身，只穿条居家裤的韩震提着袋垃圾，正往门口放。

他的视线对上了叶晴的。

"听说你病了，我来看看。"叶晴说完这话，觉得自己的嗓子有点干——他有6块腹肌。

韩震一直都觉得叶晴是颗草莓，才认识那会儿是绿色的，没成熟，涩涩的，现在熟了，因为整张脸都红了。只是草莓自己不知道。他侧身让出过道："进来再说。"

叶晴"哦"了一声，低头往里走。走到屋子中央，叶晴想起手上拎着东西，回头说："知道你病了，买了点东西。"

韩震去接，一递一接之间，俩人的互动惹恼了房子里第三个"人"。叶晴听到身后有"汪汪汪"的声音传来，她回头一看，倒退几步跌坐在地上，喊了声："哎呀，我的妈呀！"

叶晴喊的时候，韩震早已一步挡在她前面，朝对面喝了声："'王子'，坐下！"

"你怕狗啊？"随后拉起叶晴让她坐在沙发上的韩震倒了杯姜茶递给她。

叶晴白了他一眼："谁怕了？就是没想到你家有狗，意外罢了。"

蹲在一旁的狼狗"王子"又"汪汪"叫了两下，像是揭穿她一样。

叶晴撇撇嘴，屁股往远离"王子"的地方又挪了挪："好吧，好吧，是有点。"

已经穿好上衣的韩震坐在她旁边，笑着朝"王子"做了个手势。大狗立刻抬腿蹭到他脚边，当然也是叶晴的脚边。韩震看到叶晴又要往旁边挪，连忙拉住她："'王子'很听话，它不咬人的。"

"是……是吗？"手被韩震握着，叶晴只好硬着头皮触摸那温热的动物皮毛，心都在颤抖。颤抖之后，她突然想起件事："你不是发烧吗？怎么刚才连衣服都不穿？"

谁发烧了？他没发烧好多年了。问号在韩震脑子里乱飞，他面不改色地回答："不舒服，打算洗个澡睡觉。"

如果马鸣在场，看到他家老大这么会扮猪吃老虎，还扮得如此一丝不苟，铁定当即笑场。

叶晴看着韩震略微泛红的脸色，自然接受了这种脱衣洗澡的"正常理由"，同时也对刚刚自己的多疑有些鄙夷，她清了下嗓子，转移话题："晚上还没吃饭吧？"她放下姜茶杯子，"你先洗澡，我把带来的东西弄一下，一会儿你洗好吃了再睡，吃了饭病好得快。"

说得多了，叶晴觉得自己像个唠叨的老太太，她的脸又开始发烧，低着头，说："做得不好，凑合吃吧。"

结果那天，韩震吃到了他有生以来最凑合却最好吃的一餐饭。

韩震吃完，叶晴在厨房洗碗。"王子"瞪着一双黑眼睛看她。叶晴已经不像开始那么怕它了，小心翼翼绕过它，把洗好的盘子放进橱柜。叶晴撇着嘴看"王子"："是怪我进他的地盘了吗？没事儿，收拾完，我一会儿就走了。"

那边，叶晴在厨房里忙着，卧室这边，浴室里，花洒喷着水花，水柱下面没人。

韩震站在浴室另一侧，手里拿着手机。

"谁的主意？"韩震的声音穿过水帘，带着湿意传递到马鸣耳朵里。

"老大，不是我，我脑子笨，你知道这种主意就二哥擅长！"马鸣也没管唐安柏就在不远处，把责任推得一干二净。唐安柏告诉他，把这事揽到自己身上有好处，可信谁都不能信唐老二的话，他马鸣这么聪明，又怎么会相信。

挂了电话，马鸣看到唐安柏直摇头，有点心虚："二哥，别怪我，老大的脾气谁也吃不准，谁知道他一生气，会把我怎样……"

"行，刚好我有事求石头，这倒是个人情。"

看着唐安柏胜券在握的样子，马鸣不禁开始怀疑，自己是不是又错过什么便宜事了……

可是想想老大那24小时能换28种情绪的心思，马鸣觉得自己的保守选择还是安全的。

这个时候跨进浴缸，冲着花洒的韩震不知道马鸣正把他的心思当央视天气预报一样预计着。细白的水流洒在短发上，他手抚着额头，掌心慢慢滑到脑后。温热的水似乎对降低身体的热度毫无助益，韩震伸手，把水温调低，一个寒噤之后，燥热感才慢慢从体内消减。

他没告诉叶晴，之前气她不主动找自己，自己去找她了，又没见到她该有的热情自己是很憋气的。可今天她来了，他就什么气都没了。

叶晴是想提前走的，可她觉得没和主人打声招呼就走不礼貌。等她洗好所有碗才发现韩震已经在洗澡了。

早知道这样，还不如不给他洗碗先走呢。听着"哗哗"的水声，叶晴已经记不清这是她今天第几次脸上发烧了。

听到房里的水声停了，叶晴扬声冲里面喊："韩震，我走了啊！"

没人回答她。

真烦，叶晴有点坐不住了，又过了一会儿，她听到里面有动静，于是起身走到门边，拍着门朝里喊："韩震，我走了啊。"

门开了，擦着头发的韩震迷糊地问她："你说什么？"

唉。叶晴心里感叹，这男人就不知道穿好衣服再说话吗？可是很快，她抱怨的重点就从男人转到了男人的狗。"王子"不知道什么时候跑到她身后，用力往她背上一扑，叶晴向前跌倒。

好疼啊！她睁开眼，看着和她近在咫尺的男人。

"你的狗……"她才开口，"王子"就撒欢般拿它两只前爪在叶晴背上一踏，叶晴没说完的话直接被塞进了韩震嘴里。

这……

不是吻，最多算是四片嘴唇相互贴着，可叶晴依然尴尬得不行，眼睛忽闪忽闪，像是委屈又像是要发飙。

韩震偏偏最爱这样的她，他自然无比地把手放到叶晴背后，抱了她一会儿，才对着"王子"打了个响指。

背上的重量才消失，叶晴就四肢并用从韩震身上爬起来。她捂着嘴巴，像是不知所措。韩震也起身，却一把将叶晴拉到了怀里。叶晴有点慌神："韩震，你……"

"嘘。"韩震说着，拿另一只手掌遮住了她的眼睛。

看不见，触觉变得灵敏，酥麻的感觉沿着唇渐渐下压，氧气被全部夺走前，她想起一件事儿。她抓住韩震的袖子，口气严肃地问："那个安沁是谁啊？"

韩震真是服了她了，这种时候还记得问这个问题。

"家里安排给我的未婚妻。"他一板一眼地答，如愿看见叶晴眼里的失望和愤怒后，他才慢条斯理地补充，"不过安沁和我一样，都把对方当亲人，她喜欢的是陆凡，我喜欢的是你……"

　　然后他吻住了叶晴。

　　当叶晴逐渐从来自唇齿间的迷乱中清醒过来时，韩震那带点凉意的手的触感就变得越发明显了。

　　他根本就没发烧！

　　发现自己被骗的叶晴眼睛一瞪，膝盖提起，直接给了韩震一下。她居高临下看着蹲在地上的韩震，拿手背抹着嘴巴："谁允许你亲我的？谁又允许你喜欢我的？"

　　"王子"很聪明，却理解不了这个正从房间里面往外跑的雌性生物脑电波是怎么一个变化套路。它没拦叶晴，因为主人没下令。"呜呜"了两声，"王子"挪到韩震旁边趴下，伸出舌头舔了舔他的脸。

　　"'王子'，她的脾气一点也没变。"疼痛缓和后，韩震没从地上起来，反而直接翻了个身躺在了地上，他伸手在"王子"的头上摸了摸，"我第一次见她时她就这样。"

　　那还是很多年以前，炎热的夏天，戴着草帽的叶晴在路旁买冰棒，穿着裙子的她伸出脚把一个偷包的贼撂倒了。

　　她可真泼辣，韩震想。

　　见到主人出神不理它，"王子"失落地呜呜两声，干脆趴在韩震身边头挨着头，可怜巴巴的眼神好像失去了什么宝贵的东西似的。

　　好一会儿，韩震才从自己的思绪里出来。一拍脑门，他想起件事儿，喊声"该死"，他穿上衣服冲下楼。

　　叶晴下了楼才发现天已经黑了，她站在马路旁等出租车。晚上9点，韩震住的高档住宅区车流稀疏，偶尔经过几辆，也都是价格不菲的私家车。今天气温很低，到了晚上更冷，叶晴边缩手跺脚，边四处张望着。

　　口袋里的手机响了。

她伸手在口袋里翻了半天才翻出手机，一看，是夏花。

就在接电话的工夫，一辆车停在了她面前。司机降下车窗探头问她："小姐，要车吗？"

叶晴弯腰点点头，接电话的工夫，人也钻进车里。

"花，什么事？"坐进车子后，叶晴问，说完还不忘对旁边的司机小声说，"东区DH大……"

"小晴，我来了个朋友，"夏花那边不知道在干什么，听起来很吵，她的声音是夹在一片杂音里的，"这时候你还没回来，是在公司值班吧？你要是不回来，我让我朋友去睡你的床啦。"

夏花身边有人和她说话，叶晴听她吼了一句什么。她在公司工作以来，偶尔是会轮值夜班的，这个时间她不在学校，夏花以为她值班也正常。叶晴想解释，可又发现一两句话是解释不清的。说什么？她没在值班？现在在韩震家楼下？

看看时间，叶晴叹了口气："不回去了……"

她还没说完，夏花就答了一声"好"，直接挂了电话。

叶晴盯着手机屏幕上定格的通话时间，忍不住感叹：中国楼市用几年时间才把房价推到现在的高点，夏花用了几秒就让她无家可归。

唉，回不了宿舍，去哪儿呢？叶晴一时没了主意。

想了半天想不出个所以然的她问开车的司机："师傅，这附近有旅店没？便宜点的就行。"

司机是个40出头的中年男人，样子倒是憨厚老实，说话也和气："旅店啊，附近有一家，标准间一晚200。"

有点贵……叶晴想想口袋里剩的50几块，翻了下眼皮："再便宜点的有吗？"

这时，车上的对讲机响了起来："老三，老三，什么时候回来，兄弟几个就差你了……"

"知道了，就知道催催催。告诉你们，可不许背着老子先快活！"司机对着对讲机喊。放下对讲机，他对叶晴说了句："得了，小姐，算你找对人了，我要去的地方，那儿就有个旅馆，价钱也便宜……"

不知怎么回事，叶晴觉得那个司机说话时是拿眼角余光瞟着她的，她心里咯噔一下，感觉不好，稳住声音问："师傅，那旅店在哪儿？"

"去了就知道了。"说完，他竟然明目张胆地在叶晴身上打量了一番。

车子渐渐驶上了陌生路段，司机在吸烟，车里空气不好，叶晴的心越来越乱。直觉告诉叶晴，这个司机的眼神不对。她悄悄拿出手机，寻思着找机会拨给谁。

可四下的街景这么陌生，就算她打了电话，该怎么说呢。叶晴握着手机不知所措，冷不防车子一个转弯，手机顺势脱手，落在了脚下。

她心一僵。

车子嘎吱一声停在路边，男人边解开安全带，边把身体凑到叶晴腿边，顺势捡起手机，然后贴着她的脸问："小姐，你要打电话给谁啊？"

"没谁，我看时间。"叶晴都开始佩服这种时刻她还能这么镇定。她感觉男人呼出的气息像糨糊一样拍在自己脸上，难受无比。

"哦？"他把手机顺势扔出窗外，"想知道时间问我就好嘛。"

男人粗糙的手不老实地往叶晴身上探："现在的时间是……"

"警察，这里有流氓！"叶晴大叫一声，趁着男人愣神的工夫打开车门往车下跑。可男人反应也不慢，伸手一把抓住了她。

"想跑？"他手一使劲，"刺啦"一声，叶晴的外套被撕开了。一股火蹿上了叶晴的脑子，她想着今天就算鱼死网破也不能被侮辱。不都说英雄救美吗？这时候咋连只狗熊都没有！

不过，还真有。

压在身上的重量随着"砰"的一声响从她身上消失，叶晴睁开眼睛，看到车外的韩震正挥着拳头，使劲搡那个坏蛋，他下手非常狠，也非常解气。

没几下，那人被放倒在了地上。没等叶晴回过神，韩震已经走到车旁，一把把她拉了出去。

被他拉着走的叶晴早忘了自己刚刚还对这个男人发了一通脾气，呆呆地问："去哪儿？"

男人脚下一顿，然后慢慢转身看着她，一字一顿地说："我家，他那儿，你选啊……"

韩震报了警，警察赶来带走了那名司机。已经很困的叶晴也被一并带上了警车录口供。

【03】

出了警察局，无家可归的叶晴被韩震领回了家，韩震把她一个人留在了客厅，孤零零的。

真的很尴尬。

同"王子"大眼瞪小眼时，叶晴深深体会到了这个词的苦涩。

可这怪得了她吗？换成任何一个正常女生，在她这种情况下，被邀请去一个算不上熟悉的男人家里住，不都该是她这个反应吗？

叶晴呼了一口气，硬着头皮去敲韩震的门。不管怎样，道个谢还是应该的，刚刚气氛冷了一路，她一句话也没敢说。

"咚咚咚。"

她敲门，没人应。

她又敲，还是没人应。

叶晴有点生气，开始砸门："喂，韩震，你应一声会死啊！"

一阵沉静过后，门开了，韩震的脸出现在门后："干吗……"

"王子"在身后"汪"了一声，叶晴这才发现韩震的脸色不对。

"韩震，你怎么了？"叶晴问。

眼前的韩震眉头蹙紧，腰略微弓着，外套没脱，皱巴巴套在身上，他的手握成拳正顶着小腹偏上的位置，这个姿势她再熟悉不过，因为她也经常胃痛。

"你先忍忍，我马上就来……"叶晴架起他的胳膊，扶他去床上，给他摆好姿势，又拿了个枕头垫在他脑袋下。做好这一切，叶晴就飞快地钻进了厨房。胃疼的时候，一碗特制的热汤可以有着意想不到的治疗效果。

没几分钟，叶晴把汤碗递到了韩震手里。看着他喝汤，叶晴忍不住出声挖苦："身板够弱的啊。"

韩震却轻描淡写地挑了下眉："我是可以强点儿，就是某人的心眼似乎总大不起来。"

叶晴知道韩震是在挖苦她的小心翼翼，她没在意。她放在床边的手不知什么时候被韩震紧紧抓住了，韩震说："叶晴，我好像真喜欢上你了。"

韩震的话一下子就唤起了叶晴的某些记忆，当初，也有个男孩儿就像现在的韩震一样，拉着她的手说着类似的话。只不过和韩震的犹疑比起来，郑斌的表白听上去更言之凿凿。那时候他拉着她，信誓旦旦地说："叶晴，我爱你，做我女朋友好吗？"

情话多好听啊，只是都是假的。

沉浸在回忆里的叶晴手指突然一勾，眉毛皱了起来。

发现她不对劲的韩震问："怎么了？"

"手被你抓得抽筋了……"

对韩震来说，这并不是一次成功的告白，始于胃痛，止于手痛。叶晴看着黑着脸给自己揉手的韩震，抿抿嘴唇："韩震，如果我说我想考虑一段时间，行吗？"

男人的动作停了，似乎是在花时间思考，也就2秒的时间，叶晴听见他闷闷的声音："总要有个期限吧，不然你一直不答应，我岂不是要等一辈子。你得给我个期限。"

"一年？"

"一礼拜。"

"一礼拜够想清楚什么？半年。"

"最多一个月。行不行你得给我句话。"韩震面无表情地说，他那个样子让叶晴忍不住想笑。

"你又不是法官，不能你说了算。"

"执法力是一样的。"韩震的声音越发低沉。

在一旁蹲了很久的"王子"终于忍不住跑到床边狂吠起来："汪汪汪，汪汪汪，汪汪汪汪汪汪汪！"

刚才还觉得自己挺有骨气的叶晴抖抖肩膀往韩震旁边缩了缩，指指蹲在一步之外蓄势待发的"王子"，咬着牙说："你这只狗怎么好像不待见我啊？"

她这话换来韩震哈哈大笑，他伸手揉揉叶晴的头发："不是不待见你，'王子'是不待见所有女人。"

"为什么？"叶晴把揉乱的头发捋顺，对上对方的眼神时，她突然明白了什么，"韩震，你给你的母狗起名叫'王子'！"

"怎么？你有意见？"

叶晴的确有点意见，不过"王子"一叫，她就没意见了。

"说好了，一个月，成不成？"

"Deal（成交）！"叶晴挑挑眉毛。

那天，韩震的脸随着夜色一直沉到深夜，因为一个英文单词转晴，平时他是个话少的人，那天却出奇地说了许多，直到发现叶晴已经倒在他床上睡着了。

"就这防备等级，还需要一个月考虑清楚？"韩震嗤笑一声，抱起叶晴送去客房。给她脱毛衣时，韩震不小心碰到一处柔软，他的心也跟着颤了一下。人不胖，发育得倒是挺好，他心想。一路跟到客房的"王子"又开始"汪汪"叫。他滞住的动作因为这叫声又重新恢复了流畅，韩震看也没看"王子"一眼，只是用很低的声音说了句："想回警校？"

因为这话，刚才还叫得欢的狼狗呜咽一声，耷拉着尾巴缩在墙角。警犬不好当，下岗的警犬不好当，下了岗随时被威胁再上岗的警犬更是难当。

安顿好叶晴，韩震也回房睡了。他做了个梦，梦境奇怪。

他和叶晴打麻将，一张四方桌，他和叶晴面对面坐着。叶晴手快，没几圈，她做了个手势，赢了。韩震想说怎么这么快，一抬头，对面的人成了他大哥。

大哥说："几天没见，你小子身体又壮了，怎么样，在警校还适应吗？"

大哥的模样和当年一样，可韩震知道，他的大哥已经失踪很多年了。这夜的梦，梦境很混乱。

大清早起来的叶晴自然不知道韩震昨晚做了什么梦，她只知道自己的衣服是换了的，不用想也知道是谁替她换的，叶晴来不及自我检讨怎么睡着了，她甚至连脸红都没来得及，就被"王子"拽进了韩震的卧室。

进了门，叶晴才发现韩震正做梦，嘴里嘀嘀咕咕说个不停。叶晴走到韩震床边："醒醒，韩震，你醒醒！"

韩震非但没醒，竟然还拉住了叶晴一只手，嘴里喊着"你去哪儿了，你去哪儿了"。

没病吧。叶晴的手腕被抓得很疼，她挥舞着挣扎，结果很不小心地一巴掌扇在了韩震脸上，不过他倒是醒了。

韩震醒后的眼神有点奇怪，他怔怔地看了叶晴一会儿，突然一把把她拉进怀里，紧紧抱住："你是我的。"

被搂得有点喘不过气的叶晴听到这话，连呼吸都忘了，半天才红着脸说："结婚还兴毁约呢，我还没答应你，怎么就跟卖给你了似的！"

"我说你是，你就是。"

人们都说，结婚就像签署一张没填写终止日期的合同，当合同双方由志趣相投变为两相生厌时，这份合同也就随之自然失效了。可为什么叶晴觉得自己还没和他怎么着，合同的时间就被定为了无期徒刑呢？

还好一个电话解救了叶晴，她揉揉发酸的肩膀，真想再给男人一巴掌，谁让他抱她了！可也就是一分钟工夫，救命的电话就被转到了她耳边，成了一道催命符。

她早忘了舞会这茬，可有人替她记着呢。

吃完早饭，坐上车，到达目的地，下车就看到了站在门口迎接他们的夏花、唐安柏他们。马鸣朝她一个90度深鞠躬，喊了声："大嫂！"

叶晴的脸腾地一下就红了，大叫："瞎叫什么呢，浑蛋！"

无数浑蛋当中，自然也包括站在唐安柏身边窃窃私语、行迹败露的闺密——夏花。夏花其实一早知道叶晴没在KTV值班，因为她打电话去KTV服务台时，在KTV唱歌、庆祝老大爱情跨出第一步的唐安柏刚好也在服务台。他知道电话是找叶晴的，直接拿过去听了。

众叛亲离的叶晴在抗议无效后，没精打采地跟着他们进到房子里。上次见的那个安沁也来了，而且真像韩震说的，安沁一直围着陆凡打转。

房子是唐安柏家的一处老宅，外墙爬了不少爬山虎枯枝，上面积了雪。里面的装潢很考究，叶晴才进门就被这栋房子独有的古朴韵味吸引住了。不过她不懂，就算练舞，随便哪里练不行，为什么偏要到这儿来？直到她被领进一间房，她才懂得了为什么唐安柏会坚持让她来这儿练舞。

近50平方米的练舞室，两侧墙壁镶着大镜子，地板也相当专业。叶晴伸脚试了试感觉，地板咚咚响，感觉相当好。

她指指屋子："唐安柏家怎么有这么大的练舞室？"

"因为唐妈呗，唐妈可是出名的舞蹈家。"说完，马鸣耸耸肩，"不过她很早前就不跳了，我爸说，唐妈当年可是大院里的一枝花啊……"

叶晴有些咋舌，她想着唐安柏的妈妈一个人用这么大的舞室，可想而知，得是不小的舞蹈家。再看看这屋子里剩下的几个人，包括安沁、陆凡，又有哪个是穿得差的？作为这群人头头的韩震，他的家世背景……会低吗？

"叶子，你还愣着干什么呢？我把你的衣服都带来了，快去换……"夏花目送去换衣服的叶晴，不满地嘀咕，"真是皇帝不急太监急，她就那么想林乔那丫头得意啊……"

一旁的唐安柏笑着问："叶晴舞跳得很好吗？"

"看了不就知道了。"夏花也笑。说实话，叶晴那个小脑袋瓜里想什么，她一清二楚，之所以叫了这群少爷来围观，不过是要让他们看看，叶晴到底配不配得上韩震。

更衣室里，安沁看着换好衣服的叶晴，情不自禁吹了声口哨："难怪韩哥哥喜欢你，你可真好看。"

叶晴已经不记得自己上次练舞是几年前，更不要说这身舞衣多久没穿了。当她换好衣服重新站在练舞房里时，某种久违的感觉开始在她身体里复苏、伸展，那感觉，不赖。

然而，叶晴这种良好的感觉在开始练习时，就出了状况，原因在于她和舞伴的搭配。夏花满以为以韩震和叶晴的外形，往那儿一站就抢眼到不行，可事实压根不是那回事！交谊舞，关键就是两人眼神的交集，可叶晴不看韩震不说，众目睽睽下，韩震脸上更是丁点表情也没有。

"停，音乐停！"夏花一开始还配合着唐安柏给他们做示范，可一对比，同样是交汇的眼神，到了韩震他们身上就变了味，夏花示意陆凡暂停音乐，"这样不行，韩震也就算了，可叶晴，你好歹也和你的舞伴有个眼神交流啊！"

我才不看他呢。叶晴心里这么想,其实她是觉得自己一看韩震就会脸红。

结果,到最后,事情演变成了唐安柏和马鸣跳,夏花在旁边指挥讲解,最后连不爱吱声的陆凡都被安沁拽下了场,而那两个傻学生,早不知道跑到哪里躲清静去了。

第五章

这曲子，她之前不是没跳过，可始终都跳不出电影里的味道，第一次和韩震跳舞，不知为什么，当叶晴对上韩震的眼睛时，她不由自主地就把自己融到那个情境中去了。

Por Una Cabeza

【01】

平安夜这天，温度稍稍回升了，即便如此，穿着披肩小礼服踏出宿舍大门的叶晴还是禁不住打了两个哆嗦。犹豫两秒钟，她改变了主意，决定换下这件"美丽冻人"的礼服。穿这身衣服出门，恐怕没到舞会现场，她就已经冻成鼻涕虫了。

可她没想到，自己才下定决心，一回头就撞见一张晚娘脸堵在门口的夏花。

"除非你想在看到林乔得胜而归的样子后，再看我一个礼拜的白眼……"夏花用恶狠狠的语气说。在对付叶晴这方面，夏女王总能在最短时间内找到最行之有效的办法，将对方一招毙命。

叶晴对郑斌是真的没留恋了，可这不代表她乐意接受郑斌现任的冷嘲热讽，这种分手后的附加赠品，她还真消受不起，更别说再加夏花的白眼了。叶晴把披肩又往上拉了拉："走吧！"

到达会场时，距离舞会开始还有一刻钟。叶晴站在门口，看着门里三五成群站着的人，他们中少数是男女结伴的，其余大多还是同性站在一起。说实话，要不是出了林乔这档子事，她是完全没兴趣来参加这类活动的。

圣诞舞会，说是情侣派对，讲白了，真正的情侣是没几对愿意来这儿的，他们还是更愿意单独过二人世界，也许只有那些刚要起飞或者正在寻求着陆机场的人，才会来这种地方吧。

韩震还没来，叶晴本想拉着夏花找个地方坐坐，可她没想到，夏花才脱了外套，立马就成了全场的焦点。

男生里个头小的还好说，个子稍微一米八冒头的都跃跃欲试，篮球社的几个魁梧男生更是直接走过来把夏花包围在里面，可怜穿着中规中矩的叶晴就这么生生被挤到了人群外围。

看着像是被丢进狼群的夏花，叶晴的心情不知怎的，突然就好了起来，冻得发僵的身体也随着愉快的心情越发暖和起来。

叫你欺负我！叶晴坏笑着转身去洗手间。

洗手间里没人，叶晴拿出手包里的唇彩简单地在嘴唇上涂了涂，之后又对着半身镜照了照。怎么看，怎么就越发提不起精神来？自己身上穿的这件衣服是夏花准备的，尺寸大小都刚好，淡紫色绒绣质地，看上去做工也好，可唯独这样式，同前面那群花枝招展的小姑娘比起来，她怎么看怎么觉得自己像……

"这是哪个教堂里的修女跑出来了？"

对，修女，叶晴就是觉得这披肩像是后加上去的，怎么看怎么像修道院里的修女，给她手里塞本《圣经》，她就能直接高唱"哈利路亚"了。叶晴一愣后意识到刚刚那句话不是她的自言自语，而是出自他人之口，偏偏这个"他人"是她最不想见的那个。

林乔今天穿得异常水嫩，淡粉色吊带蓬蓬裙，头顶戴着同色的水晶发箍，让叶晴瞪眼睛的是这种天气，林乔竟连条丝袜都没穿，两条小细腿就那么露着。这样的林乔，真是让叶晴"相当佩服"。

佩服之余，叶晴也对自己为何被撬了墙脚有了新的体悟，敢情人家林大小姐事事都超前一步，她这里还没和平分手，人家那儿就夺权了，就像现在，叶晴还在过深秋，而林小姐一身行头显然已经提早跨入仲夏了……

对林乔，叶晴懒得理会，她伸手想把清洗台上的几件化妆品收起来，不料手刚伸到一半，那支唇彩就"不翼而飞"了。

林乔拿着叶晴那支耗损过半的唇彩在眼前转笔似的转了一圈，动作停下来时，她看着唇彩的商标，嗤笑一声："这牌子可真高级，高级到我都没见过，是哪个地摊上买的啊？"

叶晴压根就懒得理林乔，她猛地抢回了唇彩扔进包里，然后笑眯眯地

答："自然比不上林大小姐你的，全国人民人手一支，是那么的深入人心，贴近百姓。"

夏花说过叶晴这个人，不说话时还好，想说其实嘴巴是很毒的。被她噎到的林乔哪能不痛不痒轻易就放了叶晴，她一伸手直接抓住了叶晴的衣服，再用力那么一扯。

"刺啦"一声。

叶晴的衣服被扯坏了。

林乔先是一愣，接着就举起她那只罪魁祸"手"，吹枪烟似的吹了吹指头："啧啧，指头啊指头，你看你可真不懂事，衣服破了就不漂亮了。不漂亮了，人家还怎么去参加舞会啊？"

林乔又"咯咯"笑了两声，凑到阴沉着脸的叶晴旁边："不好意思，学姐，舞会要开始了，郑斌还在等我，我先走了哦。"

林乔的大波浪卷发随着身体的轻摆，在空中划出道圆弧，再荡漾着消失了。

安静的洗手间，如今除去多了门外渐起的音乐声外，还多的就是叶晴身体里燃烧的熊熊怒火。愤怒的情绪清晰地在她所有感知里泛滥传递，她手撑在盥洗台上，这才勉强控制着不让身体继续发抖。

她连续做了几个深呼吸，抬头看着镜中的人，脸色泛红，头发凌乱，加上身上穿着一件破损衣服，怎么看怎么一副潦倒样子。现在撤吗？叶晴压根连这个想法都没有过。

盯了自己的衣服3秒钟，一个奇怪的想法在她脑子里诞生了。叶晴微微笑着，手伸向衣服。

韩震来的时候，舞会刚好还有10分钟开始。

唐安柏一进门就看到被一群人围在中间正左右逢源的夏花，看着那个劲头堪比乱世佳人里斯嘉丽的女人，唐二微微勾唇。恰好夏花也正朝他们看过来。唐安柏打了个响指，看着夏花和那些人说了句什么，然后穿过人群，朝他们走来。

"刚才和他们说什么？"夏花走近，唐安柏推了下眼镜问她。

夏花朝他伸出手："我说我的舞伴来了啊。"

夏花和唐安柏相视而笑，马鸣却觉得情势相当不乐观。在他看来，这两个狡诈之徒凑在一起，最危险的就是他。

"叶晴姐呢？"马鸣问。

陆凡摇头表示没看见。

韩震板着脸，看起来也是不知道。

夏花左右看看："刚刚人还在的。"

"不会是变成蝴蝶飞走了吧？"安沁嘻嘻笑着。今天她是软硬兼施才让唐二哥带她来的。因为未婚妻这个特殊的身份，韩震和她保持距离，一直没点头的陆凡也没答应带她，马小四倒是答应了，可他是个说了和没说一样的人，压根只有发言权，没有执行力，最后还是得找二哥。

就在这时，大厅里的灯"啪"的一声灭了，紧接着舞台上的彩灯亮起，主持人登台。

马鸣往唐安柏身边凑了凑："二哥。"

闪烁的灯光中，唐安柏看到马鸣直朝自己挤弄那对小眼睛，心想：我也知道站在老大身边冷，换谁舞伴到现在没找到谁不冷？四儿，你这辈子就是垫底的命了。

唐安柏往旁边挪了挪，离马鸣远点。见唐安柏不管，马鸣干脆扯着安沁钻到人群里去了。不想离开陆凡的安沁还哇哇叫了几声。

几人各怀心思时，主持人结束了简短的发言，宣布舞会开始。原本聚拢的人群渐渐散开，有伴的率先进入了舞池，没伴的在积极寻找中。

搂着郑斌的林乔笑得很开心。

整晚都心不在焉看着韩震他们的郑斌不免起了好奇心："乔乔，什么事情这么开心？"

"哼！"林乔瞪了男友一眼，"还不是你的前心肝——叶晴。"

郑斌真觉得这样总提旧事很无理取闹，不过他也习惯了，他把林乔再往怀里搂了搂："好好跳舞不就行了，再说她不是没来吗？"

郑斌早早就开始留心叶晴了，开始时他是看到她的，还是很保守的衣着，她一贯的风格，可那之后，他就再没见到叶晴人了。

音乐响了很久，林乔也逐渐忘了叶晴的事，专心跳起舞来。五彩的琉璃灯在头顶转动，明灭不清的灯光下，林乔觉得自己好像公主。

不知怎么的，就起了骚动。

骚动是从舞厅小门那里开始的，最初是很小的声音，可慢慢地，声音逐渐吸引了越来越多人的目光，他们都朝门口看去。

人群逐渐分开，有个人走进了舞场，灯光关系，开始时看不清那人的长相，不过林乔有不好的预感，等到那个叫韩震的男人一脸阴沉地朝门口走去她已经能百分之百肯定了。

"怎么可能？"她嘀咕，"她的衣服明明已经坏了。"

"乔乔？"郑斌盯着突然奇怪起来的女友，以为她不舒服，拍拍她的背，问，"你怎么了，是不是不……"

郑斌的"不舒服"三个字还没说完，他就发现开始不舒服的是自己了。

叶晴她……好美！

郑斌瞪着眼睛表示惊讶，可惊讶的绝对不止他一个，叶晴是DH大有名的高才生，参加国家比赛，得奖学金无数，可人们所知的属于她的光环也仅限于学习而已，从没有人会把叶晴同性感、妩媚这类词汇联系起来，对她，最多的形容词也不过是淳朴大方。

可现在穿着裸肩晚礼服、长发束起站在灯光下的叶晴，真是美得让许多人意外。虽然郑斌说不上是最意外的那个，但他绝对是最后悔的那个，他总算发现叶晴的美了，只是现在叶晴的身份是他前女友。

　　林乔也意外，叶晴的衣服明明已经坏了！她的衣服不是刚刚那套呆板的修女服了，扯坏的披肩不翼而飞，取而代之的是镶嵌在吊带裙上的一颗水晶，可真晃眼啊……原来那个披肩根本就是叶晴故意拿来耍自己的，水晶装饰实在太自然了，根本不可能是刚弄上去的。林乔咬牙盯着叶晴的胸口，心里恨恨的——你耍我！

　　想明白这个，林乔不自觉地握紧了拳头。

　　说实话，女人间的攀比，无外乎就是比胸、比脑、比脸蛋。这三者，除了脑子被林乔自动忽略外，其他两个之前她还是有自信的，可现在呢？

　　林乔气得一挥手，不巧手上的戒指是才买的，有点大，她这么一甩戒指直接飞了出去，刚好被经过的叶晴捡了起来。叶晴把戒指递还给林乔，然后笑着说："专心点儿，学妹，今晚不是你邀请我来的吗？怎么自己倒先分起神来了。"

　　她拍拍林乔的手，和韩震一同走开，别说，她走的那个姿势也让林乔看出了股优雅劲儿。林乔气得直咬牙，但她转念一想，心情又好了起来。叶晴，我们一会儿走着瞧！

【02】

　　很出乎意料，在舞会现场制造一起小小惊艳的叶晴没马上下舞池，而是跟着韩震来到角落位置坐下了。

　　林乔盯着叶晴亮到有些晃眼的白皙肩膀，还有她旁边那个一眼都不离叶晴的男人，她心里怎么也找不着平衡，酸意大坝溃堤似的止不住往喉咙里涌。她就想不明白了，叶晴怎么就那么好运，学习好、人缘好，连找的男朋友都比她的强。

　　林乔懊恼地瞥了眼她旁边的郑斌，自己以为是抢来的宝，原来只是别人随手"不要"的一棵烂草。当初如果不是因为室友的一句话赌气，说她这个中文系的系花、堂堂教导主任家的千金，找的男朋友还不如外语系家世平平的叶晴，她才不会制造机会把郑斌撬到自己手上呢。

郑斌和韩震有可比性吗？

长相输人，衣着输人，连郑斌算不错的身材现在也输人。

林乔远远瞧着韩震，嘴里发狠地说："叶晴，如果我能让你一直得意，我就不是林乔……"

正分心想事儿的郑斌还没反应过来林乔说了什么，就被她重新拽回了舞池。

叶晴接过韩震的外套，坐在角落。他坐在她旁边，抿着唇不说话。

叶晴略带着笑把衣襟往胸前拢了拢，说实话，第一次穿得这么"出位"，她还真有点不大适应。男人没忽视她这个小动作，表情因此缓和了些——她还算有点自觉。

夏花和唐安柏早就不管他们了，跳得正高兴。

叶晴看着夏花被唐二带着转了一圈又一圈，不知哪门心思突然就动了，还没来得及深想，一只手凭空伸到了她面前。

"叶晴，看你一直没跳，不知能否有这个荣幸请你跳下一曲？"叶晴抬头，惊讶地发现向自己邀舞的是学生会外宣部长。他叫什么叶晴是记不得了，她唯一清楚的是这人是出了名的自命不凡，眼界高，外加一脸青春不再的青春痘，据说他家某位亲戚是市里一个大公司的老板。

叶晴伸手把散乱的头发拨到耳后："对不起，我……"

她话没说完，手就被握住了。韩震抿着唇，一脸严肃地看着前方，如果忽略掉他握着她的手，还真挺一本正经的样子。

"她有舞伴了。"韩震说。

叶晴忍住笑，尽量让自己看上去是在为自己的拒绝很诚恳地表示歉意。叶晴觉得部长的脸都抽筋了。

"韩震，你一直这么小气吗？"

"谁一直了。"韩震的脸没在阴影里，他抿着唇，像是在赌气，"你是第一个。"

他这么说，叶晴真的很开心。

"加上去的披肩果然不结实……"男人瞟了她一眼，嘀咕。

嘀咕声被叶晴听见了，她问："你说什么？"

叶晴说话时，身体总是习惯性地左右动动，她这么一动，韩震给她披好的外套就往下掉。韩震来气。他们原本坐在两个犄角形摆放的沙发上，叶晴和韩震各坐一个，现在好了，韩震一生气，干脆起身坐到了叶晴身边，两人挤在不算大的沙发上。韩震搂着叶晴，对她说："老实待着。"

幸好他们坐的位置是角落，再加上外宣部长的前车之鉴，直到舞会快结束时，再没人来打扰过他们。叶晴的脸，在明明灭灭的灯光中红了很久。

但是叶晴不跳舞，不代表没人记得她了，林乔就没忘了她。这是她林乔参加的第三次校园舞会了，之前两次，凭借从小的舞蹈功底她是轻松夺冠的。这第三次冠军却在才开始评选时就出了岔子。

一支舞没跳、只顾和小姑娘聊天的马鸣看看二哥怀里娇艳的人儿，有点随时要背过气的感觉：为什么同样的风流倜傥，二哥收获的就是火红的爱情，到了他这儿就……

郑斌落选舞王是意料之中的。

林乔的运气比郑斌好点，虽然被夏花"分走"了部分票选花束，索性大家还算看她家里人的面子，林乔怀里的花虽然没往年多，终究还算"过得去"。

林乔的尴尬也只维持了几秒，她向来不是个坐以待毙的人，她信奉契机是人为创造的，不是天上掉下来的。站在大厅中央，她"啪啪"拍了两下手，在确认大家都在看她后才说："其实参加过之前舞会的人可能知道，这次我并没发挥全部实力……"

　　与此同时，早就被刚刚马鸣他们好笑的献花画面吸引的叶晴打了个哈欠，对韩震说："我们先走吧，困了……"

　　"走不了了。"

　　"什么？"叶晴揉揉耳朵。

　　叶晴正疑惑，头顶突然就亮了，她再看，发现是三道彩光打在自己头顶。眼睛不适应这突然的光线，她本能地伸手去挡。可叶晴没想到有人比她还快，韩震的手把她的眼睛挡了个严实，她一呼吸，鼻子里是属于韩震的味道。

　　她看不见，却可以清晰地听到林乔说的话，林乔说："今天在场的一位高手到现在一支舞都没跳，想必也在等着和我好好比一场呢。是吧，叶晴？"

　　是什么是？林乔，你没病吧，我上辈子欠了你，这辈子不也把男朋友让给你了，你和我是有多大的仇啊？

　　深吸一口气，叶晴推开韩震的手："如果我不跳呢？"

　　"不跳？"林乔冷哼一声，"那你领着这么一大帮外人是来捣乱的啊？"

　　叶晴倒真的挺欣赏林乔的直白，她不是个遇事喜欢逃避的人。站在她对面的林乔从叶晴改变的目光中看到"掉进圈套"这四个字。

　　毫无悬念，叶晴应战了。虽然几天来磕磕绊绊的练习让她心里没底，但比起不战而败，她宁愿虽败犹荣。

　　一个惯例式的舞会因这个突然的"加餐"变得有趣了许多，刚刚还打着主意是否要提前离开的人们又来了兴致，极有秩序地把叶晴等人围在了中间。

　　音效师调试音乐花了一段时间，没一会儿，大厅里的灯光再次暗了下来，乐声渐起，是一首美国经典的乡村歌曲《Tennessee Waltz》。

　　林乔今天穿着一款过膝蓬蓬裙，跳起华尔兹来，也算是中规中矩。她与郑斌一看就是练过的，搭配起来的默契感竟也算精彩。曲毕，大家掌声没有少给。舞后的林乔小脸红红的，她骄傲地挺胸抬头，感觉良好得像天鹅公主。她目光闪闪地看着叶晴，像是在说——看你怎么赢我！

林乔这样，叶晴就更不紧张了。跳不好，她还跳不孬吗？正这么想的时候有人拍她。叶晴回头看，是夏花。夏花凑到她旁边小声说："放心，你只管跟着韩震就好，我保证林乔必输无疑。"

闺密的好处有很多，比如落井下石，比如精心策划，再比如，就像现在一样适时地给予鼓励。叶晴像信奉神明一样朝夏花点点头，可转身再看韩震，心里又没底了。跳交谊舞，是要有眼神交流的，可是瞧瞧韩先生那个表情，24小时眼睛能换一种神色就不错了，怎么可能要他在几分钟之内同她完成无数次的眼神"擦枪走火"呢？

她有种伸手去扯下韩震的脸皮的冲动，起码能起点软化作用。

【03】

叶晴在做第五次的放松深呼吸。

不知是不是她幻听，总觉得耳边的音乐不像是录音，倒似现场。她一抬头，刚好看到舞台上方正坐着弹琴的陆凡。陆凡长得好看，他今天穿着件米色绒衫，干净清爽，正朝她微笑。

每次见陆凡笑，叶晴都有种很轻松的感觉，耳边传来韩震不耐烦的声音："往哪儿瞧呢？你舞伴在这儿呢。"

叶晴在心底笑了一声，刚好音乐响起。

《Por Una Cabeza》，探戈里面最经典的曲目之一，被阿尔·帕西诺在《闻香识女人》里面当作传奇一样演绎过。她没想到，夏花竟会要她跳这首。

这曲子，她之前不是没跳过，可始终都跳不出电影里的味道，第一次和韩震跳舞，不知为什么，当叶晴对上韩震的眼睛时，她不由自主地就把自己融到那个情境中去了。

韩震的手很有力量，时刻掌控着节奏，真像夏花说的，叶晴只需跟着他就好。叶晴的手被他轻轻放出，再紧紧收回，张弛间，她的心跳也随着每一次二人距离的拉近而加快，她觉得快乐。

也许是许久没跳得这么放肆，一个旋转时，叶晴脚下一滑，险些摔倒，她没来得及心惊，人就被韩震拉了回来。叶晴没因为这个失误而有什么情绪波动，相反，她跳得更恣意了，她和韩震更紧密地贴近，更放松地分离，舞步变得流畅，每一次旋转也几近完美。她是真的不再怕失误了，因为韩震在。

当最后一个琴音收尾，叶晴的腿搭在韩震身上，她已经能想象得出自己的脸有多红了。只是她不知道，这红是由于激动还是别的什么。

和叶晴的舞比起来，林乔的华尔兹就显得中规中矩，也就平淡很多。自然而然，献给叶晴和韩震的掌声比之前热烈得多。

林乔脸憋得通红，等掌声稍歇，大声说："他们刚刚失误了，他们是有失误的！"

女孩儿的声音有点歇斯底里，让站在一旁的郑斌直皱眉，用力拉她："好了，别说了……"

偷鸡不成蚀把米，本想要叶晴出糗，结果自己输了的林乔再也不计后果了，她也不管在场有多少人，就失去理智般大声地对韩震说："你知不知道她是个什么人，我告诉你，她妈妈就是个能勾搭的，都病成那样了还有男人倒贴……"

林乔话还没说完，叶晴几步走到了她面前："你有本事再说一遍。"

说这话时，叶晴的表情是出奇平静的。

也许正是因为没看见预想中撒泼的叶晴，林乔嚣张的气焰意外地被镇住了，她往后退了两步："我……我说什么你怎么会听不懂，谁知你深得你那个疯老妈遗传，这么能勾搭人……"

林乔说着话，眼睛不自觉地看向站在叶晴身后的男人。说句实话，比起叶晴，她更怕韩震。所幸，男人似乎并不很看重叶晴，只是不远不近地站着，没有要插手的意思。林乔松了口气，继续看着叶晴。

她的话似乎真对叶晴造成了些影响，叶晴微微低着头，长发沿着耳际垂下几缕，遮着她的脸，她那种表情让人看不出她在想什么。

"小晴……"郑斌上前一步，试图劝解两人，"乔乔她……"

维护新欢的同时，旧爱他也不想伤。不过郑斌的算盘显然是打错了。

"啪"的一声脆响，刚刚还在窃窃私语的人群彻底被这一声吓得住了嘴。

疼痛在耳鸣之后清晰明了地向郑斌的感官神经传递，他用手虚掩着脸，呆呆地看着叶晴。

"小晴……你……"时间一秒秒过去，郑斌的声音也随着腮帮的肿胀隆起一层中空的虚浮感，他觉得自己似乎永远丢掉了某样东西，再也找不回来了。

"这是第一次，也是最后一次。"叶晴的手紧紧地握成拳头，"我不希望再从别人嘴里听到自家的事。"

掌心微微的刺痛将她对郑斌的最后一点情意彻底斩断，叶晴眼神坚定地说："再犯，就不是一个巴掌了。"

林乔本来以为郑斌是为自己"挺身而出"的，她正得意，就先听到郑斌丝毫没有男子气概地叫他前女友的名字，再接下去，还直接被叶晴打了，这太让她丢面子了。她握着拳头，冲到叶晴跟前："我的男人，你凭什么打！"

说着，林乔抡圆细瘦的胳膊就要对叶晴还以颜色。她见叶晴连躲的意思都没有，更是使足了全力，只为出气。可还没等林乔弄清状况，手就被轻松地挡在了半空中。

"我的女人,也不是随便谁都能碰的。"韩震像是困了,兴致不高地说。他手劲儿很大,抓得林乔手腕疼,她几乎要哭了,韩震才松开手。

林乔半虚脱状地向一旁栽倒,所幸旁边站着的郑斌把她接住,否则一身裙装的林乔跌倒的话,丑可就出大了。

从韩震的性格讲,就算天大的事情,只要他认为与己无关的,那就可以直接忽略不计。很不凑巧,以自我为中心惯了的林乔林大小姐,就偏偏是这么一位被韩先生当空气忽略的人。盯着护住叶晴飘然远走的韩先生,林乔心中的不甘直接冲到了一个高点,她一把推开郑斌,冲出门去。在离门口5米远的地方,穿着高跟鞋的林乔总算赶上了叶晴他们,她一伸手,拦在二人面前。

林乔手支着膝盖,弯腰大喘几口气,随后仰起脸看着韩震:"你说叶晴是你的女人,可你知不知道她为了给郑斌织条围巾,熬过一个星期的夜……你又知不知道为了郑斌参加计算机比赛,她连着给郑斌打了一个多月的饭,在那期间嘘寒问暖,把郑斌照顾得无微不至……"

她看着韩震略微皱起的眉毛,以为自己的挑拨奏效了,于是说得越发起劲,把她之前"听说"的那些过往如数家珍般一一罗列出来。

走廊里很安静,连躲在门后偷听的人的呼吸都是屏住的。

林乔冷哼一声,做出了一番口舌后的总结:"我就不相信当初做到这种地步的人,能说不爱就不爱了。"

她看着韩震,等着他把那个"水性杨花、善于做戏、会扮可怜"的女人一手甩开,抑或干脆给她个耳光就更大快人心了。

等了半天,果不其然,林乔看到韩震真的离开了叶晴,然而,愉快的心情还没持续3秒钟,就被逐渐逼近的压力驱逐得烟消云散。

男人凑近了她,近距离间给了她十足的压迫感。

当他说完那句话,回身拉着叶晴走后,足足过了5分钟,林大小姐才回过神，大叫一声，跺了下脚——她才不是"试验品"呢！

一直躲在门口窥探外面情形的马鸣见老大走了，直起腰，回头对唐安柏丧气地说："真没劲儿，老大到底和那女人说了什么，能把她气成那样……"

"总归是话……"唐安柏推了一下眼镜，回头朝一旁的夏花说，"怎么样，一起去喝一杯？"

"不限量供应？"夏花笑睨男人。

"自然不限量。"

出了活动中心，叶晴把韩震披在自己身上的外套裹了裹，掩不住脸上的情绪，好奇地歪头问韩震："你和林乔说了什么？她那么生气？"

与叶晴带点兴奋的状态比起来，韩震的注意力显然并没放在这个话题上面。

他板着脸，说了句："那些，按照原样各给我来一份，一样都不能少。"

这句话让叶晴听得很是莫名其妙，她盯着韩震看了3秒，才反应过来他在说什么。

"扑哧"一下，叶晴笑出声："韩先生，你随随便便一条围巾都比我织的好，再说你都毕业多少年了，上哪儿找机会参加计算机考试啊？"

"我不管。"

执拗的韩震此刻就像个和家长要糖的别扭孩子，这让叶晴心里说不出的愉悦，几乎都忘了脚上的疼。

韩震没忘，他低头看着叶晴从下楼就开始"闹别扭"的脚，问："很疼？"

"还好，我不经常穿高跟鞋，偶尔一次，是很疼……"

叶晴没想到，因为自己穿不惯高跟鞋，韩震会直接抱起自己！

她先是不知所措了几秒，接着就是火烧般地脸红："韩震，你干吗？快放我下来，被人看到像什么话……"

如果不是怕影响不好，她绝对会很大声地说话，外加赠送一顿拳打脚踢给他，而不是像现在这样，忍气吞声不说，连打在他胸口的几拳也软得像棉花，丝毫威慑力都没有。

对叶晴的抗议，男人的回应就是直接手一提，把她更紧地抱在怀里。

抗议被毫不留情地武力镇压了，叶晴捂着被他胸口撞得生疼的脸，咬牙切齿地说："韩震，你也太霸道了！"

"执法时态度就得强硬。"

"你这是暴力执法……"

韩震吻住了她，这吻彻底把叶晴坚守的意志瓦解掉了。

不知过了多久，如果不是一旁有人吹口哨，叶晴想象不出自己还会这样趴在韩震怀里到什么时候。她抿紧嘴巴，强行把韩震推开。

皎洁的月光下，她的脸红被中和出一种淡粉。

趴在韩震怀里，叶晴似乎能听到他胸腔内急促的心跳声，一下下，那么有力，震得她发麻。

"不耍流氓不成吗？"她小声骂。

"我不介意再多当一次流氓。"被抱着重新上路的叶晴听到韩震这么说，"只要你能记住自己的身份。"

"什么身份？"

"女人，我的。"

倒装句果然起到了很好的强调作用，叶晴的脸更红了。

"谁是你女人，我答应你了吗？"

韩震觉得，加深记忆是迫在眉睫的事。

当第三波口哨声飘过，叶晴终于举手投降了。

看着难得乖顺地趴在自己怀里的女孩，韩震抿着唇："围巾、晚饭……一切练习过的，都不许少……"

"练习……"

懵懂间，叶晴突然多少猜到了韩震究竟同林乔说了什么，所有失败的感情都是为了最后那场正式比赛准备的练习赛。林乔对郑斌没把握，韩震这么跟她说，不知道林乔有多火大。

叶晴抬头看着天空，对遥远的那个人默念着，幸福也许真的离自己不远了。

与此同时，滨岛市郊的机场3号航站楼控制室内，控制员正在做着降落指引。核对过今天的临时停机状况，控制员对着麦克风喊话："NK507次可正常降落在5号轨道，NK507次可正常降落在5号轨道……"

半个小时后，由纽约飞抵滨岛的NK507航班停降在机场已经有十几分钟了。机场出口处，下机的乘客走得差不多了，出口的地方不知什么时候站了一个男人，穿件黑色风衣，略显单薄。

他放下行李箱，掏出手机，开机先回复了两条信息后，人就站在那里，摩挲着手机上的一个小挂件。那是个蜻蜓形状的挂件，一头拴着棕色的小绳，绳子已经很旧了。蜻蜓是玉石的还是塑料的很难辨认，总之算不上高档货，挂在闪亮的黑色手机上有点不搭。

男人盯着挂件看了几秒，手机突然响了。

看了一眼来电显示，他按了接听键。

整个过程，他多数时候是在倾听对方说话，只是在最后回了句："我会把事情处理圆满的，放心。"

挂断电话，男人重新摩挲起蜻蜓挂饰，女孩儿低头给他系绳结的一幕再一次重现在眼前。

"叶晴，我回来了，你还好吗？"

　　"先生，我们是过来接你的。"几个彪形大汉在男人没发觉的时候来到了他身边，其中一个站出来说。

　　男人收起手机，脸上的柔和消散，只剩下冷漠。

第六章

那些不能改变的·

【01】

唐安柏走进韩震办公室里时，第一眼先看到的是坐在沙发上看书的叶晴。他眼里掠过一丝促狭，拿着文件走到韩震桌前。

"她在，你能安心工作？"唐安柏身子朝桌前一探，一个蓝色文件夹随之轻轻滑到了韩震面前。

被打趣的男人就像个笑话绝缘体，丝毫不为所动，他接过文件夹，翻开："这是什么？"

"最新消息，陈老爷子之前搁置的互联网计划要重新启动，时间预计在两个月后。"

正翻看资料的韩震手一顿，随后抬头朝沙发那边说："叶晴，我想吃周记的豆浆了。"

一直安静看书的女孩儿听到声音抬起头，眉毛皱了皱："你不是有秘书吗？"

"秘书买的没你买的好喝。"

叶晴白了韩震一眼，走出房间。

叶晴走后，唐安柏坐下："石头，既然关系确定了，心也踏实了，你就不能学着浪漫点？怎么越来越退步，开始直呼起大名来了……女人是要哄的……"

当情史丰富的唐安柏看到刚刚那一幕时，觉得这块石头的情途堪忧。

"她要求的。"韩震眼皮都没抬一下，翻着文件，前后扫了一遍然后放下文件夹，身体向后一仰，闭目靠在椅子靠背上，"消息准确吗？"

"没对外公开……"唐安柏手肘抵住桌沿，手托着下巴，"但肯定真实。而且，据说这次陈老为了安全起见，决定邀请IT企业进行技术安全支持，毕竟几年前那次技术失窃的事情对他打击不小。"

说到这儿，唐安柏沉默了。而韩震紧闭着眼睛，睫毛也随之抖动几下，记忆在瞬间潮水般把他淹没了……

5年前，计算机专家陈州教授在世界知名电脑杂志上发表了一篇名为《革命——网络世界或能颠覆》的文章，文中阐述了一种可以成倍提高网络运行速度、精准度以及容度的技术。

文章一出，立即如同朝平静湖心丢进一块巨石，引起了轩然大波。

有人质疑，有人嘲笑，更多人冷眼旁观。

其实大家质疑的焦点无非是，一个身处网络技术并不领先国家、教育背景也不显赫的老男人，哪来的把握说出这些大话？可当一个月后，陈州真的将100组实验数据结果发布出来时，一切质疑的声音尽数消失。

举世震惊！

经济赞助、要求技术加入，种种之前根本没有的待遇纷至沓来，陈州一下子成了站在世界顶峰的男人。

然而，伴随着光环一起到来的，还有黑暗。就在陈州宣布公示实验成功结果的前一晚，保存所有数据的芯片被盗，而装着备份资料的电脑，也很意外地被捣毁了。

也就是那天，伴随着芯片一起失踪的，还有韩震的哥哥，当时任滨岛市警察局特警组组长的韩川。失踪前，韩川同还在警校读书的弟弟韩震通了最后一个电话。

"石头……"唐安柏很久没见这样的韩震了，他收起一脸戏谑，指节敲着桌面叫道。

像被巫婆施了破解咒，韩震肩膀一动，手随后由膝盖转搭到一旁的扶手上，目光不再失神，而是深邃地盯着桌上的文件夹，若有所思。

"你觉得以我们现在的实力，加入这个计划的可能性大吗？"

其实根本不需要唐安柏回答，韩震的眼神已经流露出他究竟抱有多大的把握了。

唐安柏起身走到韩震的书架旁，从上面抽出一本书，边翻阅边说："没什么不行的。"

谈笑的语气中，滨岛市最大的一家网络安全开发公司Deep未来一段时间的命运就这么被决定。其实，早在韩震脱下警服的那刻，这个当时还不存在的公司的命运，就已经被决定了，不过是为了找出当年资料失窃的真相，再找到韩震的哥哥——韩川。

韩震左等右等都没看见叶晴回来，他下到一楼大厅时，叶晴正坐在角落的沙发上打电话。不知有什么好事情，她的笑从嘴角一直延伸到了眼角，像朵太阳花似的。不好的记忆因为这个笑顿时被驱逐得一干二净，他抿着唇走过去。

"什么事那么高兴，把我的热豆浆都搁凉了？"他用手探了探桌上的豆浆杯，装模作样地说。

"韩震！"叶晴尖叫一声抱住了韩震。

热情来得太过突然，韩震有点结巴："干……干吗？"

"医生来电话说，我妈妈最近康复得特别好，我好高兴……"再抬起头时，叶晴的眼睛已经有点湿了。像寻求安慰似的，她又蹭了蹭韩震。叶晴情绪没宣泄够，人就被拎起来，紧接着她被韩震半拉半抱地带离了大厅。叶晴恍惚间听到韩震说了这么一句："吃饭去。"

吃饭就吃饭，干吗这么激动啊？叶晴想不明白。

1楼门口的两个小保安觉得眼前一阵风刮过，他们相互看了对方两眼。

保安甲问保安乙："刚刚那个是韩总吗？"

保安乙挠头："不会吧，你啥时候见韩总在公开场合和女的走在一起过……"

保安甲："是没有，可是……"

而此时的韩震，早在他手下员工讨论他私生活的时候，全心处理起了他的私生活。

韩震开车带叶晴去吃饭。他预订的是滨岛一家有名的中式餐厅。

趁着点好菜，叶晴去了下洗手间。一会儿吃饭时，她打算和韩震说元旦回家的事。正低头洗手，隔间的一扇门打开了，随着一个女声的响起，叶晴的眉毛一皱。

"知秋啊，你放心，我肯定给咱儿子找个好高中，我就不信了，凭咱儿子这个脑子，读书会读不过你家那个丫头……"

秦梦瑶讲得正欢，冷不防一抬头看到她口中说的"那个丫头"突然就站在她面前，而且眼神不善。

她盯着叶晴，小声对着手机交代几句，挂了电话。

秦梦瑶收了手机，双臂环胸看着叶晴。

"这不是我们叶大小姐吗？怎么这么巧啊？"

一直以来，叶晴都知道秦梦瑶不是善类，事实上，自从叶晴小学毕业前夕，这个乡下女人抱着当时还在襁褓里的叶耀杰找到她家时，她就知道秦梦瑶不是好人。

是好人谁会三番五次纠缠那个男人不放？是好人谁有那个脸说她才是那个男人的真爱？

是爱男人，还是爱男人给她身上置办的那些东西？天知道。叶晴边擦手，边用余光打量着秦梦瑶。

看得出，秦梦瑶他们最近应该过得不错，无论是衣着还是配饰，秦梦瑶身上的都是当季流行的款式，细看质地，也都是高级货。叶晴淡淡一笑："是啊，出门见鬼，遇人不淑。"

她扔了擦手的废纸，纸团画着弧线落进垃圾桶里，连同秦梦瑶的脸色一同跌至了最低点。

说起来，几年的时间，秦梦瑶也不那么年轻了，当初年轻的脸庞生了几道细纹，叶晴的话更让这细纹扩张成数道枯枝，秦梦瑶瞪眼："叶晴，有你这么和长辈说话的吗？怎么讲我也是你法律上的妈！"

叶晴抚额，有点头疼，是人都要脸，可秦梦瑶连脸是什么都不知道，这该怎么办？

"我是占用你家DNA序列号了，还是和你共用同一血缘了？我真不知道你咋有这个脸说你是我妈的？你不就是个破坏别人家庭的第三者吗？"

秦梦瑶没想到叶晴说话这么难听，她的脸色很难看。说实话，如果不是为了给接下来要张罗的事作铺垫，她犯得着主动和她搭话吗？她可没那个闲情逸致没事找骂。

隔间里一阵冲水声后，一个拎着Tiffany包包的女人走了出来，显然是听到了她们刚刚的对话，正用鄙夷的目光看着秦梦瑶。

爱面子的秦梦瑶脸色彻底变了，早把之前和叶知秋打好的如意算盘忘得一干二净。

【02】

韩震在前厅坐等了许久，菜都上齐了，叶晴还没出来。他朝走廊方向望了会儿，终于忍不住起身去洗手间。

韩震到的时候，洗手间门口早就围了一大群人，几个男的捂着裤裆站在最外围，显然欲入而不得，忍得极辛苦。韩震个子高，视线透过人群看到被围在中间的叶晴。叶晴神色很淡定，再看她对面那位就不然了。

秦梦瑶手里的包包带被她抓得吱吱直响，她满脸通红，唾沫横飞，对着叶晴嚣张地说："你爸爸就是疼我，厌恶你那个病妈，怎么样？知道我这次是来干什么的吗？你爸爸做生意赚钱了，现在就是拿钱送你弟弟来这里读高中的，他是不忍心让耀杰和你一样，在小城市读高中……"

"叶晴。"

秦梦瑶说得正起劲，自以为已经把叶晴那个臭丫头说倒时，一个男声突然穿过人墙，钻进了她的耳朵。

她身边站着的一个瘦高男孩儿趁机拉了拉她："妈，你就少说两句吧。"

秦梦瑶的确没敢再多说什么，因为上次在叶家，她就见识过这个男人的厉害，即便只是很短的几分钟，她也看得出这男人不好惹。

她吞了口口水，看着韩震穿过人群走向他们时，不自觉地往旁边移了移。

"我也没说什么啊。"她回儿子的话，可天知道她说了几句该说的，多少句不该说的。

韩震压根理都没理她，走到叶晴身边，皱着眉说："洗个手这么慢，菜都凉了。"

"凉了让他们热热呗。"叶晴一脸无所谓。

韩震拉起她的手："叫人重上了，你再不回去吃，这次的再凉了你埋单。"

"韩总，你把我卖了也不够这一桌子饭钱啊……"叶晴丝毫没把和秦梦瑶之间的不愉快放在心上，向韩震求饶。

韩震哼了一声："你还知道？"

"姐……"

韩震和叶晴已经走出了段距离，秦梦瑶身旁那个叫耀杰的男孩儿突然出声喊她。叶晴脚步一僵，没回头。她听到叶耀杰用极小的声音说："姐，你别怪妈……"

"走吧。"她扯了扯韩震。

再没管其他人，叶晴拉着韩震离开了人群。直到走到转角时，叶晴的肩膀才开始有了耸动。

韩震眼睛看着前方，手绕过叶晴的肩，慢慢将她搂进怀里，轻轻摩挲着她的头发，说的话却一点都不温柔："谁允许你为别人伤心了？"

"谁伤心了！"叶晴吸吸鼻子，刚刚的酸楚因为韩震一句话烟消云散。

谁都渴望幸福，坚强如叶晴，也不止一次地对家庭、对父亲有过企盼。只是当家庭意味着离散，当父亲变成"那个男人"的时候，只有韩震是她能触碰到的幸福。

"韩震？"

"干吗？"

"你以后会喜欢上别人吗？"

"这是什么问题，傻死了。"

"可我想知道……"

"吃饭去。"

"韩震……"

"不会啦，笨女人。"

"你才笨呢！"

挥着拳头抗议的叶晴觉得自己真是和幸福久违了。

　

韩震和叶晴最终也没吃到那家店子的招牌菜，这让饥肠辘辘的叶晴多少有点遗憾。但韩震在她没有察觉的时候，用另外一种方式补偿了她。

秦梦瑶被饭店保安架出来时，嘴里还止不住骂骂咧咧："是谁，是哪个说我扰乱秩序，是不是叶晴那个死丫头？天杀的，欺负到我头上了，老娘又不是不花钱，凭什么不能在这儿吃饭……"

几个保安盯着这个衣着光鲜、言语却粗俗不堪的女人，眼露鄙夷，把她往台阶下一搡："你啊，有钱上别处吃去。我们老板说了，这里不欢迎你。"

"你们老板……"

随着饭店大门打开，刚刚那个拿着Tiffany包的女人走了出来。

"燕姐走好。"几个保安鞠躬。

女人钻进停在路旁的车子里，透过车窗看了眼坐在地上灰头土脸的秦梦瑶，随后扬长而去。

即使没有韩震的关系在，她的店也不欢迎这种人。

吓坏了的叶耀杰见人走得差不多了，这才跑过来扶秦梦瑶："妈妈，你没事吧？"

"废物，我看生你这么个儿子就是给我添累的，都不帮你妈我！哎哟……"

身后响起一串汽车鸣笛声，秦梦瑶吓了一跳，回头想骂，却发现身后停的几辆全是好车，再大的火气也只得咽回肚子里。

她边借着耀杰的手劲站起来，边气哄哄地拿出手机："喂，叶知秋，你这个没出息的，告诉你，赶紧把叶晴那丫头给我处理掉，气死我了！"

秦梦瑶大声讲着刚刚的事情，丝毫不掩饰对继女的不满，一口一个叶晴，活像要咬死谁似的。她不知道自己的电话不仅让叶知秋心烦，也把刚刚从车上下来的一个人叫停了。

随从把他跌落在地的手机捡起来："总裁，你的手机。"

男人沉吟一下接过手机，摸了摸手机链上的蜻蜓挂饰，又回头看着依旧在马路上大声嚷嚷的秦梦瑶，转身朝饭店旁边一家会所走去，边走边对旁边的人说："去给我查一个人，我需要她4年来的生活状况。"

那个人的名字是叶晴。

"是，总裁。"

叶晴没想到，自己提出元旦回家的事情时，韩震会答应得那么痛快。他那种小心眼能给她那么大自由，这倒真让叶晴刮目相看了一回。可是当唐安柏、马鸣把自己送上火车，夏花递给自己一大包东西的时候，叶晴发现了某件不对劲的事情。

"韩先生，你怎么在这儿？"叶晴侧目而视。

叶晴嘴里提到的"韩先生"抿嘴看她，一板一眼地说："叶晴，看人要正视。一，以示尊重；二，对眼睛好，防斜视。"

叶晴觉得自己的右脸因为韩震这句话都抽筋了，她揉了下脸，说话没好气："你怎么跟来了？"

"回家。"

抽筋加剧了，叶晴干脆拿手拍拍脸："你家在虞商？"

"不在。"

叶晴被噎得不轻："那你回的哪门子家？"

"回你家啊。"

叶晴怎么看怎么觉得韩震现在的眼神里写着一个字：笨。

叶晴有点晕，没记错，她和他明确关系没多久吧，什么时候到带回家的地步了？

"还有，我买的是硬座票，这是怎么回事？"

几小时的路程，买软卧票，她真不知道这人怎么想的。

"睡觉啊。"

叶晴的脸腾地红了，她警惕地看着一旁的韩先生，谁知对方早就倒在枕头上睡过去了。

这是趟贯穿南北的长途列车，而从滨岛到虞商是最后一站，因此整个卧铺车厢基本上都是空的，所以他们整个格子间就更像一个包间了。

叶晴坐到对面后，拿本书也看不进去，便歪头看着韩震。自从那天后，韩震这几天好像在准备什么项目，人很忙，见面少了不说，仅见的那几次，他眉宇间也添了不少疲累。

他的睫毛很长，估计连他自己都不知道；他的眉毛很好看，叶晴看着看着，手里的书就被扔到了一边，她托着下巴，凑近看他。

有新短信提示。

叶晴拿出手机看，是夏花发来的。

丫头，那包东西里有吃的，还有给你"消遣"用的。切记：回家看。

搞什么？

叶晴收起手机，刚想去看那个包，行驶正常的列车突然"嘎"的一声减速了。因为惯性前倾的叶晴一阵眼花，人整个儿跌了出去。再睁眼，她正对上韩震的眼睛，他的眼睛亮得吓人。

"这算是投怀送抱？"韩震挑挑眉毛。

快速抽身的叶晴"喊"了一声，但她的狼狈还是很明显的。

虞商火车站和叶晴家之间有段不长不短的距离。韩震和叶晴下火车出站，拦了辆出租车，20分钟后到了叶晴家楼下。韩震付了钱，半抱着瞌睡了一路的叶晴下了车。才经过期末考的关系，叶晴半路在火车上睡着了。她下车时才清醒点，可上了出租车又睡了。

可真能睡。韩震想着，摇醒叶晴："猪，醒醒。"

叶晴压根没听清他说的是什么，迷迷糊糊"哦"了一声，睁开眼睛。

韩震忍不住乐了，还真是猪。

上楼开门放好行李，叶晴在沙发上坐了一会儿，看着韩震说："韩震，要不我带你去个地方？"

"走啊。"韩震说。

叶晴是带韩震去她妈妈现在住的医院。

"我妈妈就住在里面。"半个小时后。从出租车上下来的叶晴指指眼前那栋白楼说。

韩震抬头看，白色楼宇顶端有几个红色大字——永安精神康复医院。

叶晴扬扬眉毛："韩震，如果你后悔了，是可以离开我的。"她一点都不介意，郑斌当初不就是因为她有个患精神分裂症的妈才和她提的分手吗？虽然这理由相当冠冕堂皇。

"废话怎么那么多。"韩震不耐烦地直接扯着叶晴进门。说实话，他的动作一点也不温柔，可叶晴就是觉得心里温暖。

午后的病房很静，不细听压根听不到铁闸门那头偶尔传来的尖叫声。前面是医生办公室，门半掩着。叶晴停住脚步正准备推门，从门里传来的男声让她停住了动作。

"大夫，我老婆的病好些了吗？"

隔着门板，叶晴看不见叶知秋的脸，却想象得出他搓手耸肩说话的样子。她皱着眉，忍不住翻了个白眼。都说离婚的夫妻好聚好散，她这个爸怎么就要和她妈胡搅蛮缠呢？她才听了一句就听不下去了，推开门："叶知秋，没记错的话，你老婆秦梦瑶不是在滨岛吗，什么时候跑虞商住院来了？"

叶知秋没想到叶晴会来，他表情尴尬，一时说不出话来。

叶晴也在打量他，比起上次见，他精神好了不少，衣着也光鲜高级了，只是被亲生女儿戗了一顿，再好的精神也没那么好了。叶知秋脸憋得通红："小晴，我就是来看看你妈，好歹夫妻一场，这是理所当然的啊。"

"求你少点理所当然吧，我替我妈谢谢你。"叶晴没因为叶知秋的态度良好口下留情，因为她一直知道，如果不是因为这个男人，她妈妈是不会长期遭受精神压力，最后得了这么个病的。

"你……"叶知秋自知理亏，本来就"你"不出个所以然，等他看到韩震时，就更不敢说话了。板着脸不说话的韩震的确容易让人觉得他是个不好惹的人。

"叶先生，我看今天你还是先回吧，哪天时间方便了再来看患者也不迟。"对叶家情况略有耳闻的医生对这个姓叶的男人也看不顺眼，这几天不知哪根筋不对，他三五不时地就往医院跑，来了也没说正经看病人，只是打听女儿来过没。本来叶知秋来看前妻就是假的，现在他目的达到了，于是说了句"好，我改天再来"之后借坡下驴，走了。

叶晴在办公室询问妈妈的病情，出了门的叶知秋则忙着给秦梦瑶打电话："回来是回来了，可是不大好办啊，那男的也跟着一起回来了……什么？哦！好！"

挂了电话，他长吁了一口气，有点无奈地低下头。其实叶知秋也知道自己要做的事情对不起叶晴，不过他没办法，他要生活。

叶晴倒不知道叶知秋正在打着她的歪主意，她就觉得今天一整天她都是在坐车，先坐火车，现在又开始不断地坐出租车。

但这次绝对是她最开心的一次了。搂着妈妈坐在出租车后座上的叶晴觉得自己超级幸福。因为郝云的情况稳定了许多，医院特许她回家过元旦。

就像感知得到女儿情绪似的，郝云伸手抚摸着叶晴。医生说的果然没错，妈妈的情绪的确稳定多了。好消息似乎不止这一个，刚刚临行前，医生悄悄对她说，如果能把妈妈安置在更轻松的环境下疗养，会恢复得更好。

轻松的环境，有；价钱，也有；钱，没有。不过叶晴是个天生乐天派，她觉得自己一定能想到解决办法的。

"知秋啊，你对叶晴好不好啊？她是我们的女儿啊。"郝云说。

因为这句话，欢喜没多久的叶晴就沮丧了。

"妈，他是韩震，不是我爸！"叶晴觉得无奈都表达不了自己现在的心情了，也许心酸更合适吧。

可有人心情却好，韩震竟然说了句："没事，反正男朋友基本是包办老爸的活的。"

你的脸就不能适当缩小点尺寸？叶晴真觉得自己当初是看走了眼，有段时间她怎么会觉得韩震是个深沉内敛的人呢？

折腾了一天，安顿好郝云的叶晴离开客厅去整理东西。再回客厅时，韩震坐在郝云旁边，把苹果削成片送进郝云嘴里。郝云的精神虽然好些了，但身体自控还是不好，苹果块嚼了没几口就有汁水从嘴里漏出来，常人该会觉得这很恶心吧，可韩震就是有那个耐心，擦干净郝云的嘴，又喂了一片苹果。

叶晴的眼睛湿润了，变故却突然发生了。

刚刚还很平和的郝云突然二话不说，抓起韩震的手狠狠地咬了下去。

"妈！"叶晴吓了一跳，赶忙跑过去拉。

50多岁的女人发起狠来力气竟出奇的大，无论叶晴怎么拉，她就是不松口。

"妈，你快松口啊！"眼见着血已经开始流，叶晴急得快哭了，"韩震，你再忍忍。妈，你别咬了……妈……"

"嘘。"韩震朝她做了个噤声的手势，"多大点事儿，哭什么？"

叶晴算是服了韩震了，敢情她为他挨咬着急，他自己倒不领情？

当她看到韩震接下来做了什么事儿的时候，她是真控制不了心里的暖意了。韩震一下一下抚着郝云的肩膀，一遍遍说："妈，我会对她好的，你放心。知秋不对她好，我也会对她好的，比知秋好许多倍许多倍。"

郝云松口是两分钟以后的事情了。叶晴觉得，不管妈妈是否是在生病，她都是惦记自己的。

卧室里。

叶晴低着头，手里拿着棉签，语带埋怨地说："可能会疼，你忍忍。怎么就不知道躲呢？"

"躲了你妈还能把你嫁给我？"韩震说得理所当然。

"还知道耍贫嘴，看来咬得不重。"

"哪不重了，掉肉了！"韩震晃晃手，叶晴觉得他有假扮重症伤员的嫌疑。

"要不去医院包一下吧，感染了就不好了。"

"啰唆。"他缩回手，看了自己的手3秒钟，"不过是挺疼的。叶晴，给我点止疼药。"

"家里没有啊。"叶晴回忆着家里的止疼药早在几年前就都丢掉了，她没注意到韩震正慢慢靠近自己。

韩震说："你不就是……"

"砰"的一声，伴随着碘酒瓶的落地声，叶晴在一个激烈的吻当中眩晕了。

曾经，在一个差不多的情况下，郑斌的逃避就预示了他们的分离；现在，也是相似的情况下，叶晴觉得也许韩震真的就是自己的归宿。

叶绍坐在车里已经好一会儿了，他指间夹着一支香烟，不时吸上一口。几分钟过去，香烟燃尽，被火灼疼的男人这才回过神。他打开车窗，扔掉烟头。火星落地点早散落着几个相同牌子的烟蒂。

他打开车内灯，伸手从旁座上拿了个文件夹过来。叶绍翻了几页，目光停在了其中一行文字上。

韩震，父，韩博宇；母，楚玉；兄，韩川。

韩川……叶绍的指头停留在这个名字上，脑海里随之浮现那个个子瘦高、有着古铜色健康皮肤的男人。

"韩川，韩川……"叶绍喃喃了几遍这个名字，突然轻笑起来。他把手放在方向盘上，车喇叭被挤压着发出嘟嘟声，声音惊醒树上一家正在休憩的小鸟，树枝间又是扑棱一阵响。叶绍摸摸下巴："韩震，既然你和韩川是这种关系，那这个局，你是出定了……"

他拿出手机，拨了一串数字。已是深夜，电话却还是很快被接起了。叶绍盼咐了几句就挂了电话，把玩着手机上的蜻蜓挂件，他的目光变得柔和："丫头，很快我们就能见面了。"

虽然睡得算不上好，不过第二天清早，叶晴还是很早就醒了，她是被一个声音惊醒的。她反应半秒后倏地起身，朝声源跑去。声源是从厨房发出来的。她以为是妈妈摔了什么，到了才知道，竟然是韩震。

晨雾初散，阳光柔和地包裹着男人的脸庞，他的脸有点红，像是很生气地说了句："叶晴，你家这碗也太不结实了吧。"

是碗不结实还是少爷你手不稳啊？碗都拿不住。这么想着的叶晴没拆穿他。她看着正在做饭的妈妈。

郝云放下汤锅，把手在围裙上擦了一下，回头："小晴，快把他拉出去，厨房不是男人该进来的地方。"

叶晴看着宛若正常人的母亲，喉咙忽然像被扼住一样，眼眶转眼就酸了。很久以前，在她还很小的时候，妈妈也是这样把跑进厨房想帮忙的那男人赶出来。那时候，那个男人还会抱起叶晴举到头顶，然后很大声地说："妈妈不要我们帮忙，那爸爸就带囡囡去看电视。"

好端端地，怎么又想起过去了？叶晴晃晃脑袋，抓起韩震的手把他往外带："行行好，我家的碗不经摔。"

什么话！韩震竖起眉毛。

【03】

饭桌旁，叶晴喝着粥，不时拿余光扫一眼韩震，心情不错。

吃过饭，郝云又变得萎靡，坐在沙发上发呆。

叶晴见了，放下碗，说："妈，我带你去看电视吧。"

郝云木木地点头，韩震的手机几乎同时响了起来。看一眼号码，韩震去阳台接电话。

电视里播放着一出原配斗小三的戏码，原配凶猛，小三根本无机可乘。也不知道郝云是看懂了还是怎么的，一直拍着巴掌。坐在她旁边的叶晴则隔着阳台玻璃门，看着正焦躁地走来走去的韩震。10分钟后，韩震打完电话，回来。

"天塌了还是怎么的？眉毛都快拧成麻花了。"叶晴打趣韩震。

韩震却一本正经地凑到她跟前："有点事，想先走，准假不？"

"快走吧！"叶晴恨不得快点把这个无赖打发走。

送走韩震，叶晴回家，上到3楼，她正掏钥匙，门里的一声怪叫吓了她一跳，叶晴连忙开门。门里秦梦瑶一脸的血，正被郝云按在地上打，怪叫就是她发出来的。

眼看着郝云从桌上捞起个花瓶就要往自己身上砸，秦梦瑶尖叫一声，抱着头往门口一滚，才滚了半圈不到她就撞上个人。秦梦瑶睁眼一看，像找到救星似的直接抱住了叶晴的腿："救命啊，你妈杀人啦！"

"咔嚓"一声，花瓶在她身边的地板上摔碎了，郝云急红了眼，直接劈头伸手乱打起来："打死你这个狐狸精，我打死你这个狐狸精！"

久病后的郝云运动半天，体力本就消耗了很多，再加上秦梦瑶左躲右闪，其实真打到她的并没有几下。

叶晴晃晃腿："喂，有完没完了，你再不放手，我妈不揍你，我都饶不了你。"

她是真嫌弃秦梦瑶。

秦梦瑶听了她的话，再不敢造次。她松了手，却直接连滚带爬躲在了叶晴身后。

秦梦瑶出身农村，家里却也没要她干过什么重活，嫁给叶知秋之后更是被当阔太太养起来了。对秦梦瑶来说，已经打红眼的郝云，她是毫无招架之力的。

至于叶晴，她是想要母亲多打几下出气的，可临出院前，医生特意嘱咐需要让病人保持情绪的稳定。她不能忘。叶晴伸手扶住母亲："妈，你打错人了，她不是狐狸精，她是来清扫楼道的阿姨。"

"是是……我是打扫楼道的，大姐，你打错人了……"都快被揍得脸部毁容的秦梦瑶忙不迭地点头。

叶晴扶郝云进屋，喂了药，照顾她睡下，这才出了主卧。

客厅里，秦梦瑶拿着化妆镜在照她那张肿脸。听见声音，她警惕地回头，见是叶晴，秦梦瑶似乎是松了口气。她那样儿，压根是怕郝云再冲出来揍她一顿。

叶晴不禁哂笑了一声。

"擦擦。"她递了管药膏给秦梦瑶。

秦梦瑶没敢接，叶晴也懒得计较，把药膏往桌上一扔，说："里面装的是辣椒水、鹤顶红。放心用吧。"

"你来干吗？"叶晴坐在沙发上，沉声问。

叶晴的话让正往脸上抹药膏的秦梦瑶猛地回过神，她看看虽然是坐着却依旧高高在上的叶晴，再反观狼狈的自己，喉咙一下子就紧了起来。她现在可是名正言顺的叶太太，气势怎么能这么低？身上很疼，但秦梦瑶没忘记此行的目的，她露出一个悲戚的表情："小晴，无论如何，这次你也要帮帮你爸爸……不然我就算被大姐打死，也不能出这个门啊……"

秦梦瑶叫郝云"大姐"，叶晴觉得这是个很讽刺的称呼。

秦梦瑶的白色雪弗兰就停在10米外的空地上，叶晴远远看着，脚下却迟迟没动。

"小晴，难道你真要我去求大姐，你才肯答应去救你爸爸吗？"

　　秦梦瑶的话止不住又让叶晴恶心了一下，一次次，一次次，除了母亲，他们似乎没有其他理由来要挟自己。

　　可就这一条，天下无敌。

　　"走吧。"叶晴冷着脸上车。

　　坐在车里，叶晴盯着车内崭新的车饰，一字一顿地说："只此一次，再有下次，我就是抱着我妈去死也不管他！"

　　"嗯嗯……"秦梦瑶连忙点头答应。

　　雪弗兰载着各怀心事、两种心情的人消失在马路尽头。

　　开了有20分钟，秦梦瑶放慢车速，雪弗兰稳稳停在了一座二层建筑前。复古的楼阁上挂着个牌匾——醉仙楼。叶晴没想到，竟是虞商占地最小，却最高档的饭店。

　　叶知秋好赌，叶晴已经记不清从大二开始，自己帮了他多少次了。其实叶晴不觉得自己有什么打牌的天赋，无非是记忆力好点罢了。这次秦梦瑶说叶知秋又输得极惨。

　　"进去吧，你爸在203。"秦梦瑶对叶晴说。

　　"他不是我爸，注意你的措辞。"

　　秦梦瑶那叫一个气啊，可她又不好发作，只好赔着笑脸改口："知秋在203等你……"

　　叶晴哼了一声，进门。

　　203号房门口，叶知秋搓着手，接连朝远处望了好几眼。当他看到叶晴时，脚步快得真让叶晴怀疑再快哪怕那么一点，叶知秋就要直接跑出亚洲了。

　　"小晴，这次你一定要救爸爸！"叶知秋说着伸手去拉叶晴，被叶晴一把打开了。

　　"叶知秋，什么时候你才能让我安生点？你已经毁了妈妈，还想怎么样？如果真那么看不上我们俩，干脆一刀杀了，我也就痛快了……"

"小晴，你误会了，爸爸这次没赌，爸爸是做生意失手了。"叶知秋脸上挂不住了。

"那你找我来？叶知秋你耍我啊！"叶晴气得转身准备走。

就在这时，房间门开了，里面传出一个男声，声音低沉："既然来了，叶小姐不妨进来坐坐，交个朋友。"

叶晴连说句拒绝的话的时间都没有，人就被几个从房里出来的彪形大汉"请"进房里了。白天，房间的光线不明，叶晴环顾下四周，才发现这间房是没窗子的。

密闭的空间让她有点紧张起来，她抓了下衣襟，却挺直了腰杆："你们就这么请人啊？"

"是我手下无礼了。"一个身材发福的男人挥手示意刚刚那几个彪形大汉向叶晴道歉。听声音，他就是那个声音低沉的男人。男人呷口茶，慢悠悠地说："今天约叶小姐来，一来是想见见面，二来我也是想看看，叶小姐能不能担得起我家儿媳妇的身份……"

儿媳妇……没搞错吧？叶晴掏掏耳朵。

"我的意思是，我在替犬子向你提亲……"男人朝一旁使个眼色，随即有人递了张名片到叶晴手里。

叶晴眯眼看着上面的字——

福摇国际董事长裴斐

她的脸色变了。

她知道裴斐这个人，是虞商很出名的商人之一，不仅有钱还有自己的势力，更重要的是，他口中说的犬子是个有智力障碍的人。

叶晴也是从一些小报、杂志上知道裴斐儿子是智障的事的，只可惜裴斐很保护这个儿子，加上叶晴对这些八卦向来没什么兴趣，所以具体对方是个怎么智障法她不清楚，她更想不通，一个她压根就不认识的人，怎么就和自己"谈婚论嫁"起来了？

没忽略叶晴表情变化的裴斐端着茶盅，不紧不慢地说："我也是机缘之下认识了你父亲，他把你的事情告诉了我，想必你也知道，犬子身体不是很好，我也正是看中你对令慈悉心照顾的孝心。我查过你从小到大的经历，品学兼优、善良、正直，很适合犬子。"

"裴先生是不是漏了一点，我还不认亲爹呢。"叶晴冷笑。她是真想不通，叶知秋哪来的那么厚的脸皮，这次竟然想把她嫁给一个智障。

她深吸一口气，说："能被大名鼎鼎的裴先生看中，是我的荣幸。但这福气你还是留给别人吧，我没兴趣。"

"啪啪啪。"身后有人鼓掌。掌声打断了叶晴算不上愉快的情绪，她回过头去看是谁。醉仙楼的雕花屏风在灯光照射下镌刻出一道线条委婉的暗影，暗影落在地上。鼓掌的人就站在屏风边，明暗相交的光线落在他颀长的身上。

叶晴的心跳像漏了一拍："哥？"

叶绍微笑着走到叶晴身边和她并肩站在一起。叶晴听叶绍这么对裴斐说："裴总，我妹妹脾气不好，我又不想逆她的性子，婚事嘛，我看还是算了吧。"

叶绍拉着叶晴准备走人。裴斐没发话，可叶晴跟着叶绍没走几步就被几个大汉挡住了去路。

老板请来的"客人"怎么能说走就走？他们的态度相当明确。

"替我保管。"几乎没有给人思考的时间，叶晴听见叶绍对她说了这么一句话，然后她手里多了部手机，手机上面的吊坠很眼熟，叶晴想了想，想起那是她送给叶绍的。

"哥……"

她叫叶绍，却阻止不了叶绍和对方大打出手。

　　彼时，正坐飞机回滨岛的韩震对虞商发生的一切一无所知。他头靠在座位上看着窗外那一小片天空，脸色不是很好。

第七章

他闭着眼，眼前依稀出现了当初那个抱着自己哭泣的小姑娘。那时的他只要轻轻地拥抱着她、拍拍她，她就不哭了。

曾
经
的
你
已
不
在

【01】

　　叶晴被叶绍拉着下楼时，她的手心冒着汗，心情却止不住激动。她觉得哥哥真的好帅，以一敌多，虽然结果是他也挂了彩。她不知道裴斐是因为什么放他们走的，总之他们现在人是站在醉仙楼门外的。

　　叶知秋和秦梦瑶坐在车里等着里面的动静，看上去十分紧张。秦梦瑶眼尖，她一眼看见了出门的叶晴。叶知秋还没反应过来就被老婆一把拉到窗户旁。

　　"她怎么就出来了？太快了吧？该不是出什么岔子了吧？"秦梦瑶用手肘撞了叶知秋一下。

　　秦梦瑶这一下直接把叶知秋撞得撞上了窗玻璃，他愁眉苦脸地说："我说你就不能不动手！老动手，老动手……"

　　说着说着，叶知秋不说了，他揉揉眼睛——叶晴身边的人怎么这么眼熟啊？他想了一会儿，一拍脑门："怎么是他啊！"

　　叶绍的车开出去有一段路，叶晴卡在嗓子里的那口气才算吐了出来。想起刚刚叶绍避过的那一击，她又瞥了叶绍一眼："哥，你胆子还真大，对方人那么多……"

　　"怕了？"叶绍手握着方向盘，看了叶晴一眼。

　　叶晴翻了个白眼："谁怕了？你被打死了我还得替你收尸呢！"

　　叶晴这话没让叶绍生气，他反而笑了，伸出一只手揉了揉叶晴的脑袋："像我妹说的话。"

　　叶绍问叶晴这些年过得好不好。叶晴觉得她有好多话要说，就在她想着从何说起时，已经从醉仙楼门外被请进门里的叶知秋夫妇却心情忐忑。

站在203门口，叶知秋犹豫半天却迟迟不敢敲门。一旁的秦梦瑶等得不耐烦，往他胸口又是一推："干什么呢？敲门啊！"

"不是，我是想刚刚小晴那么快就出去了，是不是有什么事啊？"叶知秋回头看着自己的老婆，一脸苦相。

他们身后的人也不耐烦了，一个穿着黑西装的男人直接沉声冲门里报告："裴爷，人到了。"

叶知秋的脸彻底垮了，他像被逼上梁山似的硬着头皮推开门。

站在屋里，叶知秋搓着手，一时不知该说些什么："裴总，那个……我女儿……"憋了半天，他总算说了一句，"小晴她脾气不大好……"

一直低头喝茶都没看他一眼的裴斐听了这话，慢慢放下杯子："恰恰相反，我喜欢令爱的性格，所以我们的协议现在基本可以开始执行。"

裴斐扬了下手，有人递了张支票到叶知秋手里。

叶知秋低头看了一眼上面的数字，心里又惊又喜："裴总，这个数……多了吧？"

秦梦瑶探头一看，拍了下叶知秋的手："人家裴总给你自然有人家的用意，你只管收着就好！"

如果不是碍着外人在，秦梦瑶铁定把支票直接抢到手里。

"叶夫人说得对，而且在我看来，用这个数换你一个女儿，赚的人是我。"裴斐用指头一下下敲击着桌沿，"不过这钱给你们的前提是，你们要确保我看到我想看到的结果。"

真正的威胁，不是拿刀架到对方脖子上，也不是言辞多么激烈，威胁的最高境界，是一句平和到不行的话，出自一个翻手云覆手雨的人的嘴里。

叶知秋咽了口口水，好半天才反应过来点点头。

这个时候的叶晴倒不知道自己还在被她的那个爸算计着，她站在自家楼下和叶绍说话。

"哥，这次你回来是不是就不走了？"副驾驶车门外，叶晴手搭着车顶，问正下车的叶绍。

"记得我当初是怎么说的吗？你把那个游戏打到通关我就回来，现在回来了，当然不走了。"叶绍几步绕过车头，站在叶晴旁边。

"那个游戏通关的事情你都知道？哥，你是神吗？还有，今天你是怎么找到我的？"

"这是我和你之间的默契。"叶绍用指头在叶晴脑门上敲了一下，"走，今天陪你过节……"

叶晴知道她这个哥哥和家里的关系比起她，那是有过之而无不及，这么想想，她就不问了。跟着叶绍，叶晴一路上了楼。叶晴拿钥匙开了门，屋里却一点动静也没有。叶晴估计郝云是睡了，指指沙发，要叶绍坐，自己则钻进主卧室去看母亲了。再出来时，叶晴看着叶绍正对着餐桌上的碗筷发呆。

她挠挠头："出门走得急，碗还没洗。哥，你是不是饿了，要不我陪你出去吃点儿？你知道，我厨艺不怎样。"

她一向是个实诚孩子，这点让叶绍也觉得无奈："知道我们叶大小姐天生就是要人伺候的命，小的不伺候谁伺候？"说完，他钻进了厨房。

叶晴倚在厨房门口，看着在里面忙活的叶绍，记忆一下子回到了他们第一次见面的时候。

叶家上下，是土生土长的虞商人，几代经商，到了叶晴爷爷叶胜这代更是到了盛极。曾几何时，改革开放初期，叶家单是每年向国家缴纳的税收在N市就是头筹，实力可想而知。可应了那句老话，物极必反，事情有盛就有衰。只是叶家的没落来得比想象中要快得多。

富不过三代，在叶家，到第二代就不行了。不是叶家本身不行，而是叶家两兄弟叶解春和叶知秋的内斗太过厉害，硬是把好好的叶家斗完了。

具体的事情叶晴记不清了，她就记得第一次回爷爷家，是她5岁时，上小学前一年。那时候的叶绍正拿着速写本在叶家花园里画着什么，皱着眉，一副严肃小老头的样子。他和叶晴说的第一句话很不友善。他说的是："你打扰我画画了。"

叶晴当时挺委屈，她都还没凑过去看他画的是什么呢。所以，叶绍给叶晴留下的第一印象是：他不喜欢她。

这种印象一直持续到叶晴爸妈离婚后的一天。

那是个雨天，蒙蒙细雨落在叶晴脸上，同眼泪混在一起流进嘴里，咸咸的、苦苦的，好像同学们的嘲讽——她是没人要的孩子。

9岁的叶晴蹲在学校的墙根下，渺小得像株小草。不知什么时候，头顶多了把伞。叶晴抽泣着抬起头，泪眼迷蒙中看着叶绍的嘴一开一合地对她说："不幸福也没什么，我陪你。"

她不知道叶绍为什么不幸福，但她很高兴，她有伴了，不再是一个人了。

"好！"叶晴很欢快地答。

"好！"现实同记忆叠加，叶晴出声叫了起来。

往外端菜的叶绍脚下一绊，好不容易稳住。他摇摇头："至于那么捧场吗？就算真的闻着香，也不至于叫那么大声吧？夸张！"

"就夸张怎样！"叶晴晃着头，得意扬扬地去帮忙。叶绍的厨艺让她惊讶，四菜一汤。

"啧啧，都够国宴标准了！"叶晴竖起拇指。

"就会贫嘴。"叶绍手里拿着3双筷子，他用筷尾在叶晴头上就是一敲，"去叫你妈出来吃饭。"

其实离上一顿饭并没过太久的时间，不过叶绍意外的回来让叶晴开心，她"哦"了一声，进去叫郝云。

郝云被叶晴扶出来时，药劲还没过，迷迷糊糊地念叨着什么。

叶晴把她安顿在座位上，就对叶绍说："哥，你坐，我去盛饭。"

　　叶绍坐在郝云对面，听见她嘴里低低念叨的是"知秋，知秋"，他的眉头不由自主地皱了起来。叶晴刚好端饭回来，叶绍沉声感叹："你妈就是把感情看得太重了，不然也不至于这样。"

　　"都怪这世上王八蛋太多。"叶晴递了碗饭给郝云，把另一碗给叶绍，"不小心就撞上一个。我妈要的东西都太纯粹了。"

　　叶绍吃着饭，想到了什么，抬头问叶晴："如果男人要的不只是爱情，还要他的女人对自己的事业有所助力，这样是不是就不纯粹了？"

　　"这个问题我没想过。"叶晴端着碗摇头，"我觉得，两者都有当然好，可往往男人要的这些是出现在两个女人身上的，老婆给事业支持，情人给爱情。不过，哥，好好的干吗问这种问题？"

　　"想到了，随便说说。"

　　叶晴没注意到叶绍说这话时，表情是不大自然的。

　　饭后，洗好碗的叶晴接了个电话，她看了一眼号码就蹦蹦跳跳地去阳台接。

　　叶晴这个电话足足打了15分钟，回来时刚好对上叶绍探究的眼神。

　　叶绍问："谈男朋友了？"

　　他一直以为叶晴性格腼腆，他还记得他出国前夕，那时候对已经在交往的郑斌，叶晴都是三缄其口，不承认那是她男朋友。可这次，叶晴大大方方地答了两个字："是啊。"

　　叶绍挑挑眉："哪家的男孩这么倒霉？"

　　"哥！"叶晴嬉笑着给了他一拳。

　　这个时候，在与虞商相隔千里的另一座城市，一栋独体小楼门前，韩震盯着通话结束的手机屏幕，表情温柔。

　　小楼的门就在这时开了，一个中年女人肃容站在台阶上，看着站在台阶下的韩震。几秒钟后，女人叹了口气："儿子，你总算回来了……"

【02】

晚上，送叶绍出门的叶晴还不知道此时的韩震正在和家人进行着怎样激烈的交涉。她站在叶绍身后，看着低头整理衣服的他，半开玩笑似的说："哥，什么时候把嫂子带来给我看看？"

叶绍转过身在叶晴头上一敲："谁和你说你有嫂子了？"

叶晴揉揉头："就是知道没有才替你着急嘛！不识好人心。"

"不急，总要先看你嫁了。"叶绍转着手里的钥匙圈，"明天早点起，我来接你，送你们去医院。"

关于送郝云回医院这事是叶晴刚才和叶绍商量的结果，叶晴本来打算在家多住几天，也多陪陪郝云，可被秦梦瑶这么一闹，叶晴想着还是提前送妈妈回医院去。

叶晴点点头："明天见。"

叶绍下楼时，走得极慢，满脑子不停晃着的是叶晴接完电话时满脸的甜笑。他深吸一口气，扶着扶手迈下了最后两级台阶。

楼外，星星挂满夜幕，四周高耸的楼宇把天地分成一格格小块。叶绍松松领口，钻进车里。他闭着眼，眼前依稀出现了当初那个抱着自己哭泣的小姑娘。那时的他只要轻轻地拥抱着她、拍拍她，她就不哭了。

叶晴是他相依为命的亲人，虽然他和她之间没有血缘关系，不过叶晴的确是叶绍在这世上唯一肯亲近的人。

可现在呢？她身边多了个别人，她信赖的、依赖的也都成了那人。

如果把叶晴的这种变化视为长大的一个必经过程，那么叶绍真的不喜欢这种长大。

"嘟嘟"的电话声响了很久，叶晴的笑由最初的灿烂变为后来的收敛。直到那边传来"你拨打的电话无人接听"，笑容才从她脸上彻底消失不见。

暗下去的手机屏幕让她心里一阵发空，她也不知道从什么时候开始韩震已经在不经意间取代了叶绍，成为她心里那个可以依靠的人。有事的时候，她第一个想到的是韩震，没事的时候也是。

唉……叶晴叹气，爱情真是件让人费神的事情。她胡思乱想着，手机屏幕重新亮了起来，来电显示是刚刚的号码。

叶晴笑了，清清嗓子，故作严肃地接起电话："喂，哪位？"

被家人闹得抑郁不已的韩震，因为叶晴这一句"哪位"，心情顿时好了起来。他关上房门，揉着眉心："吃人的大灰狼。"

"哦，是狼先生，有事吗？"

"晚饭吃的什么？"

"爆炒腰花、西芹肉片……"叶晴一板一眼汇报着刚刚的菜肴，捎带着把叶绍回来的事和韩震说了一遍，至于裴斐的那段她就选择性地忽略了。不为什么，不想堵心。

"哥哥？怎么没听你说过呢？"听她说得开心，韩震躺在床上，闭着眼睛，问得也开心。

"你没听过的事儿多了。"叶晴喜欢和韩震斗嘴抬杠，不过她还是很老实地介绍了叶绍的身份以及他们之间的深厚感情。

叶晴滔滔不绝地说着，于是相隔千里的两人，一个站着，一个躺着，就这么聊了许久。

"明天就送阿姨回医院吗？"听叶晴说起这个，韩震睁开了眼。

"嗯，我哥送我们过去，你放心吧，没事。"叶晴看着窗外漆黑夜空中的星星说。

"哦。"

"韩震？"

"嗯……"

"你是不是很累，还是家里有事？怎么声音听上去没精打采的。"

经历一个下午的争论，如果现在他还精力旺盛，那才奇怪了。不过叶晴对他的关心，韩震相当受用，他咧开了嘴。

猛一听到动静，叶晴吓了一跳，惊讶了老半天，她吐着舌头问："韩震，你是在笑吗？"

那声音在叶晴发问之后，又持续了几秒才收住。韩震拿手掩着口："不然你以为呢？"

"没事……就是好吓人。"叶晴唯恐天下不乱地说。

就在这时，第三个声音从韩震那边传进了叶晴耳朵。

"小震，那个项目你一定不能参加，这点我和你爸态度非常一致，我们已经失去你哥哥，不能再失去你。"

是个中年女人的声音，关心的话说出来却严肃异常。

"晚些打给你。"韩震匆匆说完这句话就挂断了电话。

叶晴弄不清状况。什么项目？什么哥哥？韩震也有个哥哥吗？

韩震收起手机，转身看着母亲。虽然是晚上，楚玉仍然穿得一丝不苟，这是多年从政养成的习惯，即便是在自己家。她坐在韩震对面，看看他："新交了女朋友？别玩太大，不然你安叔叔知道了来和你爸兴师问罪，你又要挨批。"

韩震真开始佩服他这个妈了，思维不是一般的跳跃，刚刚不还在说项目的事儿吗？

他没回答母亲的问题，翻身下地，给了母亲一个背影。过了好一会儿，就在楚玉耐心就要耗尽时，韩震开口了："不管是我的婚事还是项目的事，我都有自己的坚持。妈，你希望你儿子是个没坚持的人吗？"

楚玉看着儿子的背影，失控后的无力感填满了她的心。韩震已经长大了，再不是那个被几道命令一压就脱下警服的小孩子了。她还想说什么，却发现儿子又盯着手机出神，于是她这个当妈的又开始想另一个问题：刚刚和韩震通电话的是谁啊？

叶晴倒不记得和夏花聊到了几点，总之她醒来时，手里还握着早就没电了的手机。

门铃响个不停。

叶晴揉揉眼睛，下床去开门。

"哥，这么早啊……"她和叶绍打招呼。

叶绍表情柔和地看着叶晴："告诉你要早点睡，怎么还是没睡醒的样子……"

叶晴打了个哈欠："打电话打得太晚了……哥，我收拾下就走。"

她转身时，叶绍看到了她一直抓在手里的手机。

叶晴给郝云简单收拾了些东西就带着她跟着叶绍一起下楼。坐在车里，叶绍对叶晴说："丫头，如果换家条件好些的医院，治疗效果是不是会更好些？"

"嗯……"叶绍的话戳中了叶晴的心，医生也说郝云的病如果能换个更好的地方疗养，一定会大有起色的。叶晴表情的变化，叶绍哪会看不见？他是打算好了给郝云办转院的，不过就是比别人晚了一步。

站在办公室中央，叶晴拉着母亲，警惕地看着房间里明显是在等她的几个人："主任，他们是谁？"

叶晴怕又是叶知秋动的歪脑筋。

"你还不知道啊？那天你走后，和你一起来的那位先生第二天又来了，是他给你母亲办了转院，这不，刚才他还来过电话，说你们今天就回来。这几位就是对方医院过来接你母亲的。"主任说着拿了张东西从桌后走出来，"他还怕你不信，留了张字条给你。喏……"

字不多，却解释了所有，叶晴看得眼睛发热。

见叶晴没说话，对方几人中的一个拿出张卡片还有张纸递给叶晴。是医院的名片，还有交接人员详单。

那家医院叶晴知道，是个半疗养式的高档医院，价格高得让她咋舌。

叶晴喉咙有点紧，只是手机在家充电，压根没带出来。她该不该信呢？

一部手机被递到她面前，是叶绍："不确认的话就问问。"

叶晴点点头，接过电话。

"韩震，谢谢你。"如果不是知道他有事，也许这个电话会发展成一个漫长的答谢会。叶晴说了几句，挂掉电话，吸了下鼻子，转身对郝云说："妈，今天咱搬家，你开心不开心？"

她希望妈妈能答她一句："开心。"

用最短的时间把郝云安顿好，叶晴就去车站买了票。

坐在叶晴家客厅里，叶绍看着从小慢吞吞惯了的叶晴风风火火地打包着行李，眼里的情绪早就不能用言语说清。

"以前慢得像乌龟，今天太阳是打哪边出来了？这么麻利……"

叶晴正拉着拉杆箱的拉链，听了叶绍的话她不乐意地找词儿反击，找不着就急，一急，拉链夹住了指头，这样叶晴就更不乐意了："你就不会表扬表扬我啊？"

"表扬你什么，表扬你急切去见你那个男朋友的心情？"叶绍查看她的指头，"我说错了吗？你看你一急做事都开始毛躁。"

指头被叶绍揉得生疼，叶晴拧着眉毛抽回手："哥，我都这么大了，你就别总管我了。"

看着低头继续弄箱子的叶晴，叶绍想说什么却说不出口了，又过了一会儿，他说："找个时间带你男朋友出来见见你哥，这要求不过分吧？"

总算整理好东西的叶晴提起箱子，回头看叶绍："哥，是谁和我说办事不能急躁的？"

直到火车开动，隔着窗玻璃朝叶绍挥手致意时，脑子里想着韩震的叶晴还真不得不承认：她是急了，她想韩震。

可不知是哪儿出了问题，被思念的人竟然渐渐和她失去了联系。

叶晴开始还挺淡定的，装模作样到了节后第7天，她装不下去开始坐立不安了。

【03】

这天是DH大期末考的最后一天，交了卷，叶晴没像其他人那样一脸轻松地商量着晚上去哪儿放松。她出了教室，神情看上去很郁闷。想起考试前关机的手机，她拿出手机，开机后没几秒，接连几条信息提示就蹦了出来。盯着夏花的名字，叶晴愣了一下，点开了信息。

"叶子，晚上7点，老地方见。"

这是几条信息里最后一条，时间显示正是5分钟之前。想必她也是刚刚考完。叶晴叹了口气，直接拨了电话过去。

"没心情没时间没精神，不去好不好？"

"不好！"电话那头，夏花还是一贯的女王范儿十足，"7点钟，准时点儿，迟到一分钟后果自负。"

"嘟嘟嘟……"那边挂了电话，而叶晴此刻的心情则是一堆乱麻。

出了教学楼，叶晴抬头看着天，天空蔚蓝，她却觉得呼吸困难。突然，她轻嗤一声："不就是个男人吗？至于吗？"

才意气风发了3秒，她就又泄了气。就是个男人，只是那个男人是韩震。

想来想去，她还是决定去见夏花。

KTV的前台一如既往的嘈杂喧闹，像锅打翻了的八宝粥，乱成一团了。叶晴摘下围巾，穿过狭长的走廊，途中和几个之前一起工作过的同事打了招呼，站在108包间的门外。

里面出奇安静，安静得让叶晴觉得诡异。虽然说这里的隔音效果好，但马鸣那副嗓子，拿一句话概括就是——正常的人间材料已经完全不能阻挡。

虽然疑惑，叶晴还是推开了门。包间里光线很暗，没开灯，叶晴伸手去探路，手却被人抓住了。她一开始吓了一跳，可被人吻住时，她就丁点儿都不害怕了，她的手绕上了对方的脖颈。

"韩震……"叶晴叫着他名字。

被叫的那人低低回应着她:"叶晴……哎哟!"

随着韩震的叫声,灯被人打开了。韩震跺着疼痛的脚,看到叶晴仰着脸对他说:"你舍得回来啦?"

周围人里叫得最欢的要属马鸣,他快哭了:"叶晴姐,久别重逢,你咋就不和老大多温存一会儿呢?"

唐安柏笑得人畜无害:"老四,谢了。"

他们说什么,叶晴一句也没听懂,倒是安沁挤过来叽叽喳喳地和叶晴解释:"他们在拿你打赌呢。马小四赌你和韩震小别胜新婚,至少要温存1分钟以上,唐二却说你俩最多撑10秒……哎呀,唐二,你干吗打我?"

马鸣还在和唐安柏软磨硬泡,看得出,今天输的赌注很让马鸣心疼。可唐安柏压根就不买账。而明显不喜欢自己成了别人打赌对象的韩震轻飘飘甩给对方一句:"老四,既然这么不开心,那温泉旅行你就不要去了,在家自己疗伤吧。"

韩震一句话让马鸣立即噤声,也让在场几人忍不住偷笑。

叶晴却迷糊了:"什么温泉旅行?"

其实,关于这次旅行的目的,早在韩震离开家和唐安柏通话时就知道了。毫无商量余地地,他就要拒绝,可电话讲到一半,那头说话的人突然变成了夏花。几句话下来,不仅说动了向来立场坚定的韩震,而且她话里的某些东西也让韩震联想起了什么。

头等舱的位子很舒适,有长相漂亮的空姐过来提供酒水。叶晴盯着推车上那堆花花绿绿的瓶子,突然揪住了韩震的耳朵,小声说:"谢谢你。"

她没明说自己是在谢韩震哪件事,她就是很单纯地谢谢他。曾几何时,叶晴也没想过,她糟糕到一塌糊涂的生活会因为一个人的出现而有了阳光。韩震也没说话,拉着叶晴的手,嘴巴抿得有点紧。

下了飞机,坐上开往郊区的大巴车,前一秒还睡眼惺忪的叶晴立马变了个模样，她拉着夏花的手，指着远处的雪山，一脸兴奋。韩震没坐在她身边，他现在坐在后排，旁边是唐安柏。唐安柏和他说着话。

"石头，你要我查的事查好了……"

韩震看了一眼叶晴，他们之间距离不近，按照他的个性，这样的距离并不能让他放心地聊这个话题，现在却不同了，他们之间还隔着个马鸣，这就相当于在他和叶晴间装了一个信号干扰器，韩震闭着眼，安心听着唐安柏的调查结果。

几分钟后，韩震听完，沉吟了几秒，然后说："这么说，把消息透露出来的是这家公司？"

"嗯。"唐安柏摆弄着裤线，"消息一出，伯父就知道了，这绝不是巧合。而且，石头，没猜错的话，你这次能回来，也费了不少周章吧。"

韩震没说话，他的确是费了好一番心思才从老爷子手里走掉的。

"你和夏花，看上去不错。"他说得漫不经心。

唐安柏没从这话里听出恭维的意思，他搓了搓下巴，说："她和那些女人不大一样。"

"你别忘了，她是叶晴的朋友。"

韩震这话让唐安柏忍不住想横他一眼。至于吗？他是风流，但不是禽兽吧。

没一会儿他们到了目的地，一个排屋式的温泉旅店。

叶晴伸展双臂，深深地吸了口气，一脸的满足。韩震从她身旁经过时，叶晴听见他说了句"就这点出息"，可那又怎样！

夏花去拿房卡，回来挨个给他们发。马鸣图热闹，拉了一群朋友过来，这其中有情侣声明要住一间的，夏花就给他们一个牌子。叶晴和韩震的是最后发的，韩震一张，叶晴没有。

"叶晴和我一间。"夏花晃晃手里的牌子，一副公事公办的样子。

叶晴满意地点点头，丝毫没察觉自己正渐渐往某人给她设的陷阱里跳。

四川是盆地，多温泉，就算现在是冬天，夜里也没想象的那样冷。吃过饭，叶晴和夏花在房里换了浴袍，约定过会儿去泡温泉。谁知过会儿叶晴就被夏花带着去喝了两杯酒。

叶晴酒量浅，才喝了两口头就开始发晕。坐在旅馆的小吧台前，她扯着夏花的袖子，说要回去。那天，不知怎么的，夏花异常好说话，她拉着叶晴回"房间"。夏花看着东倒西歪的叶晴，自己忍不住直摇头："给你个套就钻，真是丁点挑战性都没有。"

这家旅馆的温泉有两种，男女混合的公共汤池，还有就是房间自带的小型汤池。夏花脱了叶晴的外衫，把她扔进了房前的小池子里。

"泡一会儿吧，醒醒酒。"夏花拍拍叶晴的肩，起身离开了。

叶晴闭着眼咂咂嘴，真觉得舒服了不少。

饭后韩震就没见到叶晴，他被马鸣和几个朋友拉着说个没完，心里早就有点烦躁了，再加上还被灌了几杯酒，他连理由都没找一个直接起身离开。

他和叶晴，干吗扯这么多人进来？对竟然默许他们这么干的自己，韩震也有些懊恼。他是觉得这事一没必要，二嘛，他不想勉强叶晴。

韩震回到房间脱衣服，打算洗个澡睡觉。可想想这里有名的温泉，他又改了主意。他拉开阳台的玻璃拉门，眼前是温泉发出的白蒙蒙的雾气。白雾里，他看到池边模模糊糊有个人，嘴里还哼哼唧唧着什么。直到那一刻，韩震总算知道那群人打的是什么算盘了。在自己房前池子里泡温泉的不是叶晴是谁呢？

这时的叶晴拍着水，嘴里的调子已经从"大河向东流"哼到了"路边的野花你不要采"，有人问她："打算采哪朵花啊？"

"爱采哪朵采哪朵！"酒精让叶晴兴奋，说完她才发觉了哪里不对，"韩震！你怎么在我房间里？"

"这是我房间。"韩震淡淡地说，目光不动声色地从叶晴身上移开。她不知道，从他站的这个角度，一切都看得很清楚。叶晴看了下四周，虽然不愿意相信，但不得不承认是她走错房间了。她红着脸说："我就走。"

她爬上池子，可爬了一半又缩了回去，挥挥手，对韩震说："你先离开。"

韩震本来没有做什么的打算，不过被叶晴这么一说，他改了主意："我才不走。"

"什么？"叶晴还没明白韩震的意思，整个人就被拎出了池子，趴在韩震背上。脸涨得通红，她拼命拍着韩震的背："放我下来，韩震，你这个流氓！"

"你再这么动下去，我可不保证我不会对你耍流氓。"韩震面无表情地理了下叶晴散开的浴巾，这次叶晴真的彻底老实了。

叶晴坐在床上，身上穿着韩震的衬衣，觉得现在的情形很奇怪："韩震，你为什么不让我回自己的房间？"

韩震没说话，扔了条毛巾在她头上，慢慢地给她擦头发。

喝了第七杯酒的夏花不知道房里的韩震压根什么也没对叶晴做，她打了个酒嗝，半个身子挂在了唐安柏身上："唐二，我就不信都弄成这样了，叶晴还能不被韩震拿下。"

唐安柏架着夏花回房，推开房门，扶她进去，把她放在床上："你醉了，早点睡吧。"

谁知道刚刚还好好的夏花突然就哭了起来："他们都不爱我，他们不要我，没人要我……"

夏花哭得伤心，唐安柏不知怎么的就移不开步子了，他像受了蛊惑似的，慢慢弯下腰。凑近夏花的脸时，他说："怎么会没人要你，你那么好。"

第八章

脚步声渐渐远了，屋里的旗山又倒了杯茶，他摇晃着杯子，笑了："别说，这小子可比他老子强。"

最好的世界给你

【01】

叶晴有点搞不懂现在是种什么状况，好端端的，韩震怎么就不让她回房了呢？

可如果说他有什么企图，这也说不通，有企图的男人干吗要让她睡床，自己睡沙发呢？想到这里，叶晴瞟了一眼窝在沙发上的韩震，踮着脚下床。她还是打算偷溜回去。和韩震睡一屋算怎么回事呢？

脚还没落地，房里响起韩震的声音："说了今晚你在这儿睡。"

"那你得给我个理由吧，凭什么我要在你这儿睡啊？"反正每次想跑都被发现，叶晴索性和韩震挑明了。

可对方就是个别扭的人，直接回了她句："没理由，没原因，你就得在这儿睡。"

"霸道！"

"我就霸道了。"

叶晴觉得现在的韩震有点类似孩子气的无理取闹，她气得想笑，也不管对方愿意不愿意，直接下床，准备走人。

韩震的动作却快过她，叶晴脚才落地，人就被他拽回了床上："好好睡觉，别乱折腾了，再折腾，我就保证不了我做不做得出其他事情了。"

叶晴眨眨眼，看着竟然搂着自己一起躺在床上的韩震，真的不敢再动了。

黑暗中，两个躺在一张床上的人闭着眼睛，却都没有丝毫睡意。

有生以来，叶晴第一次有了做贼心虚的感觉。她顶着一双熊猫眼蹑手蹑脚回自己的房间，她希望一会儿夏花能良心发现，少问她诸如"昨晚去哪儿了"这类问题，不过她觉得这基本很难实现。

她拿房卡准备开门，门却自己开了。早上8点半，不早不晚的时间，夏花一脸倦容地拿着包正要出门。见叶晴回来，夏花出奇地什么也没问，她挤出一抹笑："回来了？我出去买点东西。"夏花说完就走了。

叶晴松了口气，可也觉得今天的夏花实在是奇怪，按照她那老妈子的个性，不把她昨晚去了哪儿、和谁在一起、做了什么问个一清二楚是不会罢休的啊，今天这是怎么了？想了半天没想明白的叶晴摇摇头进屋。

房间里干净得一如昨日入住时的样子，床单是崭新的，像一夜没人睡过一样，她也没放在心上。

门口有人敲门，是服务人员："小姐，我是来拿换下来的床单的。"

服务生进了卫生间，从衣篓里拿出东西，还真是一床床单。

收好东西的服务员出门时和叶晴道谢："床单脏了我们会安排清洗的，不用客人亲自动手。"

叶晴看着那湿漉漉的床单，脑子有点蒙。关了门，她打电话给夏花："花，你受伤了吗，床单上怎么有血？"

"你那个脑子整天乱想什么呢？我来那个了。"

叶晴猛地拍了下脑门，她忘了这茬。

可挂了电话，叶晴还是觉得不对，她怎么记得夏花的例假才结束没几天呢？

叶晴洗完澡，换了衣服去餐厅找韩震他们，到的时候，马鸣正使劲儿地朝她挤眼睛："大嫂，现在这么叫不过分了吧？"

"乱叫什么！"叶晴直接招呼了马鸣一沓面包片。

"唐二，管管你家小四。"自从那次练舞，唐安柏和马鸣搭档后，叶晴一直随着夏花冲唐安柏叫你家小四、你家小四。对此，唐安柏每每都是一脸无奈。可今天的他也有点不在状态，只是笑笑却什么都没说。叶晴还发现他总是往走廊那边看。叶晴问韩震："他怎么了？"

"我哪知道！"一宿没睡好的韩震脾气也不好。

安沁也没管他们几个，忙着给陆凡拿早餐，陆凡推了几次，无奈推不开，只得接受。

一餐饭吃到结束，夏花也没回来。总觉得哪里不对劲儿的叶晴谢绝了马鸣玩牌的邀请，回了房间。一开门，她就看到了正在收拾行李的夏花。叶晴吓了一跳，几步跑过去："花，你这是要去哪儿啊？"

"家里有事，老头子催命一样催我回去，不回不行啊。"夏花耸耸肩，表示她也很无能为力。

叶晴心里嘀咕着：你就装吧。

"夏花，能编个靠谱点儿的理由不？我怎么不知道从什么时候开始你会怕你爸了。"

面对固执的叶晴，夏花深吸一口气说："叶子，我外公病危，我必须马上回去，机票已经买好了。"

酒店通往市区的车辆是半个小时一班。陪着有些坐立不宁的夏花等了半个小时，亲眼看着她上车，又嘱咐了她好几句，叶晴这才看着她走。走前，已经在车里的夏花调侃她："就你这个老妈子样儿，不怕韩震嫌弃你啊……"

随便呗。叶晴往回走。进门时，她和两个男人打了个照面，两个人一胖一瘦，穿着浴袍，他们正说着话。

"那女的太不知深浅了，敢向山爷叫板。"

"就是，小丫头片子一个，等着被山爷教训吧。"

如果这句话叶晴没放在心上，那他们的下一句她就没办法忽略了。胖子反驳瘦子："也不见得，我看和那女的在一起那几个人也挺厉害，我刚刚可是看到那个花衬衫的架势了，挺不简单的。"

"赢了又咋样，驳了山爷的面子，他们能原样儿离开这里？"瘦子说。他这个说法得到了胖子的认同。

叶晴拦住他们："你们说的那几个人在哪儿？"

突然被问到的胖男人一愣，半天才说："2楼，打桌球那屋……"

再一转眼，胖子眼前哪还有叶晴的影子。叶晴边往2楼走，边在心里骂，她骂她自己：怎么就和一群事儿精出来玩了呢？

整个旅馆穿花衬衫的就马鸣一个。

叶晴问清房间号，沿着楼梯一路上了2楼，还没到地方，她远远就听到一群人在那里说着什么，声音很大，有四川话，也有普通话，叶晴听到了马鸣的声音。站在门口，她细听里面的对话。

虽然声音大，却并不是吵架，声音里间或还有人叫好。她就奇怪了，听刚刚那胖子和瘦子的口气，可是像随时会打起来的样子啊。叶晴推门进去，房里并排摆着两张台球桌，球是打散的状态，一个戴副银框眼镜，脸上却有道刀疤的中年男人才结束一球，是记好球。轮到另一方了。

叶晴很惊讶，她想惹事的是安沁，负责擦屁股的肯定是马鸣他们，却没想到，最后给安沁出头打球的会是陆凡。

沉默的陆凡眼神平静无波，他拿着球杆，绕着球桌走了半圈，然后他俯下身，眼睛盯着球，轻轻挥杆，推球，入洞。安沁兴奋地跳起来，大叫着："陆凡，你真棒！"

旁人的叫好声没影响眼镜男，几轮下来，轮到他击球，他盯着球桌沉吟一下，突然就笑了。他说："打打这球试试？"

他挥杆、击球。等一切静下来时，叶晴吃惊不小，眼镜男水平不低，他留给陆凡一个很难打的球。看得出陆凡也一时不知道该怎么下手。

叶晴皱着眉想了想，突然她有了主意，伸出指头，朝陆凡喊了声："陆凡，试试打那个蓝色球。"

陆凡先是不懂，可他马上就懂了，接下去的球打得相当顺，陆凡最后毫无悬念地赢了。

有人不高兴了，那就是眼镜男，他推推鼻梁上的眼镜："说好了你们选个人和我比，赢了我刚刚那事儿就算了，可现在你们违规了，砸了的东西得照赔。"

直到现在，叶晴还不知道事情的起因。韩震告诉她："人家玩球，安沁笑他们玩得不好，争执时打碎了人家一个花瓶，对方说是古董。"

"那到底是不是啊？"叶晴觉得这种地方摆古董，不大合理。

韩震朝她眨眼："你说呢？"

"所以他们约定赌球？"

韩震点头。

屋子里马鸣咋咋呼呼地直想和对方动手，唐安柏却拉着他不让他动手——强龙不压地头蛇。

眼镜男是真看不惯这几个人，说实话，他自师从山爷，在温泉区这片无论他玩什么都没输过，今天这几个人让他折了面子，不管怎么样，这事他也不能就这么轻易算了。

就在这时，一个人说了话："我平时也爱玩点儿球啊、牌啊之类的，刚刚看大哥你身手真不错，不知道你陪我试试手如何？"

眼镜男一抬头，看见说话的就是刚刚向那哑巴支招的女的，说实话，他刚刚就憋着气，可碍着对方是个女的，自己不好吱声，既然对方说话，他正求之不得。

"这样吧，看在你是女人的分上，我也不难为你，这里的项目，咱们选3项，你随便答应其中两项，花瓶的钱我就不问你们要了。"

"一言为定。"叶晴笑眯眯地答。她看上去信心满满的。

只有一旁的安沁抓住马鸣，忐忑地说："小四，你说叶晴姐要是输了怎么办？"

"输就输呗，大不了赔他们花瓶钱是了。"马鸣无所谓，一双眼睛死死盯着叶晴他们。

"可他们要的好多。"安沁现在有了自己给大家惹了麻烦的觉悟。

马鸣拍拍她："没事，哥有钱，就算哥没钱，还可以把你押在这儿抵债。"

最后他们选的是台球、桥牌、麻将3项。马鸣不禁为叶晴捏把汗，除了台球外，其他两项都不是只有两个人参加的比赛，可按照眼镜男的意思，人都是他们那边的，这明显是欺负人嘛！马鸣想骂人！

叶晴制止了他："大不了就一个输字，玩玩而已。"

她说得轻松，也很轻松地就赢了前面两项，看着目瞪口呆的眼镜男和马鸣他们，叶晴活动了下肩膀，叹了口气："好多年没玩，手都生了。"

"你……你到底是谁？从哪儿冒出来的？"第二局输了的时候，眼镜男脸都涨红了，他拉着叶晴还要比麻将。

就在这时，一个异常苍老的声音从人群后面传来："大海啊，我早说了，你那个资质在这片混混还成，遇见我大徒弟，不输得连尿布钱都没有才怪。"

早先跟着眼镜男的那帮人纷纷叫"山爷"，眼镜男也叫"山叔"。

"山叔，你说谁是你大徒弟？"眼镜男还是不敢确信。

随着渐渐分开的人群，一个头发花白，拄着拐杖的慈眉善目的老头脚步不慢地走到屋子中央，他看着叶晴，眼神充满了埋怨："小丫头，几年没见，见面也不叫人？"

叶晴先是吃了一惊，然后笑眯眯地跑过去，一把抱住老头儿的胳膊："小山爷爷，知道你在这儿，我就不这么造次了……"

后来在叶晴的介绍下，大家知道了叶晴同这个山爷的关系，老头全名叫旗山，"山爷"是当地人对他的称呼。

"老顽童，我记得你之前留着胡子，怎么剪了？"没胡子可揪的叶晴揪老头儿的头发玩。没一会儿，叶晴手里多了几根白发。

旗山无可奈何地看着她："丫头啊，爷爷就这么几根毛儿了，你省着点揪，成不？"

周围看着这祖孙俩的人眼珠掉了一地，特别是当地人，以眼镜男为首。他们什么时候见山爷这样过啊？

【02】

在温泉旅馆里能吃到一两种野味是件挺让人意外的事儿。安沁手里拿着只野兔腿，吃得满嘴冒油。陆凡转着木棍，木棍上面不知道是什么。唐安柏没吃东西，他席地而坐，手撑着身后，看天想心事。韩震陪着叶晴坐，他们在和旗山说话。

唯独马鸣被排除在两米之外，因为从刚刚开始，他就一直软磨硬泡想要旗山收他做徒弟。还记得旗山当时轻飘飘地看了他一眼，然后伸手摸摸他的头顶，说了句："资质欠佳，不收。"

马鸣听不懂，问是什么意思。

旗山直接回答："就是说你太笨了，我才不收笨徒弟。"

这让马鸣相当受伤。

旗山却一点伤害人之后的歉疚都没有，他和韩震说着话，话不多，就偶尔问那么一两句。夜色深沉，他们回房前，旗山拉着叶晴，小声在她耳边说了句："丫头，我看这小子挺靠谱。"

叶晴点头："是比你靠谱。"

看着老爷子虚张声势举起来的拐杖，她又想起她第一次见老顽童那年了。当时她多大现在已经想不起来了，叶晴只记得那时候叶知秋已经和她妈离婚了，有天他又回来，和她妈吵了一架。叶晴帮妈妈，结果被叶知秋打了一巴掌。

当时她哭着跑出家门，在自家楼下哭了很久。她没发现当时草地上还睡着个老头儿，等她发现了，老头儿已经举着根棒棒糖站在她面前了："小丫头，我几天没睡觉了，求求你别哭了，好不好？"

那时候的旗山穿着脏兮兮的衣服，和他手里那根棒棒糖一样。事后想想，叶晴总对旗山说："老头儿，你知不知道你那时候多像人贩子啊？"

"有会教小孩儿的人贩子吗？"每每到了这时，旗山就这么哼哼。

叶晴觉得这就是缘分，旗山说她头形一看就是有资质的，好说歹说收了叶晴做徒弟，叶晴因此也就学会了不少或高雅或平民的游戏玩法。

和韩震说起这段时，他们正在返回滨岛的路上。韩震的项目有变，需要他马上回去处理，所以原定旅程被临时缩短了不少。出发前，叶晴去和旗山道别，几个同伴也去了，旗山拿出自己多年的私藏，每个人给了个礼物做纪念。给叶晴的是幅字画，她自己看不懂，不过看着唐安柏突然亮了的眼睛，叶晴小心翼翼地把画收好。

旗山送了块琥珀石给韩震，荧黄色的石头里面是根完整的松针叶，韩震很喜欢，他说他会好好收藏。给安沁的比较可爱，是只活兔子，因为自从安沁那天吃完野兔肉后就一直难过。陆凡得到一本书，唐安柏的是串佛珠，叶晴看不懂了，老顽童这是要让唐安柏出家的意思吗？

最让大家好笑的是旗山送马鸣的礼物，马鸣分到一幅字，旗山亲自写的，上面写着四个字——好好做人……

"好好做人"四个字一直让大家笑到了候车点，他们坐下等车，可就在这时，叶晴发现韩震不见了。

韩震坐在温泉旅馆4楼的一间房里，面前坐着旗山。再过20分钟，车就要来了。旗山却一点儿看不出着急，他端着茶盅，细细品着茶。韩震也不急，他静静坐着，看旗山喝茶。

半天，旗山总算放下茶盅，捂着嘴巴咳嗽两声："丫头的家事你知道多少？"

"知道她告诉我的。"

韩震的回答换来老头儿一个白眼。滑头，说了和没说一样！他又咳嗽一声："丫头的事，其他的我管不了，也没那个身子骨管，不过今天叫你来，就是想嘱咐你一句，将来你要是和丫头在一起了，不要试图去修补他们父女间的关系，那就是个王八蛋。"

旗山活了这么大年纪，见的人是数不过来的数，叶知秋是少数几个他知道不是人，却无法忽视的人之一。卖闺女的他不是没听过，可一而再再而三让闺女去给他抵债的，这样的王八蛋，旗山还真没见过几个。

旗山用简单的几句话概括了他知道的关于叶晴的过去，可他马上就住嘴了："喂！韩家小子，你们砸的那个花瓶是假的，我这紫砂茶盅可是真的，你轻点儿！"

韩震缓缓放下了茶盅。

"我知道了，她不喜欢的，我不会逼她，您放心。"韩震起身，"我走了。"

目送着韩震离开，旗山摇摇头："年轻人别太傲气了，况且就你那家庭，如果丫头嫁过去时你还这样，吃苦的可是丫头了……"

很巧，旗山认识韩震家里的某位。

已经走到门口的韩震停下脚步，他倒真不知道旗山认识他家人这事儿。韩震昂着头，语气肯定："她不会吃苦。"

脚步声渐渐远了，屋里的旗山又倒了杯茶，他摇晃着杯子，笑了："别说，这小子可比他老子强。"

重新回到城市，生活似乎变得有点无聊，韩震的公司不知道出了什么状况，他忙得很，叶晴已经几天没见到他了。再说夏花，自从温泉一别，她失踪至今，手机不是关机就是不在服务区。

看着开始打包行里准备回家过年的舍友，叶晴有点伤感。看起来，这个年，她是注定要一个人在滨岛过了。

中午，舍友都出去买饭了，叶晴没胃口，缩在椅子上上网。韩震不喜欢她在"嘿店"工作，加上妈妈的医药费暂时不需要她担心，叶晴想着索性这个假期就找份寒假工，提前实习，还能赚点儿钱。

愿景往往挺美好，现实却总很糟糕。叶晴浏览着网页，心里直打鼓：现在这个时间，招寒假实习生的公司真是少啊。正想着，招聘栏里的信息引起了她的注意。

招IT程序辅助检查员，工作语言：英文；专业要求：计算机。下面附着薪资待遇。

是相当不错的待遇呢。

如果这是个简单要求计算机专业的岗位，叶晴未必有自信尝试，但如果说工作语言是英文，那她是觉得有优势的。她第一专业是英文，第二专业是计算机。

她看了一眼招聘截止时间，刚好是今天。

庆幸没错过的叶晴赶忙把之前准备好的简历发了电子邮件过去，之后她还不放心地打电话去确认了下。在她看来，错过了这家，再找合适的真的挺难。然而，电话查询的结果却让人失望，对方回答：人员已满。

挂断电话，叶晴有点失落。叹口气，她放下电话去隔壁寝室找人聊天。

再回来是半个小时以后。

隔着门板，手机铃响得很欢快。她疑惑是谁打来的，开了门，接起电话。

"叶晴小姐吗？"电话那头是个异常礼貌的女声，"这里是XR公司，刚刚是工作人员疏忽，我们这里还急需一个实习生，看到你的简历，觉得很合适，不知道你有没有兴趣？"

"有！"大声回答的叶晴几乎从椅子上跳起来。

约定好报到时间，她心满意足地挂了电话。手机屏幕上显示着4个未接电话，全是XR打来的。

是人才，总是被亟待需要的。叶晴不禁骄傲了一下，她第一个就想把这个消息告诉韩震。可是几天了，每次和他通话总是很匆忙，他没那么多时间问她午饭吃什么，晚上几点睡的，这让叶晴不好意思去打扰他了。

既然想他，去他家等他好了。这个很不矫情的想法立刻就被叶晴不矫情地实现了。她穿上外套，出门。

她要给韩震一个惊喜。可叶晴不知道，几乎是在她出门的同时，XR大楼秘书室里，一个长相与她有三分神似的女人正拨电话。电话接通得很快。

"总裁，事情已经办好了，20号来报到。"柳雨说。幸好她今天看了一眼HR的邮箱，因此才没错过叶晴的名字。

那是叶绍很在乎的妹妹的名字，柳雨是不可能错过的。

叶晴倒是没想到韩震竟然在家。

她在超市买来一大包东西，提在手里久了，掌心勒出一道红印，倒觉不出疼。韩震开门时，脸上除了睡意就是倦容。

"你来啦。"韩震说，叶晴觉得他笑都是累的。

挥挥手，叶晴说："别说话了，快去休息吧。"

"汪……"不知道"王子"什么时候冲到了她脚边，先叫一声，然后就对她一阵猛嗅。

叶晴吓了一跳，本能地往后退了几步，让她意外的是，这次"王子"并没继续往常的驱逐行动，而是仰起脸，朝她丢了个看不懂的眼神，之后耷拉着尾巴，蹲去墙角，缩成一团……

"它怎么了？"叶晴顺手递了手里的东西给韩震，纳闷地问。

"没事儿，它以后都不会咬你了，你身上现在有我的味道了。"厨房里，韩震把东西放进冰箱，出声解释。

味道？这个词在叶晴脑子里兜了几圈，她也没弄明白。

"我想你了……"他说，见叶晴没动静，韩震收紧胳膊，"你想我不？"

"不想！"叶晴斩钉截铁地回答，无奈韩震突然抱起她进了卧室。韩震把她放在床上，双臂撑开，整个人在她上方悬着，他们之间是很暧昧的距离："想不想？敢说不想，我吃了你。"

叶晴勉为其难地说了句"想"。结果她还是被吃了。韩震的吻像火，烧得她发热。她以为接下去会发生什么，可韩震突然就抽离了。

"饿了，我去做饭！"他说。

盯着韩震很快离开卧室的背影，叶晴小声问"王子"："喂，你主子不会是不行吧？"

这话她没敢让韩震听到。

【03】

韩震打算做饭，不过叶晴看他累了，就打发他去睡觉，换她在厨房忙活。韩震的确是累了，他把厨房交给叶晴，自己去睡觉。

醒来时，外面的天快黑了。如果不是厨房里传来一声巨响，韩震不知道他会不会就这么一直睡下去。三天三夜不眠不休地工作，他总算完成了程序最后一道数据，能否参与那个计划就靠它了。

韩震翻身下地进厨房，他本来以为自己铁定是要看到一片狼藉的，可出乎意料，除了餐桌上摆了几碟可以用比较丰盛来形容的菜肴外，再有就是端着汤煲的叶晴了。刚刚的声响就是从汤煲盖那里发出来的。

"不错吧？"叶晴扬着笑脸对他说。

韩震点点头，这么看来生活里还真会发生"三日不见当刮目相看"这类奇迹。可等他真把菜吃进嘴里，韩震对生活又有了个全新的认知：奇迹是只能发生在眼里的，绝对不会出现在嘴里。这味儿，她是怎么做出来的？装作吃饱了、慢条斯理放下筷子的韩震真想不明白了。

　　那天，韩震不光尝试了他吃过的最难下咽的一顿饭，还第一次饭后遛弯。以前他觉得饭后遛弯这事儿是几十岁的老头老太才做的事，而且，还不是每家的老人都做，他家那两位就从来没做过。所以当叶晴拉着他走在夜幕渐深的马路上时，他看着路灯拉长、缩短着两人的影子，心里的感觉是用语言形容不了的。

　　"要走到什么时候啊？"四周都是高出他们几个年龄段的人，不时有慈眉善目的老太太把目光投向他们，韩震觉得别扭，越走越快。

　　"慢点儿，急什么？"叶晴一把拉住了韩震。结果在接下来的路上，韩震和叶晴就一直重复着快走、拉住，再快走、再拉住这种节奏。

　　想起还没来得及和韩震说的事，叶晴又扯住他："喂，韩震，我找了个实习工作，和计算机方面有关的，不过能用上英语，我觉得挺好的。"

　　"哦，哪家公司？"韩震问。

　　叶晴正准备答，视线却一下被不远处的东西吸引了，她扯扯韩震："韩震，快看，那是什么？"

　　韩震顺着叶晴手指的方向看去，草丛里一团黑影正呜呜叫着。他拉着叶晴朝黑影靠近。

　　几秒钟后，当叶晴看着草地上和"王子"长得几乎一模一样的"王子2.0"时，她心里很不是滋味："谁这么狠啊，把它打成这样。"

　　"找辆车，我们回家。"他说。

　　"回家？不是该去兽医那儿吗？"

　　"不用。"

　　叶晴不知道，韩震很在意这条狗，因为刚刚借着路灯，他看到2.0耳朵上打着一排编码，没猜错的话，这不是一条普通的狗。

　　叶晴想不通韩震为什么找马鸣，而不是正儿八经找个兽医。这个问号持续到她打开门，看到马鸣那张老大不情愿的脸以及他手里的急救箱时，彻底变成了个巨大的惊叹号。

"你是兽医！"

"怎么，不像？"马鸣哼哼着进了屋。看到韩震和2.0时，他撇着嘴说："老大，你就算再不待见我，至少也该把我当个人吧，最起码也要尊重一下我……和我的职业吧。"

马鸣从急救箱里拿了止血钳，做消毒的时候继续抱怨："咱好歹也是一个医人的大夫，怎么到你这里就沦落到医狗了……"

马鸣拿蘸了酒精的棉花球按在2.0的腿上做消毒，明显感到疼的狼狗却没动，只是微微扬起脸看着围着它的三人。而趴在一旁围观的"王子"却有点不对劲，不住呜呜叫着。

"知道了，知道了，真是的，连只狗都知道心疼小伙伴。"马鸣手没停，看了眼"王子"，话里有话。

用止血钳操作了一会儿，马鸣拿起纱布给2.0包扎，最后他拍了两下手说："大功告成。"

看马鸣看傻眼的叶晴去拿了两罐冷饮来，她是给马鸣和韩震拿的。她把饮料递给马鸣后，坐到韩震身旁看着马鸣："马小四，藏得够深啊，以前我怎么就没看出来呢……"

叶晴托着下巴很认真地说话，马鸣却直接把才喝进嘴里的饮料喷了出来，他咳嗽两声："嫂子，你怎么说得好像混在人民当中的汉奸总算被揪出来了一样呢。"

韩震却问叶晴："家里有泡面吗？"

"你不会是饿了吧，谁叫你刚刚不多吃点！"叶晴埋怨着，起身去厨房。

韩震起身朝马鸣招了下手："跟我来。"

韩震关了书房门，又听了会儿外面的动静，确认叶晴在厨房忙活后，他问马鸣："什么情况？"

"先踢伤，再刀伤，刀径0.5毫米，日产SR054军用刀，不过是几年前停产的一款。伤得了警犬的，肯定不是普通人，很有可能是受过专门训练的。"马鸣还是没忍住说出自己的猜测，"老大，照你看，这事儿和大哥那事儿会不会有关？"

自从韩川失踪，韩震被家人逼着离开警校自己创业后，从小就一同在大院里长大的几兄弟就像打了兴奋剂一样，越来越多地脱离家庭的管束。好在几家的家长知道韩震是有分寸的，有他在，那几个小子闹不出什么大乱子，因此也就随他们去了。

马鸣是被解放者之一。他关心韩川不是没道理的，想当初，这个年长他们10岁的大哥也没少给他们几个浑小子收拾烂摊子。

韩震却像没听见他的话一样，伸手开了窗。白雾沿着打开的窗缝漏进来。又降温了。

半天等不到韩震回答的马鸣受不住冷，打了个喷嚏后，开门跑了出去。

这个时候，滨岛市另一端，一栋在冬天还被绿意簇拥的别墅里，叶绍一身黑色睡袍坐在沙发上，他面前躬身站着一个男人，那男人的手滴滴答答流着血。

"警犬嗅过的东西，一辈子也忘不了，这次是什么后果你应该清楚。"叶绍转着手里的红酒杯，看也没看男人一眼。

他这话当时就让男人腿一软跪在了地上："再给我次机会吧，我一定将功补过，一定……"叶绍的沉默让他绝望，他只是机械地重复请求着对方的原谅。

不知道是叶绍心情好还是怎么的，男人终于听到叶绍开口了："去托斯卡纳吧，那里的风景不错……"

男人千恩万谢出了房间。他是庆幸的，庆幸行动失利还保住了性命。其实这事怪他，他不该在执行过一次任务后，又逞强去监视那个男人。然而男人却不知道，他之所以能全身而退，完全是因为那句在他看来很无关紧要的话：叶晴去了韩震家。

空下来的房间安静得让人心慌，叶绍心里说不出的烦闷，他一口喝光酒杯里的酒。

为什么是韩震？为什么叶晴喜欢的人偏偏是那个他一心想要算计对付的人？想到可能给叶晴带来的伤害，叶绍陷入了沉思。

马鸣走后，叶晴的面也煮好了。韩震坐在饭桌旁吃面，叶晴手撑着下巴看着他。

韩震突然想起了什么，问："你今天说你去哪家公司实习？"

"XR啊，很有名的一家。"

"哦。"应了一声，韩震吃光了碗里的面，放下连汤都没了的空碗，对叶晴说，"叶晴，你搬来和我一起住吧。"

"你说什么？"叶晴以为她幻听了。

结果韩震起身，直接无视她，自己去厨房洗碗。哗哗水声里，叶晴听他说了句："今天太晚了，你住这儿别走了。"

就算之前他们在一间房睡过，甚至还是一张床上，但叶晴还是觉得别扭。答应留下前，叶晴让韩震发了5次誓，保证不对她动手动脚。韩震照做了。当她第6次因为不放心让韩震赌咒发誓时，叶晴没想到，因为嫌她太过唠叨，失去耐心的韩先生真的行动了。叶晴开始还有点害怕，可渐渐地，她觉得自己被韩震带去了另一个世界。

腰疼。这是叶晴醒来时的唯一感觉。她揉着腰睁开眼，刚好对上韩震的眼睛，他眉眼细长，目光促狭。叶晴是个不爱示弱的人，她用被单裹住自己，一瘸一拐下床，等快走到门旁时，她突然回头朝韩震笑了笑："服务得还行，勉强给个中评吧。"

韩震算是服了叶晴了，她都那样了，才中评？嘴硬的姑娘。

　　"实习干吗去别人的公司，我那儿不也是搞计算机互联网的吗？"韩震送叶晴去XR楼下，叶晴下车前，韩震问她。

　　"歧视你，不行啊？"这是叶晴的回答。说实话，她还真想过去韩震的公司，轻松不说，最重要的是每天都看得到他，可那样她就得不到锻炼了。只有在一个完全陌生的环境下，她才能成长。可韩震不喜欢这个答案，他抓着她的手，不让她走。没办法，她不得不违心地改口："这叫距离产生美，难道韩震你不想在我心里更美点儿？"

　　这回答靠谱点儿。目送走叶晴后，韩震仰头看了看面前的高楼，发动车子离开。而趴在茶色玻璃门后的叶晴直到再也看不见韩震的车子了，这才直起身朝一直用警戒表情看着自己的保安走去。

　　"你好，我是来报到的实习生，请问柳雨在几楼？"

第九章

叶晴向来不齿偷听这种行为，可屋里的声音偏偏清晰地往她耳朵里面钻。站在门口的叶晴有点进退不能，不过她打消了离开的念头。

留下来，为了他。

【01】

一身职业套装的柳雨进门时，叶晴正挺直地坐在人事处接待小厅里。

柳雨推门的动作一滞，她放在门把上的手不知怎么的竟往回缩了缩。透过玻璃窗，她第一次这么近距离地看叶晴本人。叶晴是个长得很漂亮的人，眉毛比自己的细些，也淡些，眼睛明亮，多了点儿没踏进社会的真诚。

叶晴也在打量着房间，一回头对上柳雨的视线。

柳雨看到叶晴礼貌地朝自己笑了一下，柳雨也条件反射般地朝她笑了笑，心却疼得要命。

叶晴觉得外面的人很奇怪，一直不进来，却站在外面看着屋里的自己，她不自在地调整下坐姿，再抬头时那人已经推门进来了。

"你好，我是分管人事的柳雨。"柳雨做着自我介绍，和叶晴握手。

叶晴还没出校门，可一点都不怯场，她向柳雨报了自己的名字和专业，说明她是来实习的。

叶晴回答得很稳妥，这倒莫名让柳雨对叶晴生出些本不该有的好感来。

又简单交流了几句，柳雨低头沉吟片刻："这样吧，我安排你去技术部帮忙复核程序，怎么样？"

"行。"叶晴答得相当痛快。

技术部在XR大楼的中间位置，电梯没走几层，柳雨带着叶晴出了电梯。

叶晴本来心情很好，可好心情在她跟着柳雨出了电梯走进技术部时就像团轻烟一样，顿时消失得无影无踪了。对的地方遇到了错的人，心情好得起来那才奇怪呢。

技术部的刘总把大家依次介绍给叶晴后，指了指角落里一个戴眼镜的男人说:"小叶,你去杨一他们那组。"

"好。"叶晴庆幸她没被分去郑斌那组。

如果忽略掉偶尔从旁边经过的郑斌的话,叶晴第一天的实习工作是很充实很丰富的。杨一是位很好的师父,教给她许多东西,因为太过充实,所以直到5点10分,叶晴才注意到已经过了下班时间。

她和同事们道了别,甚至愉快地和门口的保安打了声招呼才出了XR的大门。叶晴的笑今天第二次因同一个人消失。叶晴像没看到郑斌一样,闭着嘴面无表情地从他身边走过。

"叶晴,你等等,我有话和你说。"郑斌拉住她,这让叶晴很上火。

她有气无力地看着郑斌:"我们之间早就没什么好谈的了,你想聊天还是去找你家林乔吧。"

"我和她已经分手了。叶晴,我发现我忘不了你。"郑斌用相当沉痛的语气说。

"扑哧……"叶晴终于忍不住笑了。她看着郑斌,表情认真地说:"郑斌,其实我觉得有时候人被甩了未尝不是好事,比方说……我吧。"

夕阳的最后一缕光照在叶晴脸上,笑容被扩大,格外明显,她轻轻甩开郑斌的手,连句再见都没说就走了。

直到叶晴钻进出租车,郑斌还像没回过神似的,整个人愣在那里。他突然想起林乔提出分手那天给他的那个耳光,再有就是一段再经典不过的电影台词:曾经有份真挚的感情摆在我面前,我没有珍惜,直至失去……

手机铃声就在这时响起,是条短信。郑斌看完,调整好脸上的表情,抬脚回了公司。

XR大厦是座很高的建筑,下面20层是办公用,顶上10层则是供公司高层专用,普通员工是没机会上去的。郑斌作为XR的新职员,第一次上去,觉得一切都挺新奇的。

第29层有扇门开着，郑斌站在门前迟疑一下，然后进去。屋里光线晦暗，他不适应地眨眨眼，冷不防脚下一个趔趄。

"小心点。"郑斌正觉得狼狈，房里响起了一个男声，随后房间的灯亮了。郑斌看着手托着下巴、正坐在红木桌后看着他的叶绍。他眼皮一跳，连忙站稳："叶总。"

叶绍却起身绕过桌子走到郑斌面前，拍着他的肩膀："不是说了吗，让你随着丫头一起叫我哥。"

说到叶晴，郑斌的眼神暗了："她不原谅我。"

"我这个妹妹，我最了解，韩震的家世不适合她，只有跟了你，她才能安稳地生活。"叶绍拉着郑斌到沙发上坐下，"想让丫头回心转意，不是不可能，就是要吃点苦，你能行吗？"

"嗯，只要能重新挽回小晴，做什么我都愿意！"

两人聊了一会儿，郑斌信心满满地走了。

柳雨在郑斌离开后从暗处走出来，站在离叶绍不远不近的地方，说："叶绍，叶晴明明已经对郑斌没有感情了，为什么还要他去追？"

叶绍没忽略柳雨的情绪，他眯眼走过去，手抚上她的脸："不是和你说了，不该问的别问吗？"

直到郑斌的身影被出租车远远甩在了车后，叶晴才算松了一口气。可之后她又笑话自己，不要脸的人又不是她，她干吗紧张啊？不过她也真理解了那句话：人无耻则无畏，人至贱则无敌。她开始考虑是否辞去这个实习工作了。

在她思考的空当，出租车载着她回了学校。

可才进宿舍，她就发现了哪里不对劲儿，她的衣服倒是都还在，只是一些课本不见了。

舍友递给她一封信，说是刚刚来的人托她转交的。

叶晴看完，当时就来了气：韩震，你怎么都没征求下我的意见呢！

信上，韩震说要她搬去和他一起住。

碍着面子，叶晴还想矜持下，不过想想自己那些价格不菲的课本，她就投降了。

叶晴很快到了韩震家楼下。

上楼开门，透过门缝，"王子2.0"呜呜的叫声传进叶晴耳朵。她脱掉鞋子，正要进门，屋里传来陌生的对话声。叶晴听得出一方是韩震，至于另一个，她不清楚是谁。

是个很陌生的男声，比韩震声音略高些。那人说："班长它应该是一路跟踪到你家这里，被发现之后才受伤的。"

叶晴听不懂男人的话，但是男人口中说的班长很可能就是"王子2.0"。可是男人说的跟踪又是怎么回事？

叶晴的手紧紧抓着包，她觉得自己正在听一段秘密。

可秘密没听几句就没得听了，韩震出现在她身边时，看到的是脸色不大好的叶晴。

"韩震，你大哥的事还没结束吗？"韩川的事叶晴虽然不了解全部，但也是听过一些的，她知道韩川之前是警察，而且在执行任务时失踪了。她只是没想到，都过了那么久了，这件事还在继续，而且看起来韩震也被牵扯其中。她有些担心。

男人"咚"的在她脑门上弹了一下："胡思乱想什么呢？"

是她胡思乱想吗？叶晴问自己。

她还没想明白，韩震已经拉着她介绍家里的客人了："季磊，我警校的同学。"

叶晴抬头看季磊，发现对方竟是个一身警服的男人。

季磊是个很健谈的人，从刚进警校那会儿说起，一直说到男生们打架，都是和韩震有关的事。

"嫂子，你不知道，韩震绝对是我们那群人里面最好诈的。"季磊喝口茶，继续说，"那时候，他好像喜欢上了一个女生，每天傍晚5点的时候都会等在那女生放学的路上，时间久了，我们隔壁班有个男生就好奇了，也跟着去看。结果你猜怎么着……"

"怎么？"叶晴真挺好奇韩震的感情史，可惜当事人一点儿都不跟她透露。

"后来那男生真去看了，回来还和他朋友说他也喜欢那女生，结果第二天那男生身上就莫名其妙起了疹子，足足一个月才好。"季磊指指韩震，"他的杰作。所以那时候我们班流传一句话，'宁得罪十小人，不得罪一韩震。'真奸诈啊！"

"季磊，你话可真多。"当事人拿着茶杯遮住半张脸，但叶晴还是看到他脸红了。

深知自己说多了的季磊干咳两声起身告辞，走前他指指趴在"王子"窝里的2.0说："过几天班长伤好点我来接它。"

"快滚吧。"韩震真希望这人立马从自己眼前消失。

可他忘了一个人，叶晴坐在沙发上，笑眯眯地看着他："韩震，我想听听你初恋的事。"

女人总是口是心非的动物，她们往往打着深明大义的旗号听着男人过去的故事，再把这一个个故事当成黑历史记进小本本里。

可叶晴最终还是没有听成韩震的故事，因为手机响了。夏花像个幽灵，消失了大半个月，又突然在这大晚上出来"诈尸"。

只不过听了电话的内容，再多的埋怨叶晴也只有咽回肚子里，她挂了电话，拖着韩震往外走。

"夏花发生车祸，进医院了……"

到医院时，一个年轻小护士正给夏花伤口消毒，夏花龇牙咧嘴，表情扭曲。她脸颊挂着许多处擦伤，皱着眉毛对居高临下摆弄自己的年轻护士抗议："我说，护士妹妹，咱这是人头，你别当猪头，使这么大力气干吗？"

护士年纪不大，看上去最多不过20出头，但说起话来气势十足："不想毁容就忍着，哪来那么多话！"

直到小护士踩着平底鞋离开，叶晴这才走过去拍拍夏花的肩膀："人外有人，天外有天，女王之外还有女王啊，花。"

这话让两人再次静默了，仿佛对人生有个全新认识就是顷刻间的事儿。

"对了，怎么就被撞了呢？"想起这事儿，叶晴问夏花。

夏花按了按头上的纱布，像怕不稳固似的把它固定好，这才皱着眉说了句："还不是被只看路不看人的家伙撞了。"

想起那浑小子的脸，夏花就生气。她也不打算等肇事者交好费回来，直接拉着叶晴往外走。

"不用再留院观察下吗？车祸容易造成脑震荡、恶心、头晕之类的症状，当时可能表现不出来。"

夏花轻轻一瞥，叶晴立刻闭上了嘴巴。

叶晴直到被"伤员"夏花拉着到了医院门口，看到韩震和匆匆赶来的唐安柏时，才反应过来刚刚她不是一个人来的，她把韩震忘了。

"唐安柏，你来了！"叶晴挥挥手，和迎面走来的男人打招呼。

让她意外的是，平时总是一副笑脸的唐安柏今天很奇怪，脸上丁点笑没有不说，就那么直直走到她对面，看着她身旁的夏花。

"叶晴，我们先走，安子有事找夏花。"

气氛有点尴尬的时候，韩震明目张胆地把叶晴从夏花身边拉过来，这份勇气很让叶晴佩服。

她像拿了免死金牌一样朝夏花重重地点头："嗯！"

夏花的手先是收紧了一下，但过了一会儿，她就认命地松开了。

"没良心……"

叶晴走了有5步远，听到夏花这么说。

她倒不觉得自己没良心，只是夏花和唐安柏那种略微诡异的气氛勾起了她的好奇心。

车开动了，她扭头看向窗外，却惊讶地发现，情绪明显很激动的夏花被唐安柏一把扛上了肩。

已经是深夜11点，昏黄的路灯在冬夜里发着微乎其微的光。

叶晴有点结巴地问韩震："韩震，什么情况啊？"

车里，韩震和叶晴说了句和她的问题八竿子打不着的话："'王子'它们晚上吃什么？"

叶晴这个人聪明，不过在感情这事儿上有点儿迟钝，韩震这么一问成功带跑了她的思路。

其实韩先生大可不必费心转移叶晴的注意力，因为紧接着的第二天，一个新的问题正等着她。

【02】

站在技术部刘总办公室门外，叶晴的手指片刻间有些无处安放的感觉。

XR是滨岛市屈指可数的大IT公司之一，能够获准在这里实习，叶晴之前真没想过。可就是这个机会，现在突然说要放弃，她心里多少还是很舍不得的，但比起每天面对郑斌的尴尬，她宁愿放弃。

也不知道郑斌是哪根筋搭错了，明明丑话都撂下了，他还是跟牛皮糖似的总出现在她的面前。

上午10点，正是公司繁忙的时候，工作间里复印机之类的办公设备发出嗡嗡的声音，同事忙着各自的事情，没人注意叶晴已经悄悄站在了经理办公室前。

深吸一口气，她平复好情绪准备敲门。手放在门板上，刚要敲，门就轻轻开了一道缝。

叶晴向来不齿偷听这种行为，可屋里的声音偏偏清晰地往她耳朵里面钻。站在门口的叶晴有点进退两难，不过她打消了离开的念头，因为屋里人的对话和她有着很大的关系。再说具体点，是和韩震有关。

"刘总，听说Deep的程序设计已经完成大半了，我们这里的进展明显慢了些，陈老爷子约定的是年后竞标，你看我们要不要安排人去Deep那里看看？"

叶晴扶着门把的手一抖，她的脸色有点白。

Deep是韩震的公司……这人话里的意思不言自明。虽然说在商业竞争中向对手公司里安插间谍是件很常见的事，不过，叶晴觉得为了公平起见，她还是先在XR忍郑斌一段时间吧。

转身离开的她没发现刘总办公室的百叶窗上一处开缝处，有人早发现了她。

刘洋打发走员工，拨了一通电话。

"总裁，你吩咐的事情已经办妥了。"

电话那端，站在XR顶层的叶绍看着窗外的远方，不仔细看丝毫看不出他笑容里是带着点儿怅然的。

她在乎那个男人，在乎到不惜为他留在XR。

叶绍推开窗，有风从窗外涌进来。

既然决定继续留在XR实习，叶晴的心也就随之安定了许多，每天都跟着杨一查程序，郑斌竟没再在自己眼前出现过。他不出现，叶晴乐得自在，更加没去问他的去向。至于上次在刘总办公室外听到的那句话，她也没傻到直接去问韩震。

日子就在静观其变中慢慢过去了两个星期，再过3天就是农历大年三十，XR年前工作的最后一天。

下班前，叶晴接到了马鸣的电话。

赶到KTV时，马鸣正被夏花猛灌酒。喝得直翻白眼的马鸣见到叶晴的一刹那，情绪高涨得简直堪比偶遇亲妈。

叶晴情商不高，不过事情发展到现在，她也知道问题是出在那只"狐狸"身上了。

"说吧！"拿过夏花手里的酒杯，她坐在一旁的位子上，"和唐二到底怎么回事？"

唐安柏是和韩震一起到的KTV，到的时候，叶晴早被半醉的夏花灌了个全醉。两个大姑娘歪歪斜斜地靠在沙发上，夏花手里还拿着半杯酒，正要往叶晴嘴边灌。唐安柏要去拦，不想慢了一步，被韩震抢了个先。

唐安柏把夏花抱了起来，可谁想到这个时候，夏花突然很响亮很大声地喊了一句："我就是把唐二睡了，我还不想认账，你们能把我怎么样！"

一屋子的人多数是一脸黑线，至于少数譬如像马鸣这样没心没肺的，直接笑出了声："二哥，你可真不招待见！"

叶晴一觉睡到第二天中午，如果不是夏花打来电话，她还真不知道自己要睡到什么时候。宿醉的结果就是头痛欲裂，挂断电话，叶晴从床上爬了起来。

一如既往，韩震已经离开了，屋里唯一的声响就是"王子"和"雷碧"的跑跳声。"雷碧"是叶晴给"王子2.0"起的新名字，本打算把它和"王子"配一对，可显然小公狗并不待见被起个娘娘腔的名字。而取"雷碧"这个名字单纯是因为2.0爱喝雪碧。

穿好衣服，叶晴往水盆里倒了半瓶雪碧，然后摸摸"雷碧"的头之后就出门了。

时隔一晚，再见夏花，她一脸苍白，厚重的黑眼圈挂在眼睛下，遮也遮不住。

夏花向来是个开门见山的人，叶晴刚落座，连杯咖啡都还没来得及叫，就被她抓住了手问："我昨天说了什么你还记得吗？"

"你说什么了？"叶晴不明所以。

夏花眨眨眼，看出叶晴是真不知道，可想想已经那么多人都知道的事，她还是和叶晴实话实说了。

"我把唐安柏睡了，怎么办？"

夏女王一贯的语不惊人死不休，这次毫无意外地再次让叶晴震惊了。喝着柠檬水的叶晴把柠檬水连着柠檬片一起喷到夏花脸上。

最爱干净的夏女王没生气，只是拿起纸巾来擦了擦，然后空余一脸的惆怅："不仅如此，据说昨晚我发酒疯，把这事说了，大家都知道了。"

叶晴一直佩服夏花对生活保持的洒脱态度，同样，她也清楚夏花对待感情的保守。

"花，我觉得你要对'狐狸'负责。"

夏花翻了个白眼，她是叫叶晴来帮她出主意的，可对这个主意，她有点犹豫。

不管过程如何，当叶晴舒服地趴在韩震肚子上时，韩震透漏给她这样一个消息，那就是某只狐狸现在正别扭地甜蜜着。

大年二十九这天，上午10点，叶晴穿着睡衣，蹲在地上，拿骨头模型逗着两只狗玩，茶几上的手机突然响了起来。

叶晴一乐，顺手丢了手里的骨头，"雷碧"一跃而起，把骨头叼进嘴里。

警犬的恢复力很不一般，才半个月的时间，"雷碧"之前还深可见骨的伤就好了个大概，蹦跳起来也基本正常了。

叶晴原本挺轻松的心情由于这一通电话，顿时消失殆尽。

电话是叶绍打来的，内容言简意赅，住在虞商乡下的外公意外晕倒，正在医院接受治疗。

叶晴从滨岛市赶到虞商市中心医院时，时间是下午5点。

瑟瑟的北风吹得她头发凌乱，下了出租车，她止不住打了个喷嚏。

叶绍站在门前等她。

叶晴朝他跑过去："哥，我外公现在情况怎么样？"

看着喘不过气的叶晴，叶绍摇摇头，一句话没说就拉着她进了医院。

医院的走廊很长，两侧是白色的墙，叶晴一步一步走着，觉得每一步都踏在自己心上。她外公名叫郝水根，是个土气却很朴实的名字，可就是拥有这样名字的人给了她一段最美好的童年记忆。叶晴爱外公，她很怕外公有事。

手心冒汗的状态从叶晴踏上走廊这头一直持续到房间门口，乍一看铺着白色被单的床铺，叶晴的心猛地一跳。

她问叶绍："哥，我外公呢？"

外公是她在这世上除妈妈外唯一重视的血亲，想到外公可能出事，叶晴终于忍不住哭出声。

叶绍看着这样的叶晴，十分无奈地说了句："外公，你再不出来，我不保证这丫头一会儿会不会直接哭晕在医院里。"

叶绍这话让叶晴疑惑，照他这么说，外公到底有没有事啊？她抬起头，看着从门外探进头来的郝水根。

"囡囡，你好久没来看外公了。"

这种时候还有心情和她玩躲猫猫的外公让叶晴又惊又气。

"外公，你想我给我打电话不就好了，干吗骗我说你晕倒了啊？"坐在车子后排，叶晴还是不依不饶。她觉得不能支持外公这样的做法，再说总装病也不吉利啊。

谁知有点驼背的小老头丝毫不介意叶晴语气如何，他一脸笑眯眯地拉着外孙女的手，一阵摩挲："既然回来了，囡囡就陪外公过个年吧。"

郝水根这么一笑，脸上的皱纹特别明显。外公又老了不少，有了这样认知的叶晴再也说不出埋怨的话了。

坐在前排的叶绍没回头看，他怕自己看了会忍不住感伤。因为之前郝水根的确是晕倒在自家院里的，虽然没受什么伤，不过等送去医院经过医生的检查，发现郝水根脑子里有块阴影。当时，才清醒过来的郝水根就拜托了叶绍，别把这事儿告诉叶晴。于是在回家的路上，车上的人怀揣着各自的想法，彼此都没有说出来。

外公家在乡下，眼见着车窗外越来越少的人工痕迹，叶晴的心也随着颠簸的路途一路飘去远方：答应和韩震一起过年的，可估计这时候韩震还不知道她已经"离家出走"了。

【03】

郝水根住的地方，邻里大多靠种田为生，他们习惯早起早睡，因此才在外公家落脚的叶晴连口气儿都没喘匀就被外公打发去睡觉。

窗外偶尔传来几声犬吠声，叶晴不自觉地想起韩震家那两只狗。不知道"王子"和"雷碧"又闹别扭没有？"雷碧"渴了有人喂它雪碧吗？脑子里不停转着这些问题的叶晴发现她早把那个地方看成了家。

唉，叹了口气，她往被子里缩了缩。

韩震的电话比预想的晚了1小时，直到晚上10点才打过来。

工作起来不要命的主儿。叶晴既埋怨又心疼地按了接听键，她本来是想先嘱咐两句让韩震照顾好自己之类的话，可她还没开口就被韩震抢了先。

"在哪儿？"韩震说。

不用亲眼看见，叶晴完全想象得出此刻对方是怎样一张臭脸。她突然就不想好好回答了。手有一下没一下玩着手机绳，叶晴拉着长音说："我在虞商我外公家。还有啊，韩震，外公要我留在这边陪他过年，我就不回去陪你了。"

叶晴轻飘飘地说完这几句，等着韩震发飙，可等了半天，预想里的暴风雨却迟迟没来到。叶晴开始心虚，试探地问："韩震，等我回家给你做好吃的补偿你，好不好？"

"睡吧。"

叶晴没想到，韩震会扔下这两个字直接挂了电话。

完了，他生气了。

叶晴裹着被子，开始反思，自己刚刚是不是太过得意忘形了，看起来明天还是主动承认错误比较好。

清早，叶晴被院子里的说话声弄醒了。昨晚她睡得不好，连续做梦。照镜子时，她看着镜子里黑眼圈明显的自己，不停叹气。

叶晴发了会儿呆，被叶绍叫出去吃饭。

饭桌旁，叶晴边喝粥边问叶绍："哥，你留在这里和我们一起过年，家那边不要紧？"

在国外生活多年的叶绍吃起中餐粗粮一点儿没有不适应，他咽下嘴里的包子后看向叶晴："我回不回去，他们不是一样过年，在这儿我还自在些。怎么，你嫌弃我？"

"当然不是。"叶晴摇头。她理解自己不招叶家待见的原因，因为她是女孩，可叶绍这个长房长子也和叶家不亲，她就怎么想也想不通了，毕竟，叶家对哥哥算挺好的了。

"想什么呢！"叶绍拿筷子敲了下叶晴的头，"专心吃饭，晚上那顿饭还得你给我打下手呢，这次记得别把盐和糖弄混了。"

"我能改口说嫌弃你吗？"叶晴摸着被敲的脑门。

叶绍笑了："不好意思，表决期已过。"

这表决期可真够短的。叶晴想。

郝水根看着一对斗嘴的兄妹，笑呵呵的，心情不错。他想起了在疗养的女儿，心里不好受。一段失败婚姻后留下的唯一让人还算高兴的，也许就是这个心态乐观的外孙女了吧。

"囡囡啊，一会儿外公带你去后野找阿花。"郝水根放下碗说。

后野指的是村后的一片野地，而阿花则是叶晴小时候，外公给野兔起的小名。其实从小到大外公真的带叶晴去抓过几次，可自始至终都没真给她抓到过一只。

不过叶晴还是顺着郝水根的话说了声："好。"

她不忘招呼叶绍："哥，你等我回来一起做饭。"

叶绍没指望她帮上什么忙，不过还是说了声"好"。

和叶晴料想的一样，以前一只阿花都没抓到过的外公，如今驼了背，就更加什么也抓不到了。

她扶着外公慢慢往家走，积雪的小路在脚下咯吱作响，叶晴觉得心里很宁静。

这种宁静一直持续到快进村时，被前面吵嚷的人群打散了。

"囡囡，前面在做什么呢？"郝水根拍了下叶晴的手问。

叶晴本来想说不知道，可当马鸣那件标志性的孔雀服出现在自己面前时，这个"不知道"就算再难咽，她也得咽进肚子里。

"外公，你先回家，我去看看。"不等郝水根回答，叶晴就朝人群扎堆的地方跑去。

越是靠近，叶晴的心就越是咯噔咯噔直跳。

难怪他们那么扎眼，先不说别的，单说马鸣身后那辆大红宝马，光那颜色就晃得叶晴眼睛疼。

"马鸣，你干吗呢？"叶晴尽量压低声音，既表达出自己的情绪，又不让其他邻里看出什么。

可这时候的马四怎么看怎么该叫马二，嘴巴笑得咧到了耳根不说，两排大白牙更是明晃晃的，他大声说："大嫂，我们是来陪你过年的，老大开始还不告诉我们他是来你这儿，可我们是谁啊，想瞒我们，嘿嘿……"

叶晴想找块石头把马鸣的大白牙砸下来，谁让他乱叫？

韩震瞪了一眼马鸣，问叶晴："哪儿是你家啊？"

夏花曾经和叶晴说过，像韩震这类人是不会轻易说想念啊、爱啊这类肉麻的话的，当他理直气壮说话时，内心往往是害羞的。

当叶晴看着一身皮草从车上下来的夏花时，她想起了这句话。

"那边。"掩饰住正欢呼雀跃的心情，叶晴假装生气，"来也不提前说一声，我都没个准备。"

韩震淡淡瞥了她一眼："再敢口是心非？"

"好吧。"吸取昨晚被挂电话的教训，叶晴笑眯眯地挽住韩震的胳膊，"韩震，你能来我真开心。"

叶绍站在厨房里，看着炉灶上炖着的小排。乾隆烧小排，是叶晴爱吃的菜。为了做好这道菜，他已经记不清自己手臂上到底被滚开的油烫过多少个泡了。

汤汁炖得差不多了，叶绍关了火。他正把八成熟的小排往外盛，门外的犬吠声就远远传来。他回头看看挂钟上的时间，觉得应该是叶晴他们回来了。没一会儿，叶晴的声音叽叽喳喳地传来。

叶绍擦好手摘了围裙，出门去迎他们，看到这么一大伙人，愣了好几秒。

这是叶绍第一次见韩震本人，之前照片他倒是看了无数次。他扔了手里的围裙，迎出门。

"丫头，怎么你和外公两个人去，领了这么一帮回来啊？"叶绍脸上带着浅笑，视线在几人身上扫了一圈。

叶晴正陪外公说话，冷不防听见叶绍问，她想回答，却被另一个人抢了先。

夏花的大"太阳镜"在冬天显得有点儿突兀，夏花拿着它，在叶绍面前晃了晃："叶哥哥，几年不见，你发达了，就贵人多忘事，不但把我忘了，连门也不让进了吗？"

叶绍笑笑："自然记得翠花妹妹，怎么忘得了。"

叶绍一句话，夏花囧了，叶晴囧了，唐安柏呆了，马鸣……喷了……

夏花瞪了一眼从知道她绰号起就笑个不停的马鸣，跟着叶晴进了卧室。

郝水根的心情已经很久没像今天这么好过了，外孙女回来了，还带来个看样子就很能干的外孙女婿，他觉得自己脸上这纹啊又得多两道，笑的。

大年夜，老人家年岁大了，早就没了守岁的习惯，到了8点准时犯困的郝水根交代了叶绍一句"安排好大家住的地方"，就自己去睡觉了。

"夏花，你和小晴睡一屋吧……"

棒打鸳鸯这事儿被叶绍的手机铃声打断了。叶绍看了一眼号码，眉毛皱起来，是个不得不接的电话。

"我接个电话。"

他去院里接电话，来自美国的长途总是承载了被距离拉长的时空感，Lisa的声音一如既往的柔和甜蜜，却丝毫不能温暖她丈夫的心。

时长快半个小时的新年电话打完后，回到屋里，叶绍发现，屋里竟然一个人也没有了。

他忘了一件事：特立独行惯了的人，最不需要的就是别人的指手画脚。

东西各两间厢房，除了一间亮着灯的房间窗户上映着走来走去的马鸣的身影，其他三间灯都是熄的。

叶绍十分愿意相信，他非常在意的妹妹，此时正安稳地同夏花睡在一起。可当他听见夏花与唐安柏的斗嘴声从同一间房中传来，他觉得此时此刻自己脸上的表情应该叫作无可奈何。

第十章

像是整整穿越了一座迷雾城池，等眼前的黑暗彻底消失，叶晴只来得及勉强捕捉到走廊转角那一块灰色布料而已。

一个陌生的怀抱

【01】

乡下的空气比起早已商业化的滨岛来说不知清新多少倍。

"叶晴姐，为了大哥的幸福，你受累了。"马鸣看着叶晴大大的黑眼圈调笑道。

他们一群年轻人也没把这个玩笑当真，可这不代表玩笑话听进谁耳朵里都是玩笑话，例如此时一脸意外地站在马鸣身后的郝水根。

堂屋外，叶晴走了不知道第几个来回。

看看时间，韩震已经被外公叫进去足有20分钟了，随着手表指针不断移动，叶晴越来越不安。

夏花瞧她那样，说了句"出息"。

其他几人明显要放松些，只是这份轻松背后的安静，似乎透露着某种略显诡异的气氛罢了。就好像玩着打火机的唐安柏无意间瞟向叶绍的那一眼，又好像一直低头看地的叶绍嘴角挂着的若有似无的笑一样。

关着的门在5分钟后打开，叶晴抬头看到外公那更苍老的脸，她的脸有点发烧。

"我说的话，你小子都给我记清楚了，不然哪天要是被我知道了你欺负囡囡，就算你躲到天涯海角，我这把老骨头也会追过去把你揪出来，狠揍一顿的。"说这话的郝水根一点儿之前的和蔼也不见了，他甚至还带着几分凶样地举起胳膊。

韩震把叶晴拉在了身边，看着郝水根说："我会的。"

韩震声音不大，却让叶晴觉得心里说不出的踏实。幸福的花儿在那一刻开在了她的心里，至于叶绍心里那朵曼陀罗也是从那一刻开始，更加扭曲地生长。

叶绍提出要提前回家是在大年初一的午饭过后。郝水根有点意外，但也没有太意外，毕竟人家是有家可回的人，和自家的囡囡不同。

远远看着叶绍的黑色车子开出村口，郝水根这才背着手，率先往回走。叶绍离开，只有叶晴和他出来送。

韩震是个不愿做戏的人，这种假扮友好的外交事宜自然是由唐安柏出面。可郝老头出门前把他推了回去，一句"我和囡囡就好"摆明了就是要支开外人。精得像狐狸似的唐安柏哪里看不出来，于是欣然退回，把这个本就不爱的差事推了。

叶晴跟在郝水根身后，有点忐忑。

没走几步，老爷子就停步在村头一块老青石旁，不走了。

"囡囡，过来。"郝水根拍拍一旁的大青石，扬手招呼叶晴。

她才走过去就听着外公叹气，只是叹气。

"外公，我知道你担心什么，但是韩震和那个男人不一样。"叶晴没忍住，先开了口。她低头念叨的样子落在郝水根眼里又让郝水根好一阵担心。他是过来人，哪里不知道每一个深陷爱情的人都对爱情深信不疑，可有几个是能走到头的？

他摇摇头，打算把肚子里那一大堆道理拿出来教育叶晴，可话没出口就被外孙女堵了回来。和之前不同，这次叶晴抬着头，目光是看着远方的。

"再说，即便最后有了变数，他变了心，我也不会像妈妈一样，当断不断。"

远处不知谁家的小孩儿在放鞭炮，噼里啪啦的，惊飞了树上一窝休憩的麻雀。郝老头的心随着外孙女的话，再次在冬风里颤了下。

叶晴和她妈怎么都这么要强。郝水根叹了口气，说了句"你好自为之吧"后，扭头走了。

叶晴看着外公的驼背，心里不好受，可这事儿从她的角度看，现在的韩震毕竟不是当年的叶知秋。

郝水根和叶晴一前一后默默回到家，家却不像他们离开时那样平静了。

不知为什么，郝家门口多了许多小孩儿，都是邻居家的，他们围在一起正聚精会神地不知道看着什么。直到叶晴走过去才看清，被围在中间的是撒欢表演的"王子"和一脸不甘愿的"雷碧"。

她倒没想到指挥两只狼狗的会是韩震。

显然也注意到了这一点的郝老头，在距离人群两步远的外围拦住了叶晴："等等看。"

叶晴头回见和小孩子待在一起的韩震。他拍了下手，连个口令都没有，两只直立起来一米多高的狼狗就应声坐在了地上。他再一拍手，两只狗做匍匐前进状，再拍手，就原地打滚转了一圈儿。

神了。

离韩震距离最近的是个穿红袄、身高1米不到的小女孩。她瓮声瓮气地对韩震说："大哥哥，我想摸摸它们，行吗？"

韩震没说话，他拍拍"王子"的脖子，"王子"就听话地低头凑到了小女孩儿跟前。当细白的小手摸上"王子"黑黝黝的颈毛时，小女孩兴奋地叫起来："它怎么这么乖，和村东麻子家的那条狗一点都不一样。大哥哥，你是怎么训练的，我想把我家的小汪也训成这样！"

小丫头没说完，一旁一个正换牙的小子就兜着漏风的牙齿说："得了发（吧），你家小方（汪）个头连伦（人）家这只尾巴长都没有，还信（训）呢！"

说着他也凑过去摸了"雷碧"一把，边摸边感叹："按我奶奶的话说，信（训）十辈子也不信能信（训）粗（出）个样子。"

在场所有人都被小毛头的绕口令逗乐了，叶晴也笑了，可她没错过一个细节，一个让她暖心的细节。孩子比较多，既然开了头，大家就开始争先恐后地往前面凑，想摸"王子"，有个站在最角落里也最小的孩子被推到了墙角。韩震算是个有洁癖的人，而且不爱和陌生人发生肢体接触，可就是这样的他竟然伸手抱起了孩子。他再一伸胳膊，把孩子放在了里圈"王子"和"雷碧"中间。

两只狗像堵城墙一样，把小娃安全地护在中间，刚还撇嘴要哭的娃娃，转瞬就咧开嘴了。他一会儿摸摸"王子"的耳朵，一会儿又揪揪"雷碧"的尾巴，于是两只训练有素的警犬，顿时化身成为孩子手中的玩具。

其他孩子见了，纷纷凑上去。之前那个小娃娃又被挤着了，这次小毛头没哭，他伸手向韩震求救，于是刚刚松口气的韩先生只得再次把小孩抱了出来。

只不过这次是请神容易送神难，进了他怀抱的小孩似乎很喜欢这种居高临下的视角，待在他怀里死活也不下去了。

出来看戏的马鸣他们也各自找了位置，坐着看韩震尴尬，没一个出手帮忙的。于是韩先生怀里抱着娃娃，一直持续到郝水根上前，才算解了围。

年初一的下午，除了韩震最开始因为那个称呼问题脸有点黑外，其他一切良好。郝水根拉着韩震下了一下午的象棋，看着郝水根越下越起劲的样子，坐在一旁的马鸣也为老大擦了把汗。

老大一点水都不放，真行吗？

最后10局只赢了2局的郝水根没生气，反而笑了。他看着韩震，嘴里止不住说着"不错，不错"。

虽然不知道郝水根说的是韩震的棋艺还是韩震这个人，总之白紧张了一下午的马鸣傻傻地乐了：老大这算是修成正果了吧。

可郝水根是谁，他有多关心叶晴别人不知道他自己知道。晚饭过后，几人看了会儿电视，又打了会儿牌，夏花打了个哈欠，困了。

郝老爷子眼皮一抬："那就睡吧。囡囡和小夏一个屋，其他3间你们随意安排吧。"

老爷子威武霸气，唐安柏却傻了眼，他是不是就是传说中那个躺着也中枪的人呢？

【02】

虞商的乡下，走亲戚是从年初三开始的。

不知道是不是院子里停的那一黑一红两辆轿车太过扎眼的关系，今天上郝水根家门拜年的人格外多。上午10点，一盘棋，唐安柏和郝水根才各自把车马炮动了动位置，这门帘就掀了5次。

马鸣趁着这工夫，打算先去补个觉。

刚入梦，院子里的嘈杂声就一浪高过一浪地传进了他的耳朵。马鸣翻了个身，脑袋钻进枕头下，可声音没有因为马鸣这个举动减少一分。相反，还有点儿愈演愈烈了。

马鸣捂着枕头，反复折腾了几下后，最终还是没忍住，腾地一下坐起身，皱着眉，一路跑去堂屋。等他看到正被人往外扶的韩震时，他这才结结巴巴问了句："这是怎么了？"

市立第一医院是虞商市区最好的医院，从郝水根家开车到那儿，快车也开了足足一个小时，再加上之后检查拍片花的时间，韩震安稳地躺到床上已经是一个半小时以后了。

"右腿骨震荡"，医生的影像诊断上清清楚楚这么写着，用通俗的话讲，韩震这种"震荡"再深一点儿就是骨折了。

叶晴手里攥着诊断书，神情沮丧地坐在床边。整个房间里的人，包括最了解韩震心思的唐安柏都不知道，怎么韩震和叶晴出去转了一圈，韩震回来就这样了？做了伤口处理的韩震脸色很不好，但至少没刚被送来时那么糟糕了。他刚想对唐安柏说些什么，门口就传来了"咚咚咚"的敲门声，随后一个端着药品托盘的小护士走进房间。

"韩先生，脱裤子，我来给你打狂犬疫苗。"

唐安柏已经很久没见到韩震露出这种眼神了，他手握成拳掩着嘴咳嗽一声："呃，老三，年过得也差不多了，咱们是时候回去了。"

唐安柏揽着夏花往外走，陆凡跟在后面。走到电梯口时，唐安柏回头："三儿，先走了。"

陆凡挥挥手，慢悠悠地继续朝楼梯方向走去。

陆凡还没到楼梯口，远远看到一个个头很高的男人从楼梯口上来，拿着张照片挨个房间找什么。因为还是春节假期，医院里除了重症病人，没其他人。走廊里，甚至来回走动的护士都很少，因此这个歪着头、走路姿势有点奇怪的男人并没引起太多人的注意。

陆凡开始也没在意，只是两人错身之间，男人手里一闪而过的照片被他无意间看到了。男人似乎在嘀咕着什么，陆凡隐约听见他说："咦，叶叔叔说是这间，没错啊……"

男人还在一间间找着，丝毫没发现他身后的陆凡早拿出手机，对着他的背影，"咔嚓"拍了张照片。

韩震怕打针的事足足让叶晴从年初三一直笑到初八，那天她害得韩震被麻子家的狗咬了，外加险些骨折，这份内疚感也随之渐渐淡出了叶晴的记忆。

年假过去，返回医院的人也多了起来，好在韩震住的是高级病房，环境很好，四周也没普通病房那么吵。

这天傍晚，叶晴去医生办公室问了问韩震的病情，起身回病房。站在门口，还没进去，叶晴也猜得到里面的韩震肯定是抱着他的笔记本电脑在工作。有时候，叶晴很受不了韩震这种无时无刻不记挂着工作的行为，你见过住院当天就折腾朋友大老远去给他拿电脑的吗？更让叶晴难以接受的是，来送电脑的唐安柏竟一点都不生气，笑呵呵地放下电脑走人了。

忍不住，她又叹了口气。她推门就要进去，突然隐约觉得脖子上有种针刺的感觉，她回头，可身后一个人也没有。叶晴歪头站了一会儿，这才推门走了进去。

"韩震，再休息一会儿会死吗？"

"会。"

房里发生这种对话时，走廊转角那里也探出一个头，那人看着叶晴刚进去的那扇门，渐渐笑了。

韩震的伤并不十分重，只是出于伤筋动骨一百天，小伤筋动骨也要躺十天的观念，他硬是被叶晴压在医院里躺了快一个星期了。参与互联网计划的竞标实验稿基本就绪，就等着竞标验收，工作上面是没什么好担心的了，可这几天，韩先生看叶晴的眼神却越发不对。

认识他这么久，男人脑子里想的那些事她怎么可能不知道，可叶晴的回答斩钉截铁："不行，先养伤。"

傻乎乎的马鸣被发配在郝老头家足足看了快二十天的狗，也不见有车来接自己。慢慢咂摸过味儿来的马鸣，最终在年二十四这天，搭上了村里开去虞商市区的货车。

直到进了机场的候机大厅，马鸣走起路来还是一颠一颠保持坐货车的感觉，这感觉他再不想经历第二次。他进了机场酒店，洗了澡，换了身新衣服。

二哥，你给我等着！仰头喝了口矿泉水，马鸣开始幻想，他想有一天，自己能像把那两只狗塞到托运仓一样，把二哥扔到个鸟不拉屎的地方去待一阵。

梦想真的挺美。

把"王子"和"雷碧"交给门口保安，叮嘱他买了雪碧喂它们，马鸣快步朝楼里走去。

他听说韩震回公司已经七八天了，他想应该是出事了，如果没出事，他那几个兄弟怎么会忍心把他扔在那个犄角旮旯儿不管呢？

不过，说不准还真忍心。

问题远比他想象中要严重得多，在10楼下了电梯的马鸣一进走廊，就被空气中弥漫的那股紧张气氛呛得咳嗽了一下。他朝四周看看，走去韩震的实验室。

韩震的总经理办公室不在10楼，而在楼顶，不过根据以往经验，这位"总"的办公时间多半是泡在实验室里，而不是坐在顶楼喝咖啡看风景。所以隔着实验室的玻璃门，马鸣看到了对着3台电脑同时测算数据的韩震，毫不意外。

"老大，到底怎么了？"没弄清楚情况的马鸣还是很懂夹着尾巴做人这个道理的，他边轻步往里走边问。

"嗯。"韩震应了一声，却没看马鸣一眼。马鸣老实地坐在一旁的椅子上，不出声了。

"想着你也差不多该回来了，叶晴去买饭了，一会儿你也在这儿吃。"韩震依旧目不转睛地看着电脑屏幕，说的话却让马鸣好一阵激动。

"嗯！"他应了一声，坐得也踏实了，屁股下面的椅子也莫名舒服了不少。还是在自己的地盘舒服啊……得意的马鸣双手交叠放在脑后，二郎腿跷着，眼睛也眯了起来，那架势就差没哼首小调了。

唐安柏拿着报告进实验室时，看着在这种环境下依然能睡成那样的马鸣时，脑子里就冒出了这个念头。他笑了一下，倒没出声，直接走到桌前，把手里的东西递给了韩震。

"我们没猜错，90%的数据已经确认被盗，另外那10%……"唐安柏一顿，"估计也……"

"噼噼啪啪……"韩震像没听见唐安柏的话一样，手指继续在键盘上飞速敲击。唐安柏也不急，干脆拉把椅子坐在韩震面前看一旁的马鸣睡觉。

这间实验室里，最值钱的恐怕就是韩震桌子上那座30厘米高的微缩座钟，别看小，明眼人都看得出那是好东西。钟摆咚咚响，一下下走得按部就班。分针绕了180度时，叶晴拎着几个餐盒走进门。

唐安柏看了一眼，嘿嘿笑起来："叶晴，我可是跑了一天了，你怎么着也得让我吃顿饱饭吧。"

叶晴用眼神指挥着唐安柏拉来墙角的凳子，她摆着东西："就算我想饿你，夏花也不能让啊！"

"谁不让了！叶晴，小心我告你诽谤！"夏花的声音很大，被吓了一跳的马鸣差点从凳子上摔下来。

"马鸣，韩震说你差不多就这两天回来，所以每天买的菜都很足。我想你是吃够我外公家的菜了吧？"叶晴调侃马鸣，天知道她外公家不是逢年过节，每天就吃白菜、土豆。

"没事没事，外公家挺好的，外公给我做了5只鸡呢！"马鸣挥舞着筷子，动作一点儿都不斯文。

而叶晴早就满头黑线了。没记错的话，外公家一共就10只鸡，还全是下蛋的母鸡……

叶晴瞪了马鸣一眼，转身去接夏花手里的菜，不想唐安柏早就把菜接过来往凳子上摆。

吃饭时马鸣总算搞清楚了事情的究竟，Deep的确出了很大的问题。恒宇为了竞标参加互联网计划资格而建起来的数据库在过年时被盗了。对于IT行业来说，数据的重要性不亚于肌肉对人体的重要性，试想一个没有肌肉的人，就是一副骨头架子。

马鸣放下水杯，眼神有点呆，半天他才问了句："那怎么办？"

韩震从叶晴手里接过杯子，看着水面上漂着的那片绿茶叶，慢悠悠地说了两个字："凉拌……"

一个老套的幽默方式却给了在场几个人一颗大大的定心丸。

【03】

竞标会原本是安排在4月中旬进行的，可最后不知什么原因被提前到了3月31日。

3月31日，滨岛市天气不错，是个晴天，天空蔚蓝。

滨岛是个没有春天的城市，3月末4月初，气温已经以蹦高的速度迅速回升到了25℃。

这天，叶晴起了一个大早，站在衣橱前选衣服。

和韩震确定了关系后，她就被韩震要求搬离了学校宿舍，住进了韩震家。此刻面对着满满一个衣橱的衣服，叶晴觉得自己有点眼花。韩震是给她买了多少衣服啊？

"韩震,帮我拿个主意,穿哪件好?"苦恼半天的叶晴抓挠着头,无奈地向才洗漱完的韩震求助。

"都好。"韩震扫了她手里那堆衣服一眼,说了两个字。

叶晴想着自己的苦恼,再看看一身日常装扮的韩震,眉头皱得紧紧的:"韩震,没记错今天是对你很重要的一天吧,怎么你好像还没我重视呢?"

低头扣着扣子的韩震听出了叶晴的埋怨,放下手里的活,走到叶晴面前,面无表情地揉着她的头发:"你也说了是对我很重要的一天,你那么紧张干吗?"

不识好人心!叶晴气他不明白自己现在的心情,扭过头要走,可是她没走成。韩震一把将她拉进怀里,然后叶晴听到了韩震的叹气声。

"好吧,其实我也挺紧张的。"他这么说。

叶晴窝在他怀里翻了个白眼,心想这还差不多。

"穿哪件?"她旧事重提。

放开她的韩先生沉吟片刻,指指其中一件:"这件吧。"

结果那天叶晴一身红地出现在了会场。

Deep的车子到达会场时,停车场已经停了许多车子了。

叶晴跟着韩震、唐安柏上到9楼会场,被堵在门口的那一大批记者吓了一跳。她在会场外碰到了夏花,叶晴提出去喝杯咖啡,夏花却挥手拒绝。

"我得去洗手间补个妆。"总那么在意自己那张脸的夏花让叶晴发愁,但她还是跟着夏花一起去了,打发时间嘛。

女人补妆是个体力活,夏女王补妆绝对是比修长城还费体力的体力活,等得十分不耐烦的叶晴实在没那个耐心看夏花的大工程,开门到外面去等了。

洗手间和会场分别位于9楼的东西两侧,距离很远。比起喧嚣的东面会场，洗手间这边要清静许多。叶晴正靠在墙边踮着脚尖玩，旁边突然有人轻轻叫了声："老婆……"

谁啊？她抬头。

连看清对方长相的时间都没有，叶晴就被一股强力推到了墙上。墙是软绒质地，撞上去并不疼，可叶晴被这突发状况吓坏了，她甚至忘了呼救，就听到耳边有人一声比一声响地喊着："老婆……老婆……"

那怀抱太陌生，完全不可能是韩震。

保持浑身僵直的状态几秒后，叶晴逐渐找回了自己的声音。

"花……"她第一个想到的就是向夏花求助。

叶晴想求救，可那人明显不认为这是个好主意，一双手慌乱地往她嘴上捂不说，力道也大得几乎能把她纤细的脖子拧断，叶晴能呼吸到的空气越来越少。

就在这时，一阵不轻不重的脚步声从岔路那条走廊里传来，钻进叶晴耳鸣不止的耳朵里，就像是生命之声。

"救……"

就在她努力积聚力量求救时，捂在她嘴上的力气消失了，相当突然地消失了。叶晴倒在地上。

像是整整穿越了一座迷雾城池，等眼前的黑暗彻底消失，叶晴只来得及勉强捕捉到走廊转角那一块灰色布料而已。

她惊魂未定，甚至没看到已经拎包出了洗手间正愣愣地看着她的夏花。

评审会早就开始了。

低于评审会一层楼的8楼，叶晴坐在一家名叫Amor的咖啡厅里，手里端着杯拿铁，咖啡早就凉透了。

对着手机浪费大半天口水的夏花，终于结束了对最后一个"孙子"的训斥，挂断了电话。

"这群废物，笨得跟猪似的，找个人那么费劲，都半个多小时了。"夏女王"啪"的一声把手机拍在桌上，玻璃桌被这么一砸发出声响，叶晴觉得不远处的服务生在看她们。

夏花大大的领口上下起伏，表达着她激愤的情绪。她端起咖啡杯，杯子还没靠近夏花的嘴边，紧接着就和夏花的手机一个下场，被她拍在了桌上。服务生又看她们了。

"这是哪个王八蛋干的，谁的人都敢动！"夏花手指轻轻摩挲杯壁，笑容有点儿吓人。

上午，咖啡厅里人虽然不多，但三三两两地也坐了几位，他们坐得不远，自然听到了夏花的话。他们纷纷回头，再慢慢转回去。

情绪还没完全调整好的叶晴脸有点挂不住，她扯扯夏花的手："怎么说得韩震跟黑社会似的……"

"谁说我是在说韩震！"夏女王带着笑，斜了叶晴一眼，"我说我呢！敢动我的人！"

如果此时，夏女王身上披着件狗皮披风，腰上别一根软鞭，再配合她豪情万丈地把胳膊搭在叶晴肩上的造型，叶晴绝对有理由怀疑夏花是新中国成立前混迹在乌龙山那带的女匪首。

满脸的黑线迅速取代了之前的恐惧，叶晴起身，拍了一下夏花的肩膀："我没事了，咱们上去吧。"

"好！"夏女王端起咖啡杯，豪饮一口，这份气魄一直延续到咖啡杯再次与玻璃桌面亲吻碰触的那刻。

服务生已经记不清自己究竟第几次看坐在那边的两位女客人了，只是这次不负众望，"咯吱"一声，玻璃桌……裂了。

2000元的赔偿金让叶晴一路心疼直到出了电梯站在评审会场大门前的那刻为止。经历了之前的种种，到达会场时，时间已经是一个小时之后了，换句话说，叶晴和夏花到的时候，韩震他们的实验也差不多接近尾声了。

会场有专职保安，开场时已经把在场的记者、媒体清场，因此比起刚刚，场面清静许多，房间里，只响着机器运作的嗡嗡声。

悄悄到观众席坐好，叶晴看着各个公司背后的显示屏，发现有的已经显示出了运行结果，屏幕上的数字安静得如同机器后面躬身等候的程序员一样。

她把头转向另一边，看着还在和几个程序员忙碌着的韩震。韩震眉毛微蹙，盯着面前的操作台

"那些人是不是已经完成了？你家那位确定没问题吗？"

叶晴没记错，说这话的夏花刚刚还眼睛都没眨一下直接甩了一沓钞票给咖啡厅经理，那时候的她气焰极其嚣张，哪像现在，怎么听怎么都很怂。

叶晴微扬了下嘴角："他啊，肯定没问题。"

然而叶晴的自信最终没能等到韩震数据成功的结果，直到计时器宣布比赛终了时，Deep公司的背投大屏幕上，仍然没能稳定显示一个最终结果……

叶晴很意外，夏花惊诧到一句过多的话也没有，不知何时坐到旁边的唐安柏还是一副笑脸，爱微笑的陆凡却面无表情。

时间在几人间像被灌了胶，一时竟凝固不动了。

举着麦克风的组织者逐一从各个展示屏前走过。

"我们这次的题目是一个解决互联网多分枝障碍的实验模型问题，好了，下面就让我们看看几家公司的实验结果……"

在经过Deep显示屏前时，四十几岁的男人盯着屏幕看了一会儿，随后把手里的麦克风拿到身旁，对着耳边的话筒小声说了几句话。

一个大房间，十几家IT公司，巡视下来又是十几分钟过去了。几个在场的组织者低头商议了一会儿后，那个带头的站起身，慢悠悠地宣布："出于多方面考虑以及比赛成绩，这次入围的公司是……XR公司。"

因为紧张，从刚刚开始，叶晴就攥紧了手，当XR的名字从那人口中说出时，她手心冒出的汗顿时就冷了。

怎么会这样。

她不忍心去看韩震，却又忍不住去看。她怕韩震那么骄傲的人不能接受败北的现实。可让她相当意外的是，此刻的韩震竟然出奇的平静。

其他几家公司里，不乏实验同样成功的，但既然赛方说了是基于多方面考虑，那他们这些规模较小的公司自然就只能靠边站了。

自始至终，韩震都是一副淡然表情，包括后来拉着叶晴的手从XR那群程序员面前走过时，他都是一脸淡然。

叶晴本来想隐瞒不报之前那段被"偷袭"的经历，可在大楼底层，她看着突然冒出来的那两个人时，叶晴就想，怕是瞒不住了。

其中一个是来找陆凡的，是个眉清目秀的年轻人，手里拿了一张纸，叶晴只看得清上面密密麻麻写满了字，她也听不清那人到底在和陆凡报告着什么。另一个一身正装，是找夏花的，叶晴看到夏花的脸都青了。

虽然夏花对男人的空降除了意外之外还有点不高兴，不过叶晴看到她还是耐着性子和那人耳语了好一会儿。西装男人很快就走了，有酸味儿从唐安柏所在的方向传来。

"那人是谁啊？"唐安柏开口。

"没谁，朋友。"不想继续这个话题的夏女王敷衍。

"那还靠得那么近？说什么不能让我知道吗？"唐安柏觉得他还可以把自己的不悦表现得再明显一点儿。

"你！"

眼见着火药味越来越浓，心里清楚是怎么回事的叶晴只好硬着头皮举起手："夏花是要她朋友来帮我的……"

一个"我"字出口，叶晴立刻觉得身边人的眼神开始不对。

她不知道自己是否把整件事表述清楚了，其实现在想想，她都觉得事情很奇怪，莫名其妙冲出来一个人朝自己叫"老婆"，再莫名其妙的一阵脚步声就把他吓跑了。

叶晴说完，连自己都对刚刚说的话表示怀疑。

"我说的是不是不像真的？"

"你可以说得再像点儿。"叶晴觉得韩震在用鼻子说话。

在叶晴最尴尬的时候，一直站在陆凡身边的那个便装男人开了口："是真的。如果没猜错，嫂子今天遇到的那个人应该叫裴元，今年25岁，他的智力用俗话说是二百五，术语里讲就是智障。"

也来不及问年轻人这声"嫂子"是从何而来，叶晴现在满脑子响着的就是两个词：裴元、智障。

虞商市裴家，裴斐，独子，婚约。这一切都被串起来了。

车子开过了两个十字路口外加一个15秒红灯，叶晴还是一副灵魂出窍的样子。她打开车窗，胳膊倚在窗沿上，任凭窗外的风扬起头发。

"裴斐……"亲自开车的韩震突然开口。

叶晴一愣："什么？"

"裴斐、裴元，都不要怕。"

男人连为什么不要怕的理由都没说，叶晴就突然觉得心里安定了。

　　"韩震！"叶晴提高了声音，"我们今天庆祝一下吧，庆祝我们虽败犹荣！"

　　生命里，有许多事远比姓裴的值得她关心，想那么多干吗？

第十一章

> "从这里到家是25分钟的车程，取照片外加做这个片子是10分钟，你借了我1小时准备，我还给你一辈子做利息，还划算吗？"

叶晴，嫁我。

【01】

柳雨倒好咖啡回到办公室时，一条信息刚好发到了她公司内线的MSN上。内容如下：

到我这里来，再倒杯咖啡。

看了眼桌上还冒着热气的咖啡，她端起杯子出了办公室。

7厘米的高跟鞋稳稳踩在顶层房间前的暗红地毯上，柳雨敲敲门，等里面应声后推门进去。

屋里的光线很好，卷叶窗帘收拢，有大量光线从窗外照进房间。叶绍站在窗前，留给她一个宽阔挺拔的背影。她看得出，男人这几天心情一直不错。柳雨走过去，放下咖啡。

"才煮好的。"她说。

叶绍回头看着那杯子，柳雨面无表情地说："杯子是我的，你要得太急，我来不及重煮。"

叶绍却微微一笑，拿起杯子，喝了一口咖啡。

"是你的又怎样？"他放下杯子，一把将柳雨揽进怀里，"连你都是我的，何况是个杯子……"

是啊，我是你的，可你从来不是我的。这么想着的柳雨，记忆一下子回到了当年在国外的日子，那时她还在读书，他们初遇在一个再普通不过的日子。

那天，法学院草坪上的樱花开得灿烂，柳雨坐在树下看一本厚厚的美法典，不知不觉，她在樱花香里睡着了。如果不是额头上痒，柳雨不知道自

186

己会不会就这么一直睡到天黑。等她睁开眼，太阳就快落山了，天边有火烧云。红彤彤的天空下，柳雨看到了正弯下腰的叶绍。

那时，还在读书的叶绍一脸书卷气，他微笑着摘掉落在柳雨头上的樱花花瓣。

"樱花落，美人劫。"

阳光穿过叶绍的短发，他的脸被光影勾勒出醉人的线条，他慢慢念出这句话的时候，发呆半天的柳雨终于红了脸。

恋爱是自然而然的事，那时候柳雨读法学，叶绍读工商管理，两人约会最常做的事就是每天抱着书一起去图书馆看书。

叶绍性格温柔沉默，话并不多，只是每当柳雨看书看得累了抬头伸懒腰时，总能看到叶绍关注的目光。每到这时，他就伸手给柳雨揉肩。那时他总是喊她"懒猫"。

"懒猫……"

记忆里的称呼重叠到现实中，柳雨看着躺在自己身旁吸着烟的男人。她突然想问叶绍：你什么时候能真的爱我？

她真的问了。

可是现在的叶绍再不是过去那个会柔声和她说话的叶绍了，现在的叶绍只会冷冷地对她说："早在5年前，爱这个字就对我没有任何意义了。"叶绍起身去洗澡，离开的动作丝毫不拖泥带水。

柳雨躺在只有自己的床上，再一次重温了把希望放在高处，之后重重落下的感觉。

所以女人都是最天真的动物，每天做着一个又一个美梦，即便知道那些梦没有一个会实现。

又躺了一会儿，柳雨擦擦早就没有泪水的脸颊，起身穿衣。今晚她要陪叶绍去参加一个重要的饭局，饭局的地点在市里一条繁华的街道上，那条街的风景不错，如果不是一场关于工作的饭局，或许柳雨会更期待些。

听说互联网计划的牵头人会到场。

韩震来接叶晴，晚上有个活动需要他们一起去参加。

坐在车里，叶晴低头看着韩震给她准备的新衣服，一脸大惊小怪的样子，看得韩震别扭不已。他动动胳膊，觉得现在的自己浑身不自在。

"这衣服怎么了？"他还是忍不住问道。

"没什么啊，就是没看出来，你的眼光还不错嘛，我喜欢。"叶晴语言欢快地拍拍男人的肩。

只是她这小人得志的样儿让韩震突然就想逗逗她，韩震说："选衣服的眼光的确不错，就是选人的差了点。"

"吱吱吱……"

银灰色车子随着车上人的突然发飙，在马路上留下一段七扭八歪的轨迹，留下一堆看热闹看到心惊胆战的路人。

直到被韩震像领孩子一样领下车，带到凤吟轩3楼的包间门口时，叶晴还在因为刚刚韩震那句话闹别扭。她也知道需要带女伴的场合一定是很重要的，可她就是忍不住别扭。她扯住韩震："韩震，你说，我长得是戳瞎你右眼了还是振聋你左耳了，不说个明白，今天你就自己进去吧！"

小丫头抱紧双臂，脚上踩着高跟鞋却站得很稳，裙摆随着她的呼吸动着，这些行为动作组织在一起就是一副"不争包子争口气"的架势。

"说清楚。"韩先生态度颇为严肃地把胳膊搭在叶晴肩膀上，看着她，"说清楚，就是你当我刚刚嘴巴'瞎'了好了。"韩先生朝叶晴眨着眼睛，一副人畜无害的表情。

莫名其妙地被他搂着推门往里走的叶晴这才意识到一件事情：老话说的真没错，蛇鼠是一家，看看唐二那个花花肠子的家伙，就能想象他的领导会有多良善。

门开了，当叶晴看清坐在正中的那人时，她还在外太空练漂移的灵魂倏地一个急转弯，回到了身体里。

"陈老头儿，你怎么在这儿？"

柳雨的手被叶绍握着，五指刻意张开了些，因为她不想被男人发现，自己早就紧张得满手是汗了。这不是她第一次跟着叶绍出席场面上的应酬，可十指交握绝对是毕业之后的第一次，也是叶绍婚后的第一次。

"就这间……"给他们引路的侍者停在一扇门前，为他们打开门。进门前松手是柳雨早就想到的，可她没想到，在看到房间里坐着的人时，略作迟疑的叶绍竟然紧紧抓住了她的手。

他是在紧张吗？还是在忐忑呢？柳雨想。

她也很用力地回握住叶绍，说："叶总，我们已经来迟了，就快点进去吧。"

当叶绍和柳雨出现在房间里时，坐在正中间的陈忠忍不住打量了下屋子里的人，如果找两个词汇来形容这些人此刻的表情，那么用五花八门、形色各异倒真挺合适的。他眯起眼睛，拍拍坐在身旁的叶晴："丫头，给我倒杯水。"

"好。"叶晴和陈忠相当熟，因为他就是DH大学计算机博物馆的看门老头儿，她拿起茶壶倒茶给陈忠。可此刻她脑子里是想着事情的，于是茶水顺着叶晴奔涌的思维逐渐蔓延向了桌面。

看不下去的韩震拿了纸巾垫在桌上，同时也接过了叶晴手里的茶壶："看到堂哥就高兴成这样了，就算水是财，也不能这么给陈老和你堂哥洒，是吧？"

说这话时，韩震是看着杯子的，而站在桌旁的叶绍却总有种他是在看自己的感觉。

"韩震，真是天涯何处不相逢啊。"叶绍看了一眼韩震，又去看还在发呆的叶晴，"丫头，怎么样，在公司实习得还不错吧？"

叶晴看看叶绍，再看看他身旁的柳雨，总有种不真实的感觉："哥，你是XR的？"

"叶晴……"柳雨上前一步，面对这个叶绍疼到骨子里的妹妹，她神色淡然，"这位就是XR公司的新总裁，叶绍……"

柳雨的介绍让叶晴心里不是滋味。

说实话，长这么大，不管经历了什么难事，叶晴还真没吃过一顿像现在这样食不知味的饭。

学校里的看门老大爷陈忠突然变身成IT届扛鼎人物陈州她没太吃惊，韩震意外地获准参加互联网计划设计，她也只是小小意外了一下，可有一件事情她是完全无法接受的。

堂哥什么时候成了XR的总裁？他不是应该在虞商继承叶家的家业吗？还有就是，Deep丢失的那些实验数据以及那几家明明技术不行却获得实验成功的小公司……这之间的联系，叶晴真的不敢想了。

"我去下洗手间。"叶晴低着头出门，觉得自己有点仓皇而逃的味道。

柳雨当然看出了叶晴的异样，她想，恐怕叶晴此时的心情不比自己简单多少吧。

叶晴弯着腰在盥洗池边整整掬了十几把水洗脸，脑子还是混混沌沌的。她抬头看着镜子里那张湿淋淋、毫无血色的脸，思绪就像掉进了记忆的深潭，再也出不来了。

在名门叶氏里，一个不起眼的庶子的女儿，她的待遇是很容易想象的。

叶晴到现在，还依稀记得那天天上云朵飘浮的样子，像只在地上慢吞吞爬行着的老乌龟。她躺在后院的草坪上看天，躲清闲，其实，才上小学的她哪里知道躲清闲是什么意思，她只是知道离那些大人远点，自己就能少挨点骂罢了。

手里玩着昨天妈妈给自己编的狗尾巴草戒指，一不小心劲儿使大了，狗尾巴草戒指散了。叶晴腾地坐起身，慌手慌脚地想把戒指复原，谁知道前一秒还在手里的戒指，后一秒就不翼而飞了。

"贱丫头，你也就配玩这种野地里的东西！"

叶晴一抬头，看到是王老板家的胖小子。

胖小子手里晃悠着戒指，眼见原来还只是有些松的戒指渐渐开了花，最后直接散开，落在了地上，叶晴忍了半天的泪终于止不住涌了出来。

"贱丫头，你哭吧，就算把你家大人引来他们也只会罚你，要知道我爸爸可是你们家的大客……"小胖子的"户"字还没出口，肚子就是一痛。

整整矮他一头的叶晴正顶在他肚子上把他一直往后顶。

"你……你干什么？"开始没有防备，小胖子整整被她逼得后退两步，险些坐在地上，但他毕竟大些，身材、力气上都不是叶晴能比的，叶晴只前进了两步，就被小胖子顶住了。

"你这个臭丫头！"胖子两手一推，瘦瘦小小的叶晴轻而易举地被推倒在地。

"坏人！"叶晴摔了跤，也不知道疼，只是狠狠地瞪着对方。

开始还气焰嚣张的胖子被叶晴看得有点慌，想跑又觉得太丢人，干脆鼓着劲冲到她跟前抬起脚就踢。

"啊！"随着一声惨叫，叶晴看到胖子跌在地上抱住了他的脚。

那时候，年幼的叶晴看到丢水泥板去砸小胖的叶绍时，第一次意识到那个总是很少说话的男孩儿，是她的哥哥，是能够保护她的哥哥。

事后，虽然她被爷爷惩罚不准吃晚饭，但想想小胖子被砸断的那根脚趾骨，她怎么想都觉得这个处罚很轻。

况且，哥哥还偷偷给自己送来了好吃的。

哥哥……哥哥……哥哥……

当活在记忆里的叶绍融进现实中时，一切都不真实得像镜子里的自己。

关掉水阀，叶晴从一旁抽了张纸巾擦了擦脸，开门出去。

门外，叶绍站在那里等她。

"哥。"叶晴觉得自己叫得有气无力。

"丫头，哥不告诉你是因为哥不想让家里知道。"

"嗯。"

"哥想你在没有干扰的情况下好好实习，如果被别人知道你是我妹妹，哥想你也会不自在的。"

"嗯。"叶晴干脆把头低下去，不看叶绍。

黑色皮鞋入眼，叶晴被轻轻抱住了："丫头，别生哥的气，哥最疼你了。"

"哥，我知道。"

不仅我知道，你也知道，我早就和叶家没了联系，怎么会告诉他们你的事情。要我好好实习，其他实习生都去搬设备时，女生当男生用，男生当牲口用的时候，我还真没被人当作你妹妹一样优待。

但是哥，有件事情你忘了，能偷了Deep的数据再给其他小公司，而且还能确保自己入选的，只有XR！

叶晴心情复杂地又回了叶绍一句："哥，我知道。"

变故几乎发生在瞬间，有人突然在叶晴身后大喊一声："放开我老婆！"

就像4岁那年的事重演一样，一股冲力近身，叶晴整个人摔了出去。一切像在播放一个很长的慢镜头，叶绍伸手去拉，却抓了空，他只能眼睁睁看着叶晴离他越来越远。

"啊！"出于本能，叶晴叫了一声，却意外地没觉得疼，有人从背后接住了她。

"韩震？"她倒在那个怀抱里一会儿后，才觉得感觉不对，韩先生出门时穿的是件灰西装，而护着自己的是双白袖子。叶晴惊讶地从那人怀里挣扎出来，回头一看，才稍微松了口气。

是陆凡。

被陈老头拖着说了好一会儿话的韩震，好不容易跑出来，刚转过走廊就见叶晴歪歪斜斜地倒在陆凡身上，至于昨天才见过面的陆凡那个朋友，他手里抓着另一个人。

那人个子很高，身形颀长，一头短发，五官长得很好，浓眉之下一双黑葡萄似的眼睛，只是他的眼神有些奇怪，嘴委屈地撇着，肩膀被控制住却总不老实地扭来扭去，表情带着和年龄不符的幼稚。

而叶绍像是摔倒过，才站起来，显得有点狼狈。

【02】

裴元，虞商裴家独子，幼年车祸，得了痴傻后遗症。

叶晴就着车灯看着陆凡的朋友邱东刚才递给自己的文件夹，里面全是资料，甚至细致到连裴元平时吃什么药都有。

"邱东，你是怎么找到这些的？"把9页纸全部看完，叶晴眼里已经不只是吃惊了。

邱东挠挠头："我们就是干这个的，不过最初的资料还是陆凡给我的一张背影照片，当然这些还不够。"邱东拍拍前排副驾驶位子上的陆凡，"我说老陆，我也真是服了你了，就那么擦肩而过，你就能把这家伙左耳朵上有颗痣这种细节记下，我看你也别做生意了，回来帮我们得了……"

陆凡笑笑，挥手拍掉了肩膀上搭着的手。

"嫂子，这家伙已经跟了你半个多月了，我看，既然抓到他，总是要安置一下，我们已经通知了裴家明天来接他。"

可谁也没想到，在安置裴元的地点上出了点岔子，邱东本来是想让裴元找家宾馆住的，可裴元傻是傻，却死活不肯去住宾馆。中途，裴元还和他爸通了电话，电话里裴斐告诉裴元，叶知秋那边已经拿了他家的钱，叶晴已经是他媳妇儿了。

得到这种回答的裴元嘿嘿一阵傻乐，放下手机，他说，真让他去住宾馆，他就跑。

他才不说这是他爸教他的呢。

商量来商量去，裴元说要跟叶晴回去。邱东一脸坏笑地不吭声。叶晴看了一眼脸色已经很不好的韩震，想着如何回绝。就在这时，韩家楼下来了今天的第三拨人。

季磊领着无精打采的"雷碧"下车兴师问罪："韩震，你家的狗是不是母的？"

快餐店的窗户刚被擦过，6月的阳光透过玻璃照进来，洒在对面那一人一狗身上，"雷碧"顿时成了一只黄金猎犬。

夏花捏着管子在红茶杯里搅了几圈，眉毛越蹙越紧。

"裴元……"她看了一眼远处的队伍，还是没忍住开了口。

而被叫的那人，显然一副不在状态的样子，或者换句话讲，他的状态全在手里那碗甜品上，似乎没在意自己正被某女王嫉恨着。

夏花捏着管子在玻璃杯沿上敲击两下，发出"叮叮"两声，不耐烦的声音如同夏花说话的态度一样。

"裴傻子，叫你呢，没听见！"

不是夏女王没耐心，换作任何人对着泰山崩于前而眼中只有雪糕的裴元，大约都是耐心不起来的。

夏花生气了，干脆把雪糕碗直接从裴大傻眼皮子底下抽了出来。盯着大傻那双"纯净无瑕"得有点过分的眼睛，夏花终于又忍不住拍了下桌子："真是没天理，一个大男人没事眼睛长得那么好看干吗？叶晴你就天真吧，什么裴家说在你家住了两天，大傻的病就好很多了，什么等再好一点就来接他？全是借口！这都好几个月了吧！"

她忍不住又抬头看了一眼裴元，说："真是祸水！"

没了雪糕的裴元有点手足无措，眼睛东张西望的。

夏花只能抓住他的手才能让他知道，自己在同他说话："我问你，你干吗总要跟着叶晴？"

"嗯……"个头足有一米八的裴元，手肘被夏花捏着动弹不了，别扭挣扎着如同一个逃避吃饭的孩子，"不是叶晴！是老婆！爸爸说，只要我乖，叶晴就是老婆！"

裴元的嘴巴沾了雪糕，他用手背擦了擦嘴巴，结果手也沾上了。裴元也许不喜欢这种黏黏的感觉，皱着眉，手在桌布上和衣服上胡乱抹着。叶晴看着他，无奈地拉过他的手，拿出湿纸巾给他细细擦拭干净。说实话，她第一次有点儿质疑起韩震的决断力了。而裴元紧盯着叶晴的动作，眼睛都不眨一下。

"算了，问你也是白问。"夏花干脆一甩手，专心喝她的红茶，不理会裴元了。

裴元趁夏花"不注意"，又把雪糕碗拉回来，这次他吃得小心翼翼，吃一口抬头看3次，生怕再被夏花抢走似的。

裴元一勺勺地吃，夏花头上的黑线一条条地落。按理说她也真是佩服死韩先生的脑子了，当初裴家提出要裴元在他们这儿住段时间的时候，韩先生的条件只有一个：裴元必须叫他姐夫。

太奸诈了！

大好的周末，夏花本想约叶晴出来散散心的。叶绍那件事，叶晴虽不说，但她看得出，这丫头心里难受着呢。

可是……

"叶晴，咱俩逛街，你把他带出来算怎么回事？再说了，带人也就算了，把狗也带出来了。有它跟着，商场还能让我们进吗？"她低头看一眼"雷碧"。"雷碧"像听得懂一样，把头高高地偏向一边，那样子好像在说：你才是拖累呢。

被裴元弄得精神崩溃了大半天的夏女王，现如今沦落到遭狗鄙视的田地，心烦意乱到了极点，她抬起9厘米的高跟鞋作势要踢"雷碧"："你这个倒插门的女婿也给我耍脾气了！"

为了对夏花的"好意"表示感谢，等走到一家商场门口，叶晴再三嘱咐裴元乖乖在门口等着，这才一步三回头地被夏花拉进了商场的大门。

裴元的笑容，透过玻璃折射进叶晴的眼睛，比正午的阳光还耀眼。

"花，就这么把他和'雷碧'留在大门口，行吗？你逛街向来是没有时间观念的……"一想起裴元单纯、信任又依依不舍的笑容，叶晴心里更是愧疚，总有种自己遗弃孩子的感觉。

"我会克制，我会克制的！"夏花以对天保证的姿态拉着叶晴去了女装部。

在夏花刷卡为她今天买到的第五件夏装、一件价值4位数的真丝衬衫付好钱之后，叶晴终于忍无可忍地带着夏花以及她的五件衣服、两顶帽子、一条手链、一双凉鞋一起奔出了商场大门。

从进去半个小时开始，叶晴的右眼皮就一直跳个不停。她理解夏花对裴元的排斥，但她也清楚自己为什么这么照顾裴元——母亲不清醒的时候，大约也和现在的裴元一样，希望得到也需要得到周围人的关心。

下午3点前的这段时间，正是市里太阳最烈的时候，广场上的喷泉被偶尔经过的一阵小风吹散了，化成一串水珠，落在人头上，湿湿的、黏黏的，丝毫让人感觉不出凉爽。

叶晴抹掉自己头上那片湿润，都没顾及自己现在的形象是怎样，人就冲进了门前那拥堵的人墙里——那里是中午离开前嘱咐裴元不要离开的地方。

叶晴记不清自己是在哪里或是何时读到了以下这段话——每个天使被派到人间播撒幸福前，都会被上帝从身上拿走某种东西。

裴元被拿走了他的智商，却用笑容带来了更多的阳光。他像个天使似的，微笑着指挥"雷碧"做各种动作。

"'雷碧'，蹲。"

随着裴元一声令下，刚才还在做匍匐前行动作的"雷碧"顿时恢复了正常蹲坐的状态。

"'雷碧'，翻！"

他又一挥手，雷碧直接一个打滚，翻身到了一个人的脚下。

裴元抬头一看，一脸惊喜："老婆，你回来啦！看我赚的钱！"裴元献宝似的指指地上那一沓或粉或绿，充满香水气的票子，看着叶晴，笑容灿烂。

"裴元，那是别人的钱，要还给人家，我们是不能随便要的。"叶晴说。

"可是……"叶晴的话让裴元止不住看那些钞票，"可我还想给老婆买好看的衣服呢。而且，而且好多给我钱的漂亮姐姐都走了呢……"

此刻，说话条理清晰的裴元，叶晴怎么看也看不出他是个智商有问题的人。最后她只得妥协："那拿上钱，我们回家。"

"嗯！"额头上布满汗水的裴元孩子般认真地重重点头，开心溢于言表。

"我怎么看他不像傻子呢？"裴元去整理其他的钱，又指挥"雷碧"做了几个动作，一旁姗姗走来的夏花拎着她的大包小包，玩味地看着裴元，"哪个傻子一天就能跟着季磊学那么多动作出来？"

"也许他是天才也不一定呢……"同样累了一天的叶晴站在一旁和夏花

说着话。如果可能，她还真期待自己以后的小孩能和裴元一样，活得简单，只有快乐。就在叶晴想象着自己未来宝宝的时候，她的宝宝"模板"却出了意外。

不知从哪里跑来几个小孩，他们冲过来抢了裴元没来得及收好的钱就跑。等叶晴反应过来时，裴元已经追着那个抢钱的小孩跑出好几米远了。

叶晴出事，打电话给自己的却不是她本人，而是夏花，这让开车去警察局的韩先生一度恐慌，他想着叶晴是不是受伤了。

心里虽然这么想，韩震脸上却没表现出什么，他边开着车边对车里的人说："互联网计划中枢端口还在实验，我们一起就这么出来……"

"叶晴是我妹妹，她比什么都重要！"叶绍微垂着头，淡淡地说。

上次的饭局，陈州宣布，那个互联网计划由XR和Deep双方共同推进，说白了，陈老爷子打的就是XR出钱，Deep出技术的如意小算盘，对此，XR和Deep双方心照不宣。

韩震对叶绍的语气并没介意，只是脚下一用力，加大了油门。

赶到警察局时，民警正在处理这次案件，远远地，韩震就看到叶晴坐在一旁的长椅上，脸色不大好看。而一群半大小子正挨个蹲在墙角。再看裴元，他昂着头正手舞足蹈地坐在椅子上同警察描述着什么。

"受伤了没？"韩震撇开叶绍，径直走到叶晴旁边，在她身上检查起来。

"外伤没有，内伤却是一大片。"在一堆大包小包里，一脸愠色的夏花探出了头对着叶晴又是一顿鸣不平，"真不知道你上辈子做错什么了，怎么就投胎姓了叶呢，之前是替那个浑蛋老爹还账，现在连便宜弟弟也来凑热闹。"

"行了，别说了。"叶晴猛地起身，朝办公桌那里走去。与叶绍擦肩而过的瞬间，叶晴那几乎可以忽略不计的一个点头招呼让叶绍心里很不是滋味。

韩震不愧在警校待过，夏花几句话，事情的始末就被他了解了大概。

无非就是钱被抢了，裴元去追，却意外地抓住了一起作案的五六个小孩儿，其中有叶晴的弟弟。

真不知道一个傻子是怎么抓住那么多人的？

难得八卦一次的韩先生并没多少时间去研究裴元怎么抓到那么多人的，因为叶晴那里的情况已经有点失控了。

"警察先生，我已经说了，这件事我们不追究了，为什么不能放人！我们是原告啊！"

"小姐。"警察倒是好脾气，没因为叶晴的激动而不耐烦，"这里是警察局，不是法院，他们现在被怀疑犯了盗窃罪，我们要依法办事，不能因为里面有你的亲人，就放开限制，你说是不是？"

"你们！"她肩膀一垮，差点儿哭出来。

事实上，叶晴来警察局这一路都很委屈，她现在就想撒手不管，回家大睡一觉。

怎么滨岛这么大一座城市，抓个小偷也能抓到自己弟弟头上！她不知道该怎么办了。

"有我呢。"韩震把手搭在叶晴肩头，坚实而温暖。

半个小时后，叶耀杰耷拉着脑袋跟着叶晴他们出了警察局。大门口，毫无预兆地，叶耀杰突然对着叶晴跪地不起。

他哭着说："姐，我是被逼的，爸爸只顾做生意，妈妈已经快一个月没来看过我了，学校里的同学都欺负我，逼着我跟他们偷东西，我被打怕了。姐，我真的不是有心的，姐……"

"别哭了，以后好自为之。"虽然血脉相依，但也是血脉带来的隔阂让叶晴对这个弟弟好不起来。她把他从地上拉起来，挥挥手转身要走。她真不想在这个地方多待。

"姐……"走出没几步，叶晴听见身后的叶耀杰又出了声，"姐，我不敢回学校去住了，我、我能不能搬去和你们一起住？"他低着头，余光偷看韩震。

叶晴被问得措手不及，一时不知该作何反应。

"叶总裁，他是你弟弟，对你也应该是比什么都重要的吧……"

暮色中，叶绍看着韩震的笑，突然觉得自己要中招，果然紧接着他听见叶晴说："哥，那就拜托你了。"

十几年的亲情，一夕作别，就是个点头之交。

叶绍望着渐渐远去的车子，想着她脸上的平静，心里空落落的。

车里的裴元不一会儿完全忘了刚刚的那段经历，他仔仔细细一张一张掰着手指数钱，小心翼翼折好放进口袋，不一会儿又掏出来重新数，折好再放回。

坐在前排的韩震听着他念念有词地做简单的加法，皱着眉不耐烦。他问："干吗呢，一遍一遍的？"

"老婆喜欢花，我在算这些钱能给她买多少枝花。"裴元歪着头，用很响亮的声音说。说完，他还极其自然地拉起了叶晴的手放在胸口，问："老婆，你喜欢什么花？我有钱了，我买给你。"

叶晴笑着，刚想说话，韩震就先替她回答了："把你的爪子拿开！还有，叶晴有花，每天都有！"

"哪有？"裴元瞪着眼睛不相信。

韩震拿起手机，拨了个号码，电话接通后，他直接对着电话那头说："今后每天送束花到我家来。"

挂了电话，韩震透过后视镜，挑眉看着裴元："这里有！"

【03】

　　时间向来是个很有弹性的东西，对裴元这种无忧无虑、一天只不过意味着看太阳爬上来再落下去、盯着一只蚂蚁从窗口爬进来再偷粒面包渣出去，或者是从"王子"家的小狗爪里偷出小皮球3次，再被"雷碧"追3次，再或者每天跟在叶晴身后进进出出、再欣赏下韩震的大黑脸罢了。

　　而对裴元来说轻松无虑的日子，在别人那里就完全变了一副模样。

　　位于滨岛市城北区的XR科研所里，叶绍站在一排技术人员身后，眉头皱得很紧。

　　叶绍领口微开，袖子挽到手肘处，露出小半截的胳膊支在黑色电脑椅上。他问技术员："有门儿了吗？"

　　留着小板寸的技术员摇摇头："数据过得去，速度却快不了，追求速度，程序就出错。"

　　手指又在键盘上飞速敲击了一会儿，小板寸突然一阵猛挠头，拍了一下键盘，懊恼地说："叶总，咱们都做了4个月了，就是核心区这块怎么也做不出，怎么办啊……"小板寸扭着脖子可怜巴巴地看着叶绍。

　　这些叶绍早知道了，可这话再听一次还是让他扶着靠椅的手又攥紧了一分。

　　实验室的窗外，一棵长了几十年的梧桐早已满树金黄，刚好一阵秋风吹过，叶子便哗啦啦地落了一地。

　　叶绍看着窗外，拍拍小板寸的肩膀："不能办，也要办……"

　　因为现有的4个板块做了和没做是一样的，只有那第5个核心板块才是他需要的。

　　"加把劲，试试综合编序。"叶绍又拍了下年轻人，出门去接电话。

　　电话是来自美国的国际长途，叶绍岳父打来的。

　　每次，白皙年的话翻来覆去都是老三套，无外乎是催促叶绍快点完成他

最关心的互联网计划，再有就是提醒叶绍记得关心他的宝贝女儿，叶绍的妻子——Lisa。

"知道了，爸，一会儿我就给Lisa打电话。"对这些在他耳朵边重复了几年的话，叶绍早就连皱眉这种反应都懒得有了，他只是表情平静地做着惯常的机械化回答。

"只是，爸……"叶绍不是个易服输的人，可4个月时间毫无进展，让这个美国毕业的计算机高才生也少了些底气，"只是E计划的核心模块遇到了瓶颈，实验成功，可能还需要一段时间。"

叶绍没想到，向来严厉刻薄的老丈人，这次竟没对他的失利提出过多的苛责。电话那头，白皙年笑声极大，震得叶绍耳朵疼。他愣了一下，随后把手机放远了些："爸，是有什么办法了吗？"

白皙年笑着说了几句话。

挂了电话，叶绍久久地站立在走廊尽头的窗子前。

上通下直的蓝色落地窗，一条安全防护横在叶绍腰部，像把刀一样斩断了他所有的自信。

他本来以为只要自己再努力一下就可以摆脱这一切，本以为他做出这个项目，就可以名正言顺地摆脱白老头，能昂首挺胸地留在国内，也有那个能力保护叶晴。可现在发生的一切，似乎并没按照预定的轨道发展。项目受挫不说，叶晴甚至还站到了和他"对立"的人那边。

他忍不住重重挥了一下拳头，像在打一个看不见的仇敌。

柳雨拿着文件夹走到实验室门口，手放在门上刚准备敲，就看到了走廊里那个再熟悉不过的身影。相处这么久，即使是混在一大群人里，她也能一眼把他认出来。

"总裁……"稍微迟疑之后，柳雨缓步走过去，她站在他身后，轻唤了一声。

叶绍的沉默让两人间显得更尴尬了。柳雨拿着文件夹的手紧紧地攥着蓝塑封的边缘，指尖挤出一个个月牙白，同她的脸色没什么两样。

"总裁，有份文件需要你签一下，如果现在不方便，我待会儿再来……啊！"

伴随着文件夹落地的声音，纷飞的白纸里，柳雨被叶绍紧紧地抱住。叶绍抱得太用力，柳雨的脚尖离了地，但离地并没让她觉得空虚，相反，叶绍的怀抱让她安定。

她有点激动，颤颤地伸出手，回抱住了叶绍："项目不顺利，慢慢来就好，急坏了身体可不好。"

"我病了你会心疼我吗？"叶绍呼出的气息湿湿的，吐在柳雨脖颈上。

在他看不见的地方，女人的目光微微晃动一下："我会。"

柳雨以为自己和叶绍终于能靠近一点儿了。可她忘了情人和爱人是不同的，爱人会携手同你一直待在天堂，而情人却随时会在下一秒把你从天堂推向地狱。

好比说出这话的叶绍。他说："可你与我最终是没有结果的。"

怀里的女人把脸埋进他的衣襟，也不管他们这样会不会被别人看到。现在的她就想自私地抱住这个男人，那样她会觉得他是属于她的。柳雨控制着让自己的声音不要颤抖，她说："韩先生那里的实验好像有些进展，下午见到他时，他邀你晚上聚一聚，叶晴应该也会在吧……"

柳雨说着，觉得眼睛是干的，她没哭。

自从韩震开始全心投入到互联网项目里去后，他们那个小团体已经很久没像今晚这样在一起聚过了。马鸣抓着话筒在沙发上打滚，活像被抓上岸几天的鱼突然又重新被扔回水里一样，真是重获新生的感觉。

"你就像那一把火，熊熊火焰燃烧了我！"费翔的一首老歌经由马鸣嘶吼出来，总能轻而易举地给听者一种嗓子被勒住的感觉。

"他以前就这样吗？"叶晴握着手里的苹果汁杯子，抿嘴直往韩震身后躲，她觉得自己忍笑忍得好辛苦。

坐在韩震另一侧的唐安柏接过她的话："你算说对了，他是一直在努力，一直在原地。"

"扑哧。"叶晴还是没忍住笑出了声，苹果汁险些洒出杯子。

韩震接过她手里的杯子，手指点着她的额头努力让她坐正。

他是想让她严肃点，可叶晴偏不，她煞有介事地问："真好奇你们是怎么忍的。"

韩震倒是不介意这种公开秀恩爱的姿势，索性随叶晴去了。叶晴的问题他是认真思考了一会儿才回答的，他说："我们会四处看风景。"

叶绍进门时的表情不比叶晴自然多少。但他不是叶晴，最多也就是才进门时脸僵了点儿。

"丫头，不欢迎我吗？"他笑着说。

叶绍笑起来也很好看，像冬末春初融雪的日光，可这日光融不开结在叶晴心里的冰。她觉得自己笑容很假地和叶绍说："哥，你来了。"

叶晴从韩震膝上爬起来，端正好坐姿。

"哥，坐这儿吧。"她指指离自己算不上远但也不近的地方对叶绍说。

几个月不见，叶绍觉得叶晴对他比上次还要疏远了。他心里不好受，可还是坐到了叶晴指给他的位子上，一个不近不远的位子。

一个圈子里的人玩久了，突然多了个"外人"，不自在是可想而知的，有的人隐藏了这种不自在，有些人掩饰得有些困难。坐在韩震身边的叶晴属于后者。

今天的聚会是一个星期前韩震就提早告诉她的，本来叶晴想着好久没聚的几人玩一玩，也借机让韩震放松下，可多出来的这个人，让她只能叹气，干脆起身出去躲清静了。

在洗手间里磨蹭了一会儿的叶晴，出来时毫不意外地碰见了等在门口的叶绍。灯光下的他看起来比之前瘦了不少。他笑看着叶晴："丫头，你几个月没见我，是生我的气了吗？"叶绍微微低着头，直视叶晴，"我知道你是气我隐瞒了XR总裁的身份，但毕竟我和韩震是竞争关系，希望你能懂。"

他伸手摸着叶晴的头发，感觉一切和以前一样，又不一样。

他在等叶晴的回答。

叶晴终于抬起了头，她笑了笑："我怎么会生哥哥的气呢？不会的。"

回包间的路上，叶晴心里一直默默重复着那句"不会的"。说实话心情有点沉重，她知道自己是在自我催眠，只是不愿承认罢了。

叶晴推开包间的门，半天还没反应过来屋里的一团黑是怎么回事。

"人呢……"

她犹豫着是进屋还是退出来时，人就被一股猛力拉进了房间。

"美人儿，进来吧！"有人这么说着，话听起来像个色狼。"色狼"的话却丝毫没让叶晴紧张，相反，她之前紧绷的神经在听到这句话时一下就放松了。她冲着"色狼"嬉皮笑脸："夏美人儿，我可不是你家唐安柏，你认错人了。"

抓着她的手突然松开了，夏花的声音突然飘得很远，她说："今天你是主角哦……"

什么主角啊？叶晴弄不清状况。

就在这时，耳边响起了音乐声，是那首《月亮代表我的心》。

随着音乐，韩震背着一只手姿态优雅地朝她走来。他手里举着一个红绒盒子，递给叶晴。

"本想等你毕业再说，可我怕夜长梦多。"韩先生实在不想矫情地说什么想在他生日这天向她求婚的肉麻话，直接把戒指往叶晴面前一递，"嫁给我吧。"

马鸣撒欢似的不停吹着口哨，上蹿下跳像只猴子；夏花、唐安柏虽不至

于如此，但也笑着不停鼓掌。

而作为当事人的叶晴眉眼却在这时严肃起来了，过了半天，她开口轻轻吐出三个字："我不要。"

前一秒还欢腾的一屋子人全被叶晴的话弄蒙了，而叶绍站在门口，感觉停止的心跳又恢复了。那是种很难用语言描述的情感，一方面，他希望叶晴幸福，可真当叶晴有机会幸福时，他心里又不是滋味，何况对方还是韩震。

叶晴说完那三个字，甩了下头，看也没看一屋子的"木鸡"，昂头直接走到玻璃茶几前，拿起一杯酒，仰头灌了下去。

半明半暗的包间里，一阵冰块消融的破裂声后，伏特加的酒香淡淡地四溢开来。

被叶晴一连串动作搞得目瞪口呆的夏花，第一次发现叶晴什么时候比她还霸气了，而且还没让她知道！

不知是叶晴喝得太快，还是她的拒绝太出乎大家的意料，直到眼睁睁看着第三个杯子空掉，韩震才缓过神来。他几步走过去一把抓住了叶晴伸向第四杯酒的手："不愿嫁给我没关系，但谁让你喝这么多酒的？"

三杯酒下肚，叶晴的脸也和胃一起烧了起来，她看着韩震臭臭的脸，突然做出了今晚第二个让人大跌眼镜的动作。

叶晴直接捏住了韩震的脸，两手捏着他的两颊，很用力地捏。

"韩先生，不娶我没关系，但求婚你就不能浪漫点吗？"

马鸣盯着韩震那张变形的脸，心想老大一定很疼吧。

韩震望着叶晴几秒钟，之后向门外走去。

"老大。"马鸣叫，可韩震走得太快，根本没理他，人就消失在门口了。

恋爱中的男人真的会变小气啊！

韩震走了有一段时间，一屋子人里面最自在的除了当事人叶晴外，恐怕再没第二人选了。伏特加被夏花换成了听装啤酒，她也没介意，一口一口慢悠悠地喝着，再不像刚刚那样大口猛灌了。

夏花很安静，坐在叶晴左侧，不时给她递水果之类的。

叶绍也不说话，坐在叶晴右侧稍远的地方，不时与唐安柏的目光交错一下，火星四射。KTV包间里只剩下音乐伴奏以及马鸣明显底气不足的破锣嗓音。

"死了……都……要……爱……哎哎……喀喀……"马鸣捂着脖子猛咳几声，一首《死了都要爱》刚进高潮，"歌手"就一副随时气绝身亡的样子。

马鸣连喝了3杯水，这才缓过点儿神。也就是他缓神的空当，KTV里最后的一点人声也没了。马四捧着水杯，看着对面拿酒当水喝个没完的叶晴，深感压力山大。

"叶晴姐，老大他……"

叶绍知道他们今晚有聚会，原本是想借这个机会来打听下Deep项目进度的。可一整晚，叶绍没达到预期的目的，心情倒意外好了很多。不可否认，韩震求婚被拒，他多少有点幸灾乐祸。他很希望韩震就这么负气走了，但他也知道那是不可能的，就像那个他摸不透底细的陆凡出现在包厢里时，他知道，韩震又回来了。

初秋天气，陆凡以白T恤配牛仔裤的装扮进屋，乍一看就是个再普通不过的小青年。陆凡走到叶晴面前，递了张纸给她。

看完上面的字，叶晴笑了，她打了个酒嗝问夏花："你说韩震能浪漫到什么程度呢？"

夏花哪知道。想知道的她只得拉着唐安柏去看。其他人自然也一起去了。

知道地点的叶晴走在最前面，脚步不疾不徐。她先出了酒吧街，接着转弯进了旁边的步行街，这样兜兜转转走了足有几千米，夏花脚都酸了，叶晴才停住脚。

夏花抬头一看，眼前是家挂牌歇业的足球餐厅。

现在不是赛季，餐厅歇业早在情理之中，可三更半夜来这里，夏花就有点儿想不明白了。她看看唐安柏，后者同样是一脸茫然。

陆凡不知什么时候走到前头去开门，他让叶晴先进。

叶绍进门前，觉得陆凡朝他笑了一下，温暖的笑容却带着点让人战栗的寒冷。他也扯扯嘴角，进了店。

店里的环境完全符合一个歇业餐厅的样子，除了小夜灯亮了许多盏。等所有人坐好，像停电了一样，这些灯全灭了，屋里黑漆漆的。

马鸣有点坐立不安，乱动的手不小心碰到一旁的夏花，被夏花一巴掌拍老实了。

"疼……"

马鸣的眼泪还没来得及流下，餐厅的那面电视墙亮了。

"老大这是要干吗？组织集体看球赛吗？今天有比赛……"马鸣这个噪音源最终被唐安柏五根指头成功消灭。

而随着屏幕上第一个画面的出现，唐二也知道了韩震打的算盘。他心想：石头这次真是豁出去了。

叶晴虽然眼力不是最好，但她还是认得出，屏幕上那一张张滑过的人物照片都是韩震。

第一张是手拿步枪、一身警服的韩震立姿站着，他在做瞄准。这张照片配的文字解说是："在乎的事不多，枪是所爱之一……"

马鸣看了眼叶晴，心里想不明白老大不是求婚吗，和枪有什么关系？

叶晴却丝毫没发现有人在看她，她的注意力全在屏幕上。

很快到了第二张，这张是匍匐在地的韩震眼神专注地看着目标。下面附着这样一句话："因为只有透过瞄准孔，我才能更准确地看到目标……"

第三张出现时，叶晴有点吃惊，因为屏幕上面出现的竟是她自己，高三时还一身校服、学生气十足的自己。

"虽然最终没能成为警察，但我感谢那段经历给了我一双好眼睛，让我没有错过今生所爱。"

"叶晴，嫁我……"

"叶晴，嫁我……"

省略号延续到现实里就变成了一句坚实的请求。

黑暗中，不知什么时候走到叶晴身边的韩震拉起她的手。他说："从这里到家是25分钟的车程，取照片外加做这个片子是10分钟，你借了我1小时准备，我还给你一辈子做利息，还划算吗？"

"韩震。"

"不划算也没办法了，我只能做这些，再浪漫的我不会。"说话间韩震将戒指套入叶晴的无名指。他觉得说这话、做这事的他像是生怕被拒绝又拉不下脸求人的毛头小子。

叶晴却笑眯眯地直接抱住了韩震，她大声说："以后谁再说你不浪漫，我跟谁急！"

夏花看着把韩震反扑到沙发上热吻的叶晴，忍不住唏嘘，果真是物以类聚、人以群分。她本来还以为叶晴是只小白兔，原来也是狼啊。

唏嘘之余，夏花看似无意地扫了眼总和韩震混在一起的唐二，默默摇了摇头。

装了半天没事人的唐安柏被夏花这么一扫，顿时脊背发凉。他倒不为别的，就是韩震这种不按套路出牌的劲儿往那一立，成了标杆，被比较的自己今后可怎么办……

陆凡从操控室走出来，刚好看到独自往门口走的叶绍。陆凡跟过去，等叶绍出了门，陆凡随手把门关上了。

其实，每个人都有着其规定好的生活轨迹，就像门这侧的韩震注定在他

忘记你曾 若我不 记

28岁生日这天求婚成功，也像马鸣突然在这天发现能把老大扑倒的叶晴姐竟比夏女王还不好惹，还像唐安柏突然意识到他未来任重道远，更像陆凡，命中注定就是为他们几人保驾护航守护幸福，自己却离幸福很远一样。

第十二章

爱因斯坦的IQ是160。在IQ平均值为100的情况下，换言之，他裴元不是傻子，是占世界人口0.5%的天才之一。

但放手似乎更难。

【01】

人与人的关系按照直线形态可以分为三种。

第一种，交叉。曾经有过浓妆艳抹的一点交集，却终难驾驭之后的长久分离。

第二种，平行。相互遥望，相互和谐，却永远走不到一起。

第三种，重合。重合，意味永以为好、誓不分离。

韩震握着叶晴的手开门回家，脑子里想做两件事，第一件就是把裴元彻底化成个大交点，明天直接交叉分离。

"安静、回房、睡觉，不许推门，不然，明天回家。"几个字清楚交代好要点，韩震一把抱起眉眼弯弯的叶晴钻进房间去完成第二件事，他们"新婚夜"的重要任务。

裴元的手极不情愿地在门上挠了两下，就被"王子"那一窝小狗拖回房了。

说实话，拿狗来牵制裴元的韩震真的很无奈，没办法，裴元这个傻子有时候真就没那么傻，譬如他曾经听了马鸣的建议，买了个一人高的奥特曼给裴元，意思是晚上裴元可以抱着奥特曼睡。可当时的裴元只是淡淡看了奥特曼一眼，说："我又不是3岁小孩子，不要奥特曼。"

整天围着叶晴转的裴元真的很让韩震头疼。

后来好了一阵，有天裴元真的抱着奥特曼去睡了。韩震以为他是开窍了，可第二天看着脸被贴了字条躺在裴元床上的奥特曼时，韩震就不那么高兴了。字条上写着四个字——老婆叶晴。不止有字，旁边还画了张脸。

叶晴就长那样！韩震当天就把奥特曼扔掉了，当然，为了不让叶晴说他小心眼，他是悄悄地扔掉的。

柳雨发现自从那晚参加了韩震的聚会回来，叶绍整个人精神状态恢复了不少，就拿刚刚来说，内线电话里那个温柔的声音仿佛让她一下子回到了大学时候。

他让她去他办公室一次。

站在总裁办公室门口，柳雨敲了两下门，推门进去。

"总裁，你找我？"

"嗯。"叶绍站在窗口，没回头看她，只是指指一旁的沙发要她坐，"美国那里来了几个客人，你去接下机。"

柳雨点点头，视线却没离开叶绍手里的香烟："总裁，你什么时候开始抽烟了？"

柳雨这个问题不是大惊小怪，因为从认识叶绍那天起，她就极少看到他喝酒，更别说抽烟了。

叶绍看看手里的烟："想抽就抽了。"

其实他很早开始就学会抽烟了，只是以前读书，觉得在单纯的柳雨面前维持那份单纯也不错。可能面具戴久了，他也忘了他是个会抽烟喝酒的人了。

"柳雨，以后自己好好生活，找个真心爱你的人嫁了吧，别等我了。"

"哈哈……"

叶绍有些惊讶地看着笑得站不稳的柳雨，她一向是个矜持的人，从没这么笑过。

"当年要我等你的人是你，现在要我别等的人还是你，你当我是什么？"她收了笑，"不过放心，我会照做的。"

叶绍回头去看时，柳雨刚好开门出去，门缝合拢处，女人的身影过于纤细。

与此同时，一架飞往滨岛的私人飞机上，脸上带着几处瘀青的男人悄悄拉起窗子挡板。看着几千米高空之下的微小板块，韩川心跳得很剧烈。

他用生命保护的技术就快在自己弟弟手里露出端倪，他这个做哥哥的真的很激动。

"Looking around disorderly is not allowed!"韩川还没来得及多看几眼，才走开一下的美国"保镖"就折返回来，对方一把拉下挡板，表示对韩川这种行为的明令禁止。

韩川换了个姿势让自己坐得舒服点儿，对还在冲他咆哮不停的美国"猩猩"置若罔闻。

向他们的淫威屈服，他做不到。

咆哮了半天的"猩猩"看到就穿一件半旧衬衫脾气还这么硬的"囚犯"一点反应都没有，他自己也觉得骂得没趣儿，扔下一句"Shit"走了。

"猩猩"走了，韩川再次拉开挡板，底下的板块现在再看又大了些。

"弟弟，我回来了。"俯瞰着祖国土地的韩川说。

私人飞机才在滨岛国际机场落稳，一场大雾就降临了。四周白茫茫一片，机场高速路的可见度很低，车子堵成长龙。

柳雨看看窗外迷茫的夜色，脑子里不知在想什么。

"雾不大，一会儿就散了。"

她想得出神时，身后一个声音不紧不慢地传来。柳雨回头，刚刚上车的那个男人正被一旁的美国保镖威胁着闭嘴，只是本该狰狞的场面，却被男人脸上的淡然冲淡了不少，柳雨甚至觉得那几个美国人很滑稽。

柳雨没理那几个美国人，和男人说话："你对滨岛很熟？"

"算吧。"

柳雨觉得他的回答有点儿含糊，不过她没深问。

被韩震当成瘟神瞪了几个月的裴元，没想到这么快就有个合理的理由被送走了。

裴元撇嘴站在卧室门旁看叶晴整理行李，他这个样子倒让硬冷惯了的韩震心里突然多了那么一丁点儿不忍，他说："以后可以再来。"想想他又觉得不对，又补充了句，"在家多待一阵子。"

裴元老爸病重，急着要见儿子，派来接他的人就在楼下等着呢。

"姐夫？"裴元可怜巴巴地看着韩震。

"干吗？"

"下次来我是不是就可以娶老婆回家了？"裴元满眼期待地看着韩震。

"当我刚刚什么都没说。"韩震直接转身走了。

裴元眨眨眼，看着莫名其妙离开的"姐夫"，一脸茫然，他回头对正在扣上箱盖的叶晴说："老婆，我要你送我回家。"

裴元的要求理所当然在第一时间遭到了韩震的拒绝，但叶晴最终还是没架住裴元的央求，跟去了。

独自一人去XR的路上，韩震心里莫名地有种不安，如果不是今天陈教授那里有事，说什么他也不放心让叶晴自己去的，虽然陆凡也一同跟去了。

如果时间可以倒回，就算是怎样天大的事儿韩震都会搁下不管的。

接到陆凡短信的他后悔之余，唯一想的就是叶晴不能有事。

高速路上发生严重车祸，数十辆车相撞。叶晴同裴元坐的那辆，刚好是被挤在中间位置的。

叶绍看着一句话没说直接奔出会议室的韩震，心也随着就是一沉——能让韩震急得连一句交代都没有，八九不离十是叶晴有事，多半还不是好事。

手里的手机没等他拨自己就先响了起来，听完电话，叶绍也坐不住了，但理智告诉他自己现在必须等。

"陈教授，韩震可能是有急事，我们先谈一下进度吧，核心区外围程序的大概轮廓已经有了雏形……"

就在叶绍努力把全部精神集中在讨论程序进度的同时，韩震的座驾已经飙到最高时速奔向虞商方向。

到达车祸地点时，几辆医院的急救车正嗡嗡鸣笛而去，留在现场的几辆车，也正有医护人员把伤者抬上车。

陆凡的银色车子在一片狼藉里还算显眼，韩震一眼就看到了，可车里空无一人的状态又让他差点儿控制不住情绪。

刚刚陆凡的短信太过简短，"大桥车祸叶晴伤"——连个标点都没有，可以想象，向来严谨的陆凡是以什么状态发的那条短信。

"韩先生，少爷和叶小姐他们被送去虞商第一医院了。"就在韩震不知所措的时候，一个胳膊缠着绷带的人对他说，韩震认出他是来接裴元的保镖之一。

韩震点点头，刻意忽略掉那人满脸的瘀青以及胳膊上还不断渗血的伤口，回身钻进车里。

他发现自己也会有害怕的时候，譬如对叶晴和陆凡的现状呈未知状态。

第一医院门口救护车、私家车、出租车停了一片，占去大半个院子，场面混乱。随着奔进跑出的伤者家属的加入，这场面又乱了两分。

韩震才下车就被空气里弥漫的血腥味呛得心慌，他没有犹豫地就进了大楼。

急救室门口，一个六十多岁的老妇人正捧着个崭新的小书包，面目呆滞地听大夫对她说着话。医生离开了5秒后，老妇人开始喃喃低语："他刚上小学，早上还说要他爷爷给买个新书包，怎么，怎么就没了……"紧接着，一声撕心裂肺的哭号贯穿走廊。

韩震站在那里，突然觉得自己的脚不会走路了。

在生命面前，任何坚强都很脆弱。

受周围低气压的感染，韩震抖着手给陆凡发了条短信，之后就开始在越发混乱的医院里漫无目的地寻找。不是他不想问人，实在是整个医院里触目可及的工作人员，都是一脸"你打扰我工作就是在扼杀生命"的表情。

韩震不想打扰任何一个可能正在救治叶晴的医者，这睿智的男人选择了最简单、最笨，也是最踏实的方法，从急救室开始一间一间找过去。

从耳边的哭泣抽噎声中，不难想象这起车祸的惨烈。韩震越是找，脸上的表情越是惨淡。

已经走到最后一间了，还是没找到叶晴。

走廊里"咚"的一声闷响，匆匆走过的小护士瞥了一眼正砸墙的韩震，摇头感叹惋惜。

"先生，节哀顺变吧。这次车祸是挺惨的，死了……"

"不少人"这三个字是硬生生被韩震的眼神噎回嗓子的，小护士猛地低头，一溜小跑离开了。

韩震开始有些绝望了，就在这时，身后有人喊他："韩震。"

韩震猛地回头，很意外地看到了好久没出现的安沁，来不及问安沁为什么会在这儿，韩震抓着她的胳膊问："看到叶晴和陆凡了吗？"

安沁像才哭过，听到韩震问她，她擦擦眼泪说："我是出来找骨科大夫的，陆凡的腿伤了。"

"他们在哪儿？"

按照安沁说的地方，韩震找到了躺在脑内科3病房05室1床上的叶晴。她静静躺着，除了脸色比平时略白外，并没有想象中的那种可怕场面出现。

韩震松了口气，身上虚脱一般突然就没了力气。刚好巡房医生进门，一把扶住了他。

"已经发生意外了，你们这些做家人的更要好好保重自己，不然患者康复了你们倒病了，到时候该谁照顾谁啊？"四十多岁的中年大夫早见惯了生死，说起话直接却也考虑人情。

"只是轻度脑震荡，住院观察几天，没问题就可以出院了。"白大褂给叶晴做了次体检，又嘱咐了两句后，这才走了。临到门口，白大褂摇摇头，一句"真是同车不同命"钻进了韩震的耳朵。

陆凡没有安沁形容的那么糟糕，他伤了腿，暂时被安置在一把椅子上。安沁很担心陆凡，可被担心的那人却对安沁反应冷淡。韩震看出他们之间是有问题的，现在却没心思去问。

他握着叶晴的手，眼睛一眨不眨地看着她，问陆凡："裴元呢？"

陆凡拿出身边的小本子，写了几个字，然后让安沁把本子递给韩震。看着上面的字，韩震心里不好受。

车祸时裴元把叶晴护进怀里，伤得很重，人正在手术室里抢救，情况很危险。

那个傻子啊。韩震在心里又叫了裴元一次，可也正是这个傻子救了叶晴。韩震心里有种说不清道不明的滋味。

【02】

自从韩川回国，叶绍就把送韩川来的那几个保镖遣散到外地去了。

他不是白皙年，禁锢这种事他坚决不做。想困住一个人，不一定要限制他的自由，相反在叶绍看来，困住一个人的思想比限制住他的自由来得更行之有效。

韩川在乎的不外乎是他的家人。韩家从政，安全是有保障的，所以只身在外的韩震的安全就成了叶绍抓在手里的一张可操纵的牌。

回国一周多的时间，韩川还记得才见叶绍时对方递给他的那份文件。

文件上记录的都是一些生活琐事，时间段是从清早出门到晚上回家，甚至还包括韩震一天去几次卫生间，每次去多久，上面都记得一清二楚。

叶绍在他看文件时，自己点了根雪茄。

但

放

手

似

乎

更

难

"身为特警队长的你知道'禁闭'5年是什么滋味，我想你肯定不希望你弟弟重蹈你的覆辙吧。"

韩川拿着文件看了半天，最后却说了句："以后见面了，我得说说那臭小子，一天去这么多次厕所，不会是尿频吧。"

叶绍手一抖，差点儿扔了手里的雪茄。他缓了缓神："能不能再见，还要看韩大队能不能配合我们把那块芯片找出来了。"

"尽力而为。"韩川知道自己这么说很违心，可如果不违心，说不准他还要在美国被限制自由多久。白皙年若是真的相信韩川是担心韩震才答应的，那他就大错特错了。

韩家的男人从来不怕威胁，韩川是在等一个机会，等着把他们的罪证网罗齐了，再将那群犯罪分子一网打尽。

韩川看着窗外熟悉的街景，脑子里又想起许多年前的那抹身影，她爱穿件白色的短袖衬衫，衬衫领口有个小巧的蝴蝶结，海蓝色的，她爱扎马尾辫。韩川记得她的名字是叶晴。那时的叶晴有个让她头疼的爸。离开这么久，韩川开始想着小丫头的近况。

柳雨坐在他身旁，尽管她已经和叶绍撇清了关系，但她对工作还是照旧尽责。柳雨看着出神的韩川说："韩先生，你说当时你把芯片留在了虞商，这次回来我们最好不要空手而归。"

"我说过，尽力而为。"韩川的反应有点平淡，他指指路旁，"在前面停一下。"

他对柳雨的解释是芯片留在那儿附近，可韩川自己知道他是为了找人。

韩川指的地方靠近虞商一所高中，位置在虞商中心偏北位置，周围除了医院、教堂外，没什么商业建筑，有点闹中取静的意思。可今天那里有点吵。看着闹哄哄的街道，韩川嘀咕了句："别不是出事了吧？"

他才嘀咕完，柳雨的手机就响了。柳雨看了眼来电号码，接听。

"好的，我去查下，稍后把她的伤情告诉你，你别太担心。"柳雨挂断电话，表情很正常。电话是叶绍打来的，是让她打听下叶晴的伤势。她对后排的韩川说："司机会送你回酒店，今天先到这儿。"

柳雨说完下了车，她走出去几步又中途折了回来。

她是来嘱咐司机的。

"只要不四处乱走，其他的不必太过苛责。"

"柳小姐，总裁说……"

"总裁安排你跟着就是要你听我的！"柳雨一句话就把叶绍临行前安排的这只苍蝇拍死了。然后，她转身去了不远处的医院。

司机撇了下嘴，掉转车头，可车子开出去没两米远，后排的韩川又出声了。

他要喝水。

司机很憋屈，可想想柳雨刚才的话，他只得让韩川下车去买水。

车子停在医院前一个凉亭外面，司机摇下车窗，盯着韩川的一举一动。韩川在摊子前看了一会儿，最后选了一瓶蓝色瓶子的矿泉水，国内这些饮用水的牌子他早就一个都不认识了。

付钱时，韩川很随意地问老板："今天是不是有什么事儿啊？这么多人。"

"你不知道啊，高速路上几十辆车撞在一起了，里面还有小学的校车呢。唉，听说现在送进太平间的已经有十几个了。"

不知柳雨是不是有意的，刚刚她的手机声音开得很大，大到足够他隐约听清那几个关键字：叶晴、韩震、伤势。

韩川仰头看着楼顶上巨大的"第一医院"几个字，心情复杂。

裴斐是第一时间赶去医院的，他贴着玻璃窗看着ICU里面的裴元，样子再不是叶晴第一次见他的时候那样器宇轩昂了。

裴元有个真心疼他的爸爸。

"对不起，如果不是为了救我，裴元不会伤得这么重。"被韩震和安沁一左一右扶着的叶晴站在裴斐身后说。她是真的很愧疚。

裴斐张张嘴却一句话也没说出来。说起来，他不该怪叶晴，要怪就怪他执意想撮合叶晴跟裴元。如果不是他同意裴元待在叶晴那儿，那现在儿子还是好好地待在自己身边的。是他的错。

裴斐身子虚晃一下，好在他旁边的随从扶住了他。裴斐摆摆手："不怪你，和你没关系，谁让我儿子喜欢你，认准了你呢……"

五十几岁的人因为这场变故，瞬间衰老了许多，连做否认的摆手动作都有气无力的。

叶晴还想说什么，突然觉得安沁猛摇着她的手。安沁指着窗玻璃里："心……心跳……"

叶晴一看，负责监测心跳的仪器突然多了许多不寻常的波动。

"快叫大夫！"韩震替她说了她想说的话。

裴元随后被送进了手术室。手术室外，一群人等着。

叶晴才醒，韩震握着她的手坐在一旁。时间分分秒秒过去，手术室门头的红灯一直亮着。感觉到叶晴情绪的焦躁，韩震拍拍她的手，说："不会有事的。"

叶晴现在的心情真的很糟糕，她之前从没想过裴元对她的依赖是有缘由的，直到她从裴斐手里接过一张蜡笔画。画面笔触粗糙，一看就是小孩子画的。

画上是一个女生追打一群男生的画面，姑且说能分辨男女是因为一个饼形脑袋后面多了根"马尾"，而且还穿了裙子——如果说一个三角形上画了朵花算得上是裙子的话。离着人群不远，一个人哭得很伤心，为什么说伤心呢？因为他的脸上直接涂了两条蓝色水柱。

"这是裴元小时候画的，那时候他被人欺负，是你救的他，他一直记得你。"裴斐说。

叶晴想起来了，那天她心情不好，阴差阳错把气撒到了欺负裴元的那群人身上。

"我娶的第二个女人对阿元不好，是她把阿元弄病的，阿元一直排斥女人，除了你，叶晴。"裴斐简单几句话说明了所有的缘由。

画被叶晴握得皱起了边儿，叶晴抹抹眼角。

"裴元不会有事的。"她像在安慰裴斐，也是在给自己打气。

没等手术结束，叶晴就离开了。

她想着也许回去睡上一觉，这一切就会恢复正常，裴元依旧傻傻地在自己面前活蹦乱跳，喊着要娶她做老婆。

"韩震，如果裴元这次能平安，我们接他来家里好吗？"

"好。"

叶晴真的回病房去睡了一觉，她做了一个梦，梦里空荡荡的，就她自己，另外还有一些类似人小声说话的杂音。

她翻了个身，突然醒了，因为一直握着她手的那人不见了。

她叫了声韩震的名字，没人回她。刚睡醒，她嗓子发干，声音比平时小了不少，连着叫了两声门外的人也没听到。

可她听出了门口那人的声音。

秦梦瑶那做作的嗓子，她想听不出是谁都难，识别度太高。

"我和她爸爸就是来看看她伤得怎么样，要不要紧。你是她男朋友，也算我们半个女婿了，哪有女婿堵着老丈人、丈母娘不让进门的？"

秦梦瑶是没去说相声，如果她去说，叶晴想自己绝对会去捧场的，因为秦梦瑶的话实在太好笑了。叶晴缓口气，刻意提高声音朝门外喊："韩震，让他们进来。"

外面静了几秒，接着门就开了。

秦梦瑶先进来的，她还不忘拽着叶知秋，她总嫌弃叶知秋走得太慢。

"不是你说担心女儿吗？怎么来了倒开始怯场了！"

秦梦瑶和叶知秋站在一起，是反差极大的一对夫妻。

看着滑稽的两人，叶晴觉得自己就是在看一出无厘头的喜剧。于是，心情抑郁了一天的叶晴，脸上第一次出现了笑容。

叶知秋看见叶晴露出笑脸，倒松了口气。他看了眼自家老婆，像是想要确认什么，之后才转向叶晴。

"小晴，听说裴家那小子被撞了，撞得严重吗？"

看着眼巴巴等她回答的叶知秋和秦梦瑶，叶晴不笑了："叶先生，有个问题我不大明白，你什么时候改姓裴了，裴元又什么时候成你亲儿子了？我怎么不知道呢？"

叶知秋被问得发窘，嘴里支吾着说不出一句话。

秦梦瑶瞪了叶知秋一眼，一把将男人拉到自己身后："不是，你爸不是那个意思，只是裴元的死活不是关乎你的终身幸福吗？"

房里又有人笑，这次是韩震。笑完他揉揉耳朵："我没听清，刚刚谁在门口自称是我老丈人和丈母娘的？怎么一转眼叶晴的幸福又和别人有关系了呢？能给我解释解释吗？"

"我……这……"秦梦瑶支吾了半天，一句话也没接上来。其实，如果不是最近家里不断有债主上门逼债，她才犯不着来叶晴这儿探裴家的口风呢。毕竟她有点儿怕韩震，虽然她连韩震的底细都不清楚，可就是怕。

韩震收起笑："答不上来没关系，刚好我也通知你们一声，我和叶晴已经订婚了，她一毕业我们就结婚。"

韩震的口气平淡，像在说今晚吃什么之类的话题，叶知秋听着却急了："这事你一个小孩子怎么就自己做主了？"

窝囊半辈子的叶知秋算是爷们儿了……一秒钟。

韩震就算不大声说话，气势也比他足很多。韩震说："她做不了主，还有我，还有妈和外公，实在用不着外人操心。"

叶知秋活了54年，第一次被人说成多管闲事的"外人"，而且说这话的人，还是要娶他"聚宝盆"女儿的人。他觉得自己喘气都有点儿费劲了。

"我是她爸爸！"

"老大不是说了吗，他们结婚，有个丈母娘坐镇就够了，叶大叔你赶紧哪儿凉快哪儿待着去吧。我听了这么半天都浑身冒汗啊，你脸不热吗？"不知马鸣什么时候也来了虞商，他站在门口很逼真地做了个抹汗的动作。

说完，马鸣朝身后摆摆手："行了行了，快把这二位带出去乘凉吧。"

马鸣说完，跟在他身后的几个人进门连拖带拽地把叶知秋夫妻"请"了出去。

马鸣还带了一个好消息来，裴元手术成功，已经脱离危险了。

可手术成功的裴元一直没醒。

第一医院的高级病房有30间，现在因为加了一个新病患，整整一个走廊的房间都被空置出来，只有最东侧向阳的两间住着人。

午后，阳光透过玻璃窗照在楼梯的台阶上。叶晴捧着粥，小心翼翼地走在上面。

今天借着下楼遛弯的机会，叶晴和马鸣去了医院楼下的一家粥铺打包了粥回来。

韩震把马鸣留在这里，他自己则开始每天奔波在从滨岛到虞商之间往返的路上，白天他在滨岛做项目，晚上来虞商陪叶晴。

叶晴感叹了下韩震的体贴，端着粥进了裴元的病房。马鸣不在，嘴馋的他留在粥铺吃饭呢。

叶晴走进房间，觉得哪里奇怪。直到她手里的粥碗落在地上，烫脚的感觉终于让她找回意识，她大叫一声："裴元！"

半开的窗帘旁，裴元正用手掬起一捧日光，听见叶晴叫，他回头笑眯眯地看着她："老婆，你回来了……"

叶晴捂着嘴，压根忘了脚疼。

裴元醒了，得到消息的人们反应不大一样。

急出高血压的裴斐正接受医生检查，听到报告激动地从床上跳下来往外跑。只是苦了还塞着耳塞的私人医生，耳朵险些被这位爷拽掉。

裴斐的车头顶着韩震的车尾进了医院大门。韩震才下车，裴斐已经从他身边跑过去了，他身后连串随从呼啦啦地跟着。

韩震事前是没得到消息的，乍一看到这阵势，他以为是裴元情况不好了。

等他上楼看到好端端的裴元躺在床上，拉着叶晴的手说话时，韩震总算松了口气。他走到床前，伸出手："说话就成，别动手动脚的。"他分开了裴元和叶晴的手。

"韩震，你回来啦。"

"姐夫，你回来啦！"

以前话就多的裴元，病好了后话更多了。这次他不仅拉着叶晴的手，更拉住了韩震的手："老婆、姐夫，我们一起吃饭，爸去买！"

看着清醒的儿子，裴斐差点儿激动得老泪纵横，一边让人堵住了韩震他们的退路，一边不停吩咐："去老东泰要10个菜。"

韩震盯着那几个堵门的彪形大汉，心里想着：这只老狐狸。

事实上，这顿饭叶晴连丝毫消化不良的可能都没有，因为她压根就没吃几口。

叶晴带着一个空空的胃，望着被裴元夹满菜的饭碗，心里叫着可惜却也如释重负地被韩先生领出了屋子。

　　"韩震，他就是个孩子……再说他刚刚不是也给你夹菜了吗？"叶晴跟着闹别扭的韩震出门，回自己的病房。

　　"是啊。"韩震进门脱了外套，丢在一旁，"给我夹一筷子，给你夹一碗。"

　　"那不是因为我也被撞了吗……"

　　"我受伤了怎么没人关心我？"

　　"啊！你哪儿受伤了？"叶晴的手在韩先生身上上下摸索，丝毫没注意到某人的眼神已经全变了。

　　"胃，还有心。"外面的天色刚刚擦黑，第一医院某间高级病房就早早熄了灯。

　　与叶晴的房间只有一墙之隔的隔壁房间安静得只有筷子碰碗的声音。没一会儿，裴元放下鼓捣半天却没吃几口的饭对裴斐说："爸，我要看医生！"

　　第二天清晨，叶晴醒来时，韩震已经不在了，枕头边的手机在响，是韩震打来的。

　　接完电话，叶晴就迷糊了，她怎么不记得自己昨天答应了韩震今天回滨岛呢？

　　韩先生说有，韩先生说她答应的时候是晕着的。

　　可看着墙角已经整理好的行李箱，叶晴就无话可说了。她就是想不出该怎么和裴元说。

　　正发呆，病房的门开了，裴元挂着拐杖走进来，他坐在叶晴身边摇着她的手："老婆，我想出去走走，你带我去好不好？"

　　裴元眼睛睁得老大，眼神清澈，从他眼里，叶晴看到的是手足无措的自己。

"走啊……"裴元扯着叶晴的手。

叶晴担心他的身体，跟着去了。而这个时间，离韩震告诉她的马鸣来接她的时间，也就半个小时了。

裴元说想找吃的，叶晴就带他去找吃的，医院旁边开了两三家小吃店，叶晴没去那里，她扶着裴元慢慢转弯进了条巷子。

入秋的小巷，地上都是黄色的落叶，叶子枯了，脚踩上去有咯吱咯吱的响声，是叶子支离破碎的声音。

裴元低头跟着叶晴走了一会儿，害怕似的站住不走了。

"老婆，我们去哪儿？"

"去吃小吃。"叶晴回头扯扯他，"怎么，不敢去？怕我卖了你啊。"

她踮起脚，摸摸裴元刻意低下的头："走吧，带你去吃好吃的。"

叶晴对这片很熟，因为离医院很近的地方就是她的母校，母校周围的小吃店可多了。

她带裴元去她很熟的那家店，只不过店主换了，原来的老婆婆不在了，新店主是个年轻人。

叶晴点的炒年糕、炸里脊肉、烤串不一会儿就上来了。她拿了一根炸里脊肉给裴元。

"吃吧。"

裴元一口口地吃，叶晴看着，找机会开口说离开的事。她敲敲桌子，喊裴元。

"老婆。"裴元答应着抬头，却问了一个让叶晴意外的问题，"老婆，如果我不是傻子，你会像喜欢姐夫一样喜欢我吗？"

"你这问题就很傻！"叶晴撇撇嘴，鼻子发酸，"你才不傻，哪个傻子一顿吃得了这么多？"

"那老婆你喜欢我吗？"看裴元的样子，他是一定要得到答案的。

叶晴一副不耐烦的样子，摆摆手说："喜欢啦，你可真啰唆。裴元，你乖乖在这里吃,我去下洗手间,不许走,知道吗?"

裴元点了两次头,叶晴这才放心地离开。

叶晴走后,裴元放下手里的肉串,伸手从口袋里拿了张纸出来,是张叠得平平整整的报告单,他今早叫老爸带他去测的。

报告上写了什么,他闭上眼就背得出来:裴元,性别男,民族汉,年龄26,测试内容Intelligence Quotient,测试结果:140。

Intelligence Quotient,翻译成中文是智力商数,俗称智商——IQ。

爱因斯坦的IQ是160。在IQ平均值为100的情况下,换言之,他裴元不是傻子,是占世界人口0.5%的天才之一。

他不是傻子,这是裴元醒过来之后一个惊喜的发现,他清醒了。

他知道叶晴和韩震的感情,可现在让他放手,他真的有些做不到。他忘不了叶晴是第一个伸手帮他的人,他忘不了知道爸爸找到叶晴时他的激动心情,他忘不了叶知秋告诉他叶晴在那家医院时,他拿着地址去找叶晴时激动又忐忑的心情,他更忘不了叶晴给他擦手时那温柔的眼神。

爱上一个人不容易,但放手似乎更难。裴元抿着嘴,脑子里想着他可能最后一搏的机会。

"先生,你的东西掉了……"

裴元正沉思着,冷不防肩被人拍了一下,那人递了个东西给他。

裴元看看手里多出来的字条,想看看是个什么样的人,可对方走得很快,他只看到个背影,瘦瘦高高的,是个他没见过的人。

"裴元,你怎么不吃了?"叶晴从洗手间回来,看到裴元正发呆,她拍了他一下,问。

"没有,我休息休息再吃。"裴元笑嘻嘻地回答叶晴,不知出于潜意识还是什么,裴元藏起了那字条,刻意没告诉叶晴。

离开前,叶晴还是和裴元道了别,裴元看起来很失落,可叶晴也没办法,他们总是要分开的。

但

放

手

似

乎

更

难

【03】

叶晴安全回到滨岛的消息，伴随着韩家大门的开启再闭拢，几乎是同一时间传到了叶绍耳朵里。

进来汇报的是个小平头，他低头等了半天，没听见回应，早习惯这种情况的他很识趣地出了屋子。

门锁发出"咔嗒"一声响，叶绍终于不再石头人一样地一动不动了，他攥紧了手，抓得真皮沙发发出咯吱咯吱的声音。此刻的叶绍心里想的是，这份事业所耗费的心血只有自己明白，所以他绝不能输。

那天之后，叶绍的时间基本就耗在实验室里了。这种状态持续了半个月，半个月后的一天，叶绍正盯着电脑屏幕操作程序，实验室的门开了，进来的人倒让叶绍意外，竟是好久没见的韩震。

"成功了。"他说。说话时韩震脸上是成功后的喜悦和疲惫。

"是吗？太好了。"叶绍竭力让自己笑得看起来不那么勉强，笑到后来他觉得嘴巴有点干。

起身拿水杯时，他拍了拍韩震的肩膀："走，看看效果去。"

叶绍跟着韩震去了韩震的实验室，陈州站在巨大的液晶显示屏前，下巴上的胡子因为激动而颤动。陈州觉得他的心跳都要赶上数据的反应速度了。

"这绝对是互联网的一次巨大革命啊！"陈州忍不住出声赞叹。

实验室所有人都欢呼着他们成功了。可叶绍知道，他不包含在这个"他们"里。

E计划成功的新闻发布会定在一星期之后，在那之前，白皙年肯定是不会放过他的。

可有件事叶绍说不上来为什么，那就是晚上柳雨打来电话时，他并没特别提及计划成功这事儿，其实内心里，他是想找个人说说的。

"慢慢来吧，不急。"这是结束通话前他对柳雨说的话。往深里想想，他是不想把柳雨再牵扯进来。

可是叶绍没想到，柳雨还是知道了，而她还是跟从美国直飞过来的白晢年几乎前后脚进的XR大楼。

她进门时，看到白晢年在甩叶绍耳光。

"啪"的一下，巴掌声很响，叶绍觉得自己的耳朵嗡嗡响着，听东西模模糊糊的，但他站在原地，硬是一动没动。

"你就是这么报答我的？我让你做公司总裁，让你被人前呼后拥，让你有空养女人，可你看看你给了我什么，一个小小的芯片都给我弄到对方那里去了。"

才进门的柳雨本想劝劝白晢年，可"养女人"这三个字传进她耳朵时，柳雨的脸就白了。她咬着嘴唇，突然觉得原来她的身份是这么见不得光，这么让她无地自容。

"哟！"白晢年看见了柳雨，"不过你也不是一无是处，养的女人倒是对你忠心耿耿，只是办事差劲！"

他拄着拐杖，坐到沙发上，朝旁边的人使了个眼色。柳雨连点儿反应时间都没，后脑勺一疼，直接被人拽着头发趔趄地到了白晢年跟前。

她直接被推得跪在地上，好在地毯够厚，膝盖并不痛。柳雨揉着腿，下巴被白晢年抬了起来。叶绍看着白晢年的眼，微微向前跨出一步的脚又止住了。

"爸，不关她的事，是韩震他们自己把程序先做出来的，我们的技术确实不行。"

"技术不行？"白晢年冷哼一声，"XR的技术行的话我要你来干吗？我们不行，你当姓韩那小子就行了？不是你这位帮他，他们怎么会这么快就成功？"说着，白晢年捏紧了柳雨的下巴。

柳雨很疼，她不能挣扎，可她真不知道白晢年这话是什么意思。同样不明白的还有叶绍。

XR大楼的气氛很紧张，韩震家里却热闹得很，好久没聚在一起的几个人难得聚到一起。

夏花在厨房给叶晴帮厨，她切着菜小声问叶晴："裴元怎么这么快就又回来了？你家韩先生不介意啊？"

叶晴把锅里的红烧鱼翻了个面："谁知道呢？"顿了顿，她说，"裴元说在家里待着无聊，想我了就来了。"

叶晴瞧了下门口，那样子像是怕人听到似的。确认那几个都在外面玩没人偷听后，叶晴回头很小声地和夏花说："可你说想我，干吗总和韩震待在一个屋里不出来，天知道是不是被撞得雌激素增多，转性了？"

叶晴那种"藏着掖着"的样子让夏花笑得岔气，刀差点切了手。夏花好半天才忍住笑，一本正经地问叶晴："裴元和韩震不会……"

"我就说说，你还真当真了啊？"叶晴端着鱼出去，离开前，她强调似的回了夏花一句"那可是韩震"。

门内，挠着耳根的裴元"阿嚏"一声，打了个喷嚏。趴在他膝头才出生两个月的小狼犬嫌他吵，十分不满地摇摇头。

坐在书桌后的韩震扫了他一眼："这两天降温，别住酒店了，搬回来住吧。"

正翻着日程安排表的唐安柏听到这儿，忍不住偷笑，他是在想韩震这句话到底有几分真心。

裴元这个当事人倒是豁达，他笑了笑："除非姐夫你不介意再多听我叫叶晴几次老婆。"

唐狐狸终于没忍住笑出了声，大约两个高智商的人凑到一起，情况就会像现在这样，有点火花四溅吧。

"我们还是说说正事吧。"叶晴不在的时候，裴元就一点儿傻样也没有了，他表情略显严肃地说，"你确定发布会前会有人来偷芯片？"

"既然我哥哥出现了，这就代表当年绑架他的那伙人回来了。当年他们绑走我哥无非是想找到芯片，所以他们肯定不会允许互联网计划里的高端IT技术公之于众。"韩震食指摸着回车键，最终按了下去，"所以他们一定会来，而我就是他们的目标。"韩震拔了插在电脑上的储存卡，把它重新嵌回了叶晴那根项链的夹层里。

叶晴的项链里藏了块连她本人都不知道的芯片，那芯片就是白皙年一直要找的那块。

这事要从几天前裴元从虞商带来的一张字条说起。

字条里画着一个项链坠子的图案，就是叶晴这条项链的图案，而图案旁边是铅笔写的一个"川"字。别看只有三竖，韩震却从笔法里认出了那是大哥的字。

找了这么多年的大哥有了下落，芯片也找到了，韩震是该高兴的，可他心里有事想不通。如果说大哥打牌时和叶晴几乎相同的习惯是巧合，他们用纸巾的习惯相似还是巧合，那现在又该怎么解释大哥失踪时藏起来的芯片是在叶晴这儿找到的呢？

韩震摩挲着手里的桃心坠子，他这种样子裴元就有点看不懂了。

他也懒得看，这次回来，说是来帮韩震的忙，其实裴元还是想叶晴了才回来的。

趁着韩震没注意，裴元起身去了厨房。刚好叶晴端菜出来，裴元张着嘴巴，手指着自己："老婆，要吃！"

叶晴觉得出院后的裴元和之前有哪里不一样，说他傻，他还是和孩子一样，可叶晴总觉得他没原来那么傻了。

拿着筷子，叶晴夹了块肉给裴元。

裴元张嘴正要吃，就被人拎着衣领，不得不趔趄着倒退了两步。

裴元回头一看，是韩震。

病都好了，还在这儿装疯卖傻，演技不错啊！

韩震的眼神表露出这层意思。

还行吧。裴元嘿嘿一笑，脖子和手同时伸向叶晴，终于，看不下去的叶晴还是让裴元吃到了肉。

嘴里嚼着肉，目送走叶晴的裴元冲着韩震嘿嘿傻乐："我想过了，叶晴喜欢的是你，但我也不想放弃她，只要我还是现在这样傻傻的，叶晴就不会不理我。那样如果有天你欺负叶晴，让她伤心，我就又有机会了。"

"你就不怕我把你不傻的事儿告诉叶晴？"韩震哼了一声。

"你尽管告诉好了，不过也要叶晴相信才算，谁会相信一个人好好的正常人不做，偏要做个傻子呢？"裴元说着用手指拈起盘子里的菜塞进嘴里，"如果做个傻子能在她身边待一辈子，那我也愿意。"

盯着嘿嘿傻乐边吃边说的裴元，韩震突然不知道该说些什么了。他发现有个人对叶晴的爱不比他少，有危机感的同时，韩震竟然有点儿感动了。

"当然，还有就是膈应你一辈子。"裴元笑嘻嘻地说。

黑了脸的韩震开始反思，刚刚他怎么就有感动的情绪出来了呢？太不应该了。

日子因为忐忑的心情越走越慢，好像暴风雨前的宁静一样，一切都静得很，让心里有事儿的人不免发慌。

发布会前的韩震心里也开始不平静了，他怕自己少计算一步，就有可能危及哥哥的安全。

明天就是新闻发布会了，按照陈老的意思，互联网计划的所有核心技术也是在明天移交给相关部门。

用陈老爷子的原话说，就是：我们没有足够大的能力去保护它，就把它交给足够强大的人去保护和使用好了。

陈老爷子这个年纪的人，把名利看得很轻。

韩震站在Deep顶层，看着窗外。

马路、行人被雾遮住，迷迷蒙蒙看不清了。

韩震吸了口气，理理衣服开门出去。没猜错的话，从现在到明天新闻发布会前的这段时间，那群人就会来找自己的。

因为团队在对外公布消息时说的是——

计划的成果由他保管。

和秘书打过招呼，韩震进了电梯，电梯门关上前手机响了。

韩震撇撇嘴拿出手机，这是叶晴打给他的第四个电话了。他都说了今天肯定会按时回家的，女人可真是又啰唆又麻烦。可他不得不承认，他心里挺美的。

他看了眼来电号码，脸上就再没表情了。迟疑了两秒钟，趁着电梯门闭拢前，他跨出去接听电话。

"什么事？"

楚玉一直自认为是个好母亲，最起码她觉得她是从心底为孩子好的，虽然她花在两个儿子身上的时间并不多。她第一次开始反省自己陪儿子的时间太少，是在大儿子韩川出事后。

对韩川，她是有心无力了，所以发展到后来，她的两份爱就合成一份全给了韩震，即便这画了double标志的爱在韩震眼里更多的是负担与桎梏。

可此时此刻，对在马路上开飞车的韩震来说，母亲的爱不仅仅是负担那么简单了，它意味着"危险"，因为突然来了滨岛的楚玉正在去韩震家的路上。

韩震控制了所有事情发展的节奏，却没控制住母亲的车速，他的车开进小区园区内的时候，一辆黑色轿车低调却扎眼地闯进了他的视野。他没顾得上关车门，直接冲上了楼。

家门好好地关着，拿钥匙开门的韩震希望他一开门看到的千万不要是正拿高高在上姿态审视叶晴的母亲。

自从白皙年突然空降滨岛后，叶绍的这个总裁名头就算彻底成了名头，空壳一个，一点儿实权也没有。

不用工作的他倒落得清静，每天窝在市郊的别墅里过着自得其乐的小日子。

Lisa有先天性心脏病，她和叶绍之间没有过夫妻生活，所以一心扑在"大事"上的白皙年自始至终都知道柳雨的存在，却压根没管过。

这次如果不是气急了，狡猾如白皙年也绝不会直接把撞到枪口的柳雨痛骂一顿，给叶绍一个无形的耳光。之后作为补偿，白皙年把他们打发到了这里。

洗完澡的叶绍穿着一身睡衣斜靠在沙发上看书，柳雨在浴室洗澡，隐约有水声传进耳朵。

叶绍觉得现在的生活不错，他和柳雨很默契地像忘记了之前的分手一样，每天生活在一起。

前不久，他接到了一条短信，是郑斌发来的，郑斌说公司来了新领导，新领导直接辞退了他，他不明白这是为什么。

有什么不明白的，叶绍想。他觉得郑斌是个挺可笑的人，可笑到没脑子。

郑斌自始至终都没看出来，他只不过是一颗棋子，在叶绍不方便出面时用来干扰韩震和叶晴的棋子，只可惜还是颗废棋，亏得郑斌还相当"天真"地感谢叶绍，感谢他帮忙撮合自己和叶晴。

今天的晚饭他们吃的是意式牛排，六分熟，还喝了点儿酒，口感不错。叶绍抿了下嘴唇，抱住了正在洗碗的柳雨。

离开时，叶绍亲了熟睡中的柳雨的脸，说"对不起"。

其实如果你现在问叶绍，他对柳雨的感情是爱还是利用，叶绍真的不一定回答得出来。他又看了柳雨一眼，转身离开。

有些事情是他身不由己必须做的。

明天是新闻发布会的日子。

第十三章

有了韩家大家长的照顾，再没人给过叶晴脸色。其实叶晴想说，在这之前，韩震也没让她受委屈。

我们刚好在一起

【01】

有一个英明家长的好处就是，除了公务以外的一切"约会"都极有可能随时被取消。

楚玉没来，楼下停的车只是和她同款的，韩震乐得轻松，和叶晴安静地吃了一餐晚饭。

"事情结束后，我会给你一场最好的婚礼。"睡前，叶晴迷迷糊糊听韩震说了这么一句，当时她就想，什么事情啊？

柳雨醒来时，床头嘀嗒作响的闹钟显示的时间是早上8点，而昨晚睡在身旁的人早已不知去向。柳雨静静待了一会儿，伸手去拿床头柜上的手机，她要确认一件事。电话很快打完，她得到了答案，一个很糟糕的答案。没多想，柳雨抓起衣服跑出了门。

白皙年是想在抛弃叶绍这颗棋子前再利用他一次，柳雨不能让他得逞。她用力踩下油门，开车出了别墅区。

柳雨火速赶回市区的同时，她此行的目标人物韩震正站在家门口，微微俯身让叶晴给他系围巾。叶晴好不容易在韩震出门前拉回了不情不愿的他。对韩震不爱系围巾这事儿，她有点小情绪："今天降温，围条围巾保护嗓子，要是成了公鸭嗓我可不要你。"

"'公主'！你怎么学你老爸偷饮料呢！"送韩震出门后，叶晴转身一眼看到扒在冰箱门上猛刨的"公主"，顿感压力很大，怎么这爷俩一个毛病，不喝水就爱喝饮料呢？

白皙年坐在金府酒店第20层的豪华包间里，看着面前墙上的50英寸大液晶电视，不紧不慢地转着手里的高脚杯。80年的干红虽然比不上82的那么稀有，却多了两年的醇厚。

他举杯放在鼻前闻了两下，露出满意的笑容。

一阵门轻开轻关的声音过后，白皙年的特助走进来，他贴在白皙年耳边说了几句话。

"办得不错。"白皙年点头，"陈州就是个傻子，我出钱买他不卖，非得来硬的，我看芯片到最后是我的还是他的。"

他放下杯子，拿起遥控器，把电视的音量调高了一点。电视里正在直播节目，画面刚好是新闻发布会现场。本来早该开场半个小时了的新闻发布会现在却场面混乱，主席台上一个人也没有，画面上，一名记者拿着话筒进行着播报。

不用听白皙年也知道他在说什么，无非是XR和Deep双方代表意外缺席发布会，至于那个陈老头，估计是心脏病发，不知被抬到哪家医院抢救去了。

他关了电视，起身走到窗前，想着这次做完，他要把这个程序卖个好价钱，然后他就可以彻底收手，带着Lisa随便在哪个欧洲小国安度余生了。

他脑海中的美好蓝图刚展开，房间的门就突然被撞开了，几个人蜂拥着冲了进来，有人控制了白皙年，为首的一个更是拿出警员证在他面前晃了晃。

"白皙年先生，警方现在怀疑你同今天发生的一宗刑事案件有关，现在请你跟我们回警察局协助调查。"

白皙年的脸彻底白了，面对态度坚决的中国警方，他除了乖乖跟着走外，其他什么都做不了。直到坐上警笛呼啸的警车，他还故作镇静，他安排得天衣无缝，不会出什么大问题的。

其实白皙年漏算了一件事——人心。他没想到叶绍和他那几个手下压根就没去韩家，车至中途，坐在后面的叶绍突然勒住了司机的脖子，司机一时没掌握好方向盘，车道改变，车子直直冲下了他们所在的大桥。

不要说白皙年，就连叶绍自己事前也没想到。他不知道自己为什么这么做，或许叶绍是想做一次自己，保护一个他长久以来一直想保护的人吧。

"这么做，丫头是不是就不怪我了？"这个念头在叶绍脑海中一闪而过。

他在乎叶晴，可以说叶晴是他唯一的"亲人"，因为叶绍不姓叶，他根本不是叶家的孩子。

80年代初期，江南小城虞商仍处于经济刚起步的阶段。作为最早富起来那拨人中的佼佼者，叶晴爷爷的身体却突然在这时出了状况，繁杂的工作压力下，叶老爷子的身体每况愈下，而叶家市值近百万的生意面临着由两个儿子中哪个来接手的问题。

老爷子一直担心叶家的香火问题，这个时候如果兄弟中的谁有了儿子，那么被叶老爷子选为继承人的机会理所当然就大了许多。

叶知秋的大哥结婚3年，刚好在这时传出妻子怀孕的消息，叶知秋的大嫂在娘家养胎，9个月后顺利生了个儿子，也就是叶绍。

作为叶家的小少爷，叶绍活得如众星捧月，却独独得不到父母的青睐，即便他学业再优异也是。开始叶绍想不出原因，直到后来一次，他偶尔听到爸妈吵架，这才知道他压根不是他俩的孩子。他只不过是叶大少从乡下某个失足怀孕、无钱打胎的女人那里买来的一件工具而已。

"父母"的种种态度现在都解释得通了。

都说挫败让人成长，突然从大少爷变成野孩子，这落差让当时年仅十几岁的叶绍颓废后迅速长大。他觉得他不需要父母，更加不需要爱，他需要的只是自立，摆脱叶家，最终推翻叶家。

叶晴的出现却像光照亮了叶绍的生命。

二叔家的孩子如果也是男孩，绝对会成为叶绍家人的眼中钉，可身为女儿，叶晴的日子并没比做眼中钉的日子好多少，相反，还要糟糕些。

然后那天，他对她说："我是你哥哥，以后我不会让他们欺负你的。"

大约从那时起，叶绍就忘不了那个脸上都是泥的小丫头给他的粲然一笑。后来他大学毕业，获得去美国攻读研究生的机会。离开前，他把读高三的叶晴带到了DH大纪念馆，指着那台游戏机说：等你通关了，我就回来了。

叶绍有句话没说。他想说：等我回来，等我有了钱，我就回来找你，有哥哥的地方，永远没有人能欺负你。

家对于叶绍来说，除了给他光鲜的身份，父母的轻视，以及在下人面前廉价的高傲外，什么都没有。为了男人的尊严，他走了。

如果他知道一切是今天这个结局，他不知道当初他还会不会去美国。

国外的生活不比国内自在多少，如果不是毕业前白皙年找到了他，在叶绍看来，他这几年的书是白读了，单靠自己，想要实现之前的梦想，真的很难。

可天下哪有那么便宜的馅饼，主动上门的伯乐也未必是真伯乐。

白皙年做的是违法生意，他第一次见叶绍就和他挑明了。当然，同时甩给他的还有厚厚一沓资料，上面密密麻麻写满了叶绍从小到大的经历，从家庭到感情。

难以避免地，叶晴的名字数度出现。

"只要帮我把这个弄出来，你不仅能风风光光收掉叶家，从此坐稳地位，而且你想要的你都会得到。"

叶绍不得不承认，对于一个一无所有的穷小子来说，白皙年开的条件真不是一般的诱惑。排除收掉叶家那条，他也在意叶晴的安危，一群亡命之徒是什么都做得出来的。

因为这种种原因，叶绍答应了白皙年的要求，开始为他工作。随着时间的推移，堕落深陷是不可避免的。

叶绍不是没想过回头，可他回不了头了。

　　刚刚加入破解互联网计划的工作不久，白皙年就用借口把Lisa合约式地嫁给了他，合同到期日就是计划成功的那天。他只能接受。

　　第一次有了悔意是在最近。
　　回国后他发现叶晴被保护得很好，可保护她的人不是他。
　　他说不清对韩震是什么感情，他嫉妒韩震，嫉妒他取代了自己的地位，在叶晴处境艰难时陪在她身边。可对于这种陪伴，他却说不出半点儿不是来。当这些情绪找不到一个合理的理由解释时，他就总告诉自己，韩震配不上叶晴，更加比不上自己。
　　可事实上，屡战屡败的人是他。
　　所以当发布会前一天，看到白皙年手下拿来的那张字条时，他的确幻想过借此翻身。白皙年说只要拿回芯片，原来属于他的那些就还是他的。连叶绍自己也想不通，到了最后关头，他怎么就放弃了。
　　叶绍歪躺在破损的、正冒着呛人黑烟的车中，他觉得自己抓不住最后的意识了。

　　加护病房的玻璃窗厚重无比，模模糊糊的，隔在叶晴和叶绍之间，叶晴看不清里面的哥哥。
　　她抹了下眼睛，回头看韩震："我哥不是坏人！"
　　韩震什么也没说，只是更紧地把叶晴搂进怀里。叶绍是好人还是坏人，其实已经无所谓了，他现在只希望叶绍平安，他也感恩叶绍让叶晴平安。口袋里的手机响了，韩震拿出来看了一眼，是个陌生号码。他接听，竟听到一个意想不到的消息。对方通知他，韩川在他楼下，15号房……

　　叶晴跟着韩震去看韩川。等浩浩荡荡的一帮人从楼层离开后，柳雨从走廊转角走了出来。她走到玻璃窗前，手放在上面，像能摸到躺在里面那人的脸一样。

　　"你就是个傻子，叶绍。"她说。

　　她迟到了一步，赶去韩震家时，叶绍已经出事了。

　　近乡情怯，怯的方式却有很多。

　　特别是一个一消失就5年多、早被认定为死人的人突然又出现时，他一帮兄弟的表情就更加复杂了。

　　当躺在床上正被护士测血压的韩川，看到一副被人勒了脖子似的表情进门的马鸣时，他五年来第一次觉得——能活着回来，真是件不错的事情。

　　"老四啊，男子汉大丈夫，流什么眼泪啊？护士小姐，麻烦你赶紧拿个罐给他装眼泪。"韩川开玩笑似的说。

　　正在收拾仪器的护士小姐听到韩川的话，腰差点闪了，抱着血压仪掩饰性地咳嗽两声逃也似的出了房间。

　　"谁让大哥你失踪了这么久……"马鸣吸了下鼻子，憋回眼泪，毁灭掉证据后对着身后的唐安柏大呼冤枉，"再说我哪有哭！"

　　"啪"的一声，唐安柏给了马鸣后脑勺一下。

　　"大哥，欢迎回来。"唐安柏拍了拍韩川的肩膀，把地方让给了韩震。

　　韩震手抖了半天，竟然想不出说什么，找了半天词儿，他喊了声："哥。"

　　"老白，你是韩震他哥？"一惊一乍的声音出自叶晴。这让屋里多数人很意外，大多数人里，不包括韩震和韩川。

　　韩震是早猜到哥哥认识叶晴，而韩川则是和老友久别重逢。他笑眯眯地对叶晴说："小叶子师父，5年没见，别来无恙。"

　　5年没见，叶晴才发现这个跟她学过一阵儿麻将的半吊子徒弟"老白"压根不是什么混混。

　　面对马鸣他们的种种疑问，暂时脱离叶绍受伤阴影的叶晴把回忆倒回再倒回，一直到了5年前的那个夏天。

异常炎热的夏天。

星期六，因为父母的事情高考落榜的叶晴参加补习班回来，妈妈说想吃西瓜，叶晴拿着钱去买，却看到了在家门口焦急搓手的那个人。

这是叶知秋这个月第三次来找她了，叶晴特后悔，她干吗要跟小山爷爷学那些玩意儿，又干吗要让叶知秋知道呢？现在好了，本来是用来解闷儿的东西，叶知秋却去赌，输了就让叶晴帮他再赢回来。

"我说是最后一次就是最后一次，我不会帮你的！"才成年的小姑娘脸上写满了倔强，好像她说话的对象就是个陌生人。

"小晴，爸向你保证，这绝对是最后一次，真的！这次你不救我，爸真的死定了！"叶知秋拉住叶晴的衣服不让她走。

叶晴觉得在场的没在场的邻居都在看他们，她觉得丢人。她涨红了脸，最后也只是认命地回家放下西瓜。

叶晴和妈妈说她去朋友家玩会儿，天知道她的朋友多数都去外地读书了。

叶晴就是在那天去帮叶知秋打牌时认识的韩川，那时候韩川自称叫大白，正因为输光了钱被老板往外赶呢。

后来说不出为什么，叶晴就教了"大白"几招，大白也开始叫她师父了。

"大哥，你那时候打牌就能用两个字形容——狗熊。"叶晴摇摇头，结束了回忆。

马鸣听得入神，一拍大腿，一副"看吧！每一个英雄都曾狗熊过"的小人得志样。

唐安柏不屑地白了马鸣一眼："大哥是办案需要，就算会也要装成不会，和你这种'天赋异禀'不是一回事。"

244

满脸通红的马鸣想回嘴，可关着的门突然开了，这次进来的是个风风火火的小护士，她手臂一张，老母鸡似的扑腾着开始轰人。

"病人身体较弱，需要休息，出去出去。怎么，没听懂我的话吗？出去！"小护士瞪着马鸣。

"我……"连个回嘴的机会都没逮着，马鸣就被唐安柏一脚踹出门外。唐安柏看了一眼留在房里没走的人，自己先出了房间。

韩震看了韩川一会儿，然后没事人似的拉着叶晴出门，出门前他说："哥，我明天过来。"

韩川点点头。冲叶晴说："小叶子师父，下次来记得给我带点吃的。"

一只脚已经跨出门的韩震脚下一绊，差点摔个狗啃屎。他绷着脸，目不斜视地拉起叶晴走人，甚至没给叶晴留下说句"美得你，不孝徒儿"的时间。

人走光了，小护士指着韩川开始教育："多吃，多睡，才能把身体养好，没见你各项报告数据差成什么样了？"

韩川大笑着目送走了小护士。躺在床上他想：韩震啊，想和叶晴在一起，不是只要我不参与就可以了，家里还有那么一位老佛爷呢……

【02】

出了医院，马鸣又是一路嘀嘀咕咕，他气不顺，先是二哥，后是小护士。不过，很快马鸣就被唐安柏一巴掌拍没声了。

紧接着唐安柏趴在马鸣耳朵边小声说了几句话，刚刚还在为被揍不甘愿的马四就真的安静了。他偷偷看了眼后面的叶晴和韩震，有点不信：就这事儿老大也会吃醋？

马鸣的问题，等他再见夏花时有了解答：这世界上没什么是不可能的，韩震之前不吃醋，是还没出现那个让他有危机感的对象，郑斌也好，叶绍也好，都没被他放在眼里过，这次不一样，是他哥。

马鸣的问题又来了：如果他也遇到这种事儿那可怎么办？

"凉拌呗，不过你不用担心。"唐安柏拍拍马鸣的肩，在后者满脸疑惑的时候，他解释道："随便拎出来一个男的都比你强，所以酸着酸着就习惯了。你是持久型，韩震是爆发型，不一样的。"

那天韩震并没和唐安柏、马鸣他们一路回去，他开着车带叶晴回了家。

一直心系叶绍的叶晴本来想留在医院等结果的，韩震劝着把她带回了家。进门时"王子"正叼着"公主"往叶晴最喜欢的那个抱枕上面放，听到开门声，"王子"一愣嘴一松，两个月大的小狗直接"空降"到了瓷砖地上，摔疼似的呜咽两声。"王子"像是知道做错事似的重新叼起"公主"往书房的狗窝里跑。

叶晴连表情都还没来得及变，书房里又钻出了"雷碧"，它看也没看主人一眼，叼着抱枕回了书房，这也算了，"雷碧"进去后竟用尾巴把门带上了。

这还是狗吗？成精了吧！叶晴直瞪眼睛。

锁好门的韩震换鞋时刚好看到发生的事情，他哼着气："越活越没狗样。"

说完，他就往书房走去，看样子是要收拾那一窝狗。

"韩震，以后你会像'雷碧'对'公主'一样疼我们的孩子吗？"叶晴突然从后面抱住了他。

这真是个美妙无比的话题，刚刚还别扭的韩震一下子就不别扭了。

可他又不想让叶晴知道自己这么开心，于是韩震装了半天沉默后低声说了句"不会"。

"如果你对疼爱的定义只是局限在'雷碧'给它家小狗去偷一个它喜欢的抱枕而已，那我肯定不会，因为我只会给你和孩子更多，更多……"

说完这句话的韩震觉得自己真是酸得可以。

早餐，韩震说要做煎饼给叶晴补充体力，所以今天她挺期待的。

盯着面前摆的饼，叶晴伸筷子夹了一块放进嘴里。

"好吃吗？"

"好吃！韩震你做饭真有天赋！"叶晴满眼含泪。她相信世界上除了记忆有选择性失忆，厨艺也有选择性失手。

"爱吃以后我常做。"韩先生双手支着下巴，满含深情地说，他完全忽略了叶晴的真实情绪。

叶晴又夹了一块煎饼慢慢送向嘴边。快到嘴边时，叶晴手一抖，薄薄的煎饼落在了地上，地上蹲着眼巴巴看着的"公主"。

小狗低头嗅了嗅饼要吃，也几乎是同时，溜进厨房偷饮料的"雷碧"唰地一下冲到了"公主"面前，它衔起煎饼，再以抛物线状把饼丢了出去。

职业警犬的动作很快，完成这些动作不过是眨眼的事。

煎饼正巧落到了出来"觅食"的"王子"跟前，它微微低头嗅嗅就要走，可一抬头就看到了表情不善的男主人。"王子"觉得作为忠犬，是要在主人厨艺遭质疑的时候挺身试吃的。所以"王子"看着韩震，装作没事般眨了两下眼，低头吃掉饼，然后优雅地走开。

神狗！叶晴正感叹着，从"王子"消失的方向传来一阵"呕吐"声。

"真的那么难吃？"韩先生眉毛抖了抖。

"没有……"叶晴觉得这么说实在是违心，就又补充了两句，"就是盐加得多了点，还有多了那么点胡椒，你还放了辣椒……"

吃过饭，他们打算去医院看韩川和叶绍。

韩震换好鞋，站在门口等叶晴，门铃响了。

家里来了客人，"客人"是楚玉。

出来得匆忙，但今年55岁的楚玉还是一身十分严谨的衣着。

严冬，南方城市冻入骨髓的空气里，楚玉哈着气对站在门口发愣的小儿子说："就打算让你妈站这儿和你说话啊？离家出走也就算了，我看除了离家出走，其他本事也没少长。"

韩震干脆什么也不说，直接闪身让出路给楚玉。

这样的儿子让楚玉觉得无奈。

整个韩家，似乎除了韩川，再找不着第二个肯听她话的人了。生气归生气，楚玉还是进了屋。

"我早告诉过你，不要参加那个科研计划，你知道昨天秘书说桥上出事儿那伙人原本是冲你去的，我和你爸爸吓成什么样了？我是特意取消一个重要会议来找你的……"

楚玉边脱外套边和儿子絮叨，丝毫没留意有人从厨房出来站在了客厅。

"韩震，我们……"叶晴也没看到楚玉，她想说"韩震，我们走吧"，可是没说完。

自从上次楚玉看见韩震打电话的那个神情，她就猜儿子说不定是有对象了。她想应该就是这位了。楚玉让韩震给她们做介绍。

"叶晴，我未婚妻。"见楚玉眼睛瞪得老大，韩震又重复了一遍，"妈，我订婚了。"

楚玉气得心脏狂跳，她控制着不让自己失控，压抑着有些暴躁的情绪，说："谁给你的权力，订婚这种事都不和家里商量下！"

"汪！汪！汪！"吃好奶刚窝在"王子"肚皮上睡觉的"公主"被楚玉的声音吵起来，蹒跚着小肥腿，晃悠出书房。看到楚玉瞧叶晴的不善眼神，小狗鼓着嘴开始吠。

跟着儿子出来的"王子"见到衣食父母受气，也吠了起来。

"'王子'，给我回你的狗窝去！"楚玉真怒了。

扯着脖子打算继续吠的"王子"听到似曾相识的命令声，勇猛的犬吠声马上成了低低的呜咽。

然后，它叼起"公主"，消失在书房门后。

比起胆小的老婆，"雷碧"就爷们儿多了，它不但没走，反而趴在叶晴脚边，有一下没一下地挠着桌边的保温杯。

"妈，这事已经这样了，你和爸答应也好，不答应也罢，叶晴我娶定了。"

"砰！"

书房里的"王子"一缩脖子，用腿又把"公主"往身边拨了拨。

屋里的"王子"不知道，这次不是太后发威，是保温杯破了——"雷碧"挠的。

"你哥的汤没了。"手被烫了的叶晴想的是没了的汤。

韩震只关心她的手："我哥也不差这一顿，我去给你拿药，烫红了。"

两人没注意他们的话已经让屋里的第三个人变了脸色。

楚玉难以置信地看着韩震："你说……你哥？"

"我哥回来了，要我说，你回去该好好教育教育你那群下属了，别每天总盯着我的破事，正事一件不和你说。"

韩震话音才落，楚玉的手机就响了，韩震听出来对方就是楚玉的下属，因为楚玉在训人，不过她很快就不训了。拿起外套，楚玉拉着韩震一起出门。

"你哥刚刚晕倒了，正在抢救呢。"

"一起去。"

"好。"然后，楚玉指着叶晴说，"她不能去。"

到了医院，看着安然无恙站在窗前看风景的大儿子，楚玉半天说不出话，接着鼻子一酸。

"川子……"她喊。5年，她5年没见这个儿子了，她以为他死了。

　　楚玉走过去，想摸摸儿子的脸，可看着儿子，她的眼睛湿了。楚玉别开头，半天问了句："李秘书不是说你在抢救吗？"

　　"我要是不这么说，指不定你还要怎么难为他们小两口呢。妈，叶晴是个难得的好女孩，和她在一起，你不觉得石头有'人气'了许多吗？"

　　韩震翻了个白眼，瞧他哥说的，就好像他是死人似的，还没"人气"！不过他又想起了叶晴，他想叶晴现在应该是和夏花在一起吧。

　　韩震没想错，目送走韩震母子的叶晴心里很委屈。换成任何一个人，第一次见面，不分青红皂白就被对方全盘否定，不难受才怪。何况对方还是韩震的妈妈。

　　她决定接受韩震临走前的建议，去找夏花聊聊。硬碰硬不是好办法，叶晴理解韩震没带她去的原因。

　　电话打到大忙人夏花那里时，这个DH大服装系的风云女神正张罗着他们班的毕业T台秀。听了叶晴的话，夏女王大手一挥，二话没说直接把叶晴叫去了现场。

　　财大气就粗，叶晴没想到夏花为了一个自发组织的毕业秀，会租下这么贵的地方。洪都可是滨岛少数几家五星级酒店中的一家，价格高得让人咋舌。

　　"你想通了，决定回家啃老了？"叶晴不信夏花自己有这么多钱，但她也不觉得夏花是个轻易会向家里示好的人，她虽然不知道原因，不过夏花不喜欢回家这事儿她是知道的。

　　夏花摇着头缝她的礼服："我家唐二听到你说他老会欲哭无泪的。"

　　叶晴啧啧地感叹女权领袖夏花正式沦陷进"狐狸陷阱"的同时，又想到了自己。夏花的家世和她不同，她们之间没可比性。拉把椅子坐下后，叶晴撑着下巴："花，我突然不想结婚了。"

　　夏花转身从桌上花瓶里抽出一枝百合，拿那头带水的茎子在叶晴头顶一点："请饶恕这人的无知吧，她发烧了。"

"你才发烧呢？"百合茎的水弄湿了头发，叶晴不舒服地理着头发，情绪不高。

"不烧你还说胡话？"夏花白了她一眼，坐在了她旁边，"你要对韩震有信心，最起码他比我家那位靠谱多了。"

"花，你家唐先生听到你这话会哭干最后一滴鳄鱼的眼泪的。"

"喊！"

她们你一言我一语说了会儿话，叶晴的心情好了不少，她想回去了。这时从酒店走廊里传来一阵吵闹的声音，开始叶晴没在意，还是在和夏花告别。

可等夏花送叶晴到了门口，叶晴才发现了事情不对。吵架的是两伙人，一伙是酒店的服务人员外加一个穿着华丽的女人，另一方竟是叶耀杰，他被那女人抓着，狼狈地挣扎。

"耀杰，你怎么了？"

犹豫了一秒钟，叶晴扔下了一旁的夏花，跑了过去。

可是她才靠近，就被那个华服女人撞了个趔趄。

叶晴身子晃晃，眼前不知怎么的就黑了。

这个月算起来，这是叶晴第三次进医院了，一次站着进去，两次躺着进去，还都是被抬进去的，叶晴觉得她和医院好"有缘"。

出来得匆忙，夏花只来得及披件外套，她抱着肩膀打着哆嗦站在病床前，看着平躺在床上、脸色苍白的叶晴感叹。

夏女王一脸愁苦的时候，接了电话直接从韩川那儿赶来的韩震和他妈一起到了。

"夏花，你刚刚在电话里说什么？"

别说，不淡定的韩震的声音听起来还真像鸭子。

"叶晴情绪不好，刚刚又摔了一跤，孩子……"夏花沉默了一会儿，才说，"才一个月大。"

韩震愣了。

楚玉也呆了，她说不清现在她具体是种什么心情，身为母亲，她是排斥这个不知从哪儿冒出来还准备抢自己儿子的陌生女人的；可是身为一个女人，间接害死儿子骨肉这事儿，她觉得更加说不过去。

"儿子……"楚玉都不知道该说什么了。她知道现在就算自己说什么，也挽回不了什么。

"阿姨，今天叶晴来找我的时候情绪很低落，不是那种状态她怎么会晕？如果您事先知道叶晴有了孩子又能怎样，韩家那么高的门槛能收这么一个儿媳吗？"夏花咄咄逼人地说。

从政十几年的楚玉被逼到一个死角，她看见韩震灰白的脸色，一时说不出话。

"如果早知道，我怎么也不会拦着他们的，他们想结婚也好，怎么也好，都随他们……"楚玉说。

"说话算话，我可录音了！"夏花突然变了脸，她笑嘻嘻地扬扬手里的手机，屏幕显示正在录音。

韩震有些恍惚，他来了脾气："夏花，你搞什么？"

【03】

马鸣和唐安柏本来约着一早一起去医院看韩川，可谁也没想到马鸣这个不靠谱的家伙昨晚吃坏了东西，自从上了唐安柏的车，中途停靠在各大商场、店铺前无数次，都是找厕所。

等马鸣彻底痛快了，唐安柏车子的油量指数也快归零了。在二哥威逼之下一路忍到医院的马鸣刚想去厕所，就从韩川嘴里知道了叶晴的事情。拗不过他的要求，马鸣连厕所的面都没来得及见，就又在奔向另一家医院的路上了。

韩川没说清叶晴的病房号，所以到了医院，两人又找了好一会儿。

进门前正好赶上一堆医生、护士蜂拥进门，马鸣被那大阵仗吓着了，也就忘了找厕所的事。他看了眼唐安柏，跟着人流进门。见到白衣天使总不是好事，因为那肯定是有人病了，现在可好，不算大的病房一下多了这么多"天使"，气氛一下子就紧张了。

楚玉盯着来检查的医生，心里犯起了嘀咕，这孩子到底是有，还是没了啊？

一个领头的老大夫指挥着身边的小大夫把"碍事"的韩震拉开，拿着听诊器在叶晴胸口一阵鼓捣。半天过去，老大夫放下听筒，满脸疑惑："肺部没有杂音，不像有肺病的人啊？"

"谁说她肺有毛病了！"从医生进来起身子就开始发僵的韩震总算找回自己的声音。

"不是说妇产科一个病人肺有异常，找我来会诊吗？小李，这是怎么回事？"老大夫问旁边的大夫。

这时，远远从急诊室走廊传来一个声音："刘老，错了错了，有肺病的在隔壁，那间住的只是个低血糖晕倒的孕妇！"

低血糖……晕倒……孕妇……

"我不是说了，孩子没事，一个多月大了，是你们自己误会了，怪不着我。"人走光了，夏花扔下这么一句，拉起唐安柏也溜了。

终于弄清情况的韩震早忘了找夏花算账，他拉住来换床牌的小护士："我太太和孩子没事吧，没事吧……"

"就是低血糖，能有什么事？大人、孩子好着呢。"

谢天谢地。楚玉松了口气，可她心里依旧不是滋味。

大约15分钟后，夏花拉着唐安柏一脸笑容地回到房间。

像是等着看一场好戏，夏花干脆和唐安柏坐在一旁看着神情复杂的楚玉。这次总算明白要发生什么的马鸣加入了夏花他们，坐在一边。

没过多久，和夏花预想的一样，楚玉的手机响了。楚玉看了眼儿子，出去接电话。这个电话楚玉讲得并不久，可再回来时，她却成了苦瓜脸。

"儿子，你真打定主意娶她了？"楚玉尽量把声音控制在一个相对柔和的层面上，"可她有个那样的家庭，妈总想给你找个配得上你的……"

"也行，你想找个配得上你儿子的，那你再去生个儿子好了，这次你要教育他从小就听你的话，那他长大了说不准也会听你的话娶个你喜欢的女人做老婆。"韩震耸耸肩，"我反正就这样了，我就娶叶晴。"

楚玉彻底泄了气，如果韩震松口还好说，可现在不止儿子坚持，就是家里卧床的韩老爷子也知道了他有重孙的事情。这事儿，估计是板上钉钉了。

楚玉弄不明白了，是谁给韩老爷子通风报信的呢？

收到叶晴结婚请柬的那天，裴元和叶晴进行了一次视频聊天。对话框里的裴元穿着件白色衬衫，表情干净，他默默地看了叶晴半天，然后说："老婆，你一定要幸福啊。"

裴元很少这么正儿八经地说话，叶晴突然有种他是正常人的错觉。张张嘴，叶晴不知该说些什么。

前一秒还正儿八经的裴元突然举起了拳头："老婆，韩震要是欺负你，我就带着'王子'和'雷碧'去揍他，'王子'和'雷碧'可听我的话了！"

这次叶晴笑了，她笑着说好。

本来还想再多聊几句，可裴元嘟着嘴，正儿八经地说："电视里说有宝宝的人不能长时间对着电脑，再见，再见！"

然后裴元关了对话框，看着空荡荡的电脑屏幕，叹了口气。他双手交叠着放在脑后，身体靠向椅背：这下，可真要装成傻子守护她一辈子了。

一人得道，鸡犬升天这种事情，叶晴以前一直当它只会发生在家里墙上那47英寸的液晶电视里。

她做梦也没想到，自己晕倒醒来，整个世界都变了样，韩妈不再是韩妈，家也不再是家了。

韩震的家，恐怕除了他们这两个大活人外，能换的全都换了：床单、被子，纯棉全新；木质椅换成布艺软凳，全新；最让叶晴难以理解的是，干吗消毒柜、净水器都要换？

病从口入，一切从源头控制。楚玉是这么说的。

站在婚纱店对着镜子试婚纱的叶晴和夏花说着烦心事，基本都是和楚玉有关的。

夏女王听后摆摆手："哪个婆婆都是从媳妇儿锻炼成长过来的，而没有和婆婆的斗智斗勇，媳妇儿也成长不成一个好婆婆，所以你啊，就多受着，多学着吧。"

叶晴就想不明白了："夏花，你业务这么熟练，我怎么觉得你像结过婚还身经百战呢？"

"瞎说！"

有件事倒真挺巧，叶晴选婚纱的日子，刚好韩震去开参加互联网计划的新闻发布会，更巧的是今天也恰好是白皙年宣判的日子。白皙年因为窃取国家机密，涉嫌多起谋杀、绑架案，数罪并罚，几个死刑都不过分了。

但白皙年是美国国籍，最终的宣判是什么，还要在同美国方面交涉后决定，唯一知道的是恶人一定有恶报。

叶晴试了几套婚纱，人懒懒的，开始没精神。夏花去给她拿水，回来见了，问她怎么了。

"没什么。"叶晴摇摇头。

　　夏花却看透她的心思，递来瓶拧开盖的水："是不是担心叶绍？医生说他只是暂时昏迷，并不一定会成植物人。"

　　叶绍是心脏受损，不是大脑受损，医生解释这样的病人一直昏迷，属于患者的自发反应，换句话说，是叶绍自己不想醒。

　　这么想想，叶晴又开始难过。

　　"打住！你再难过我就给我干儿子唱歌了啊。"

　　夏花一说，叶晴笑了。怀孕后她才知道，原来夏花唱歌也跑调。她跟着夏花进去继续试衣服，在心里默默地给叶绍祷告。

　　12月，滨岛最阴冷的时候。给叶晴里三层外三层包裹严实了的夏花，挽着她坐在婚纱店门口的沙发上等车。

　　不知道什么时候，两个衣着狼狈的人站在了她们面前。

　　"小晴，求求你救救你爸爸和弟弟吧！"如果不是声音的关系，叶晴还真认不出这个像刚打了一场大仗、衣服扯得全是口子的人是秦梦瑶。

　　叶晴难以置信的眼神刺痛了"贵妇"的自尊，秦梦瑶理了理衣服，尽量让自己看起来不那么狼狈，她声泪俱下地说："小晴，我知道以前的事情你怪我，我勾引你爸，我知错了。可耀杰他是你弟弟啊，他被人诬陷偷了东西，气不过就把对方捅了，求求你，求求你救救他！"

　　"女儿啊，女儿，还有你爸爸我啊，你一定要救救我。爸爸的公司被人骗了钱，现在债主上门逼债，裴家已经不管我了，爸爸听说你嫁了好人家，这次你可一定要救救爸爸啊，不然我死定了……"

　　"叶叔叔，你在这里啊，我爸找你好久了都没找着呢。"叶晴被吵得头疼时，裴元笑嘻嘻地从门口进来。

　　裴元揽着目瞪口呆的叶知秋出了门，再回来时，他自己默默嘀咕："我爸真的找他好久了呢……"

　　裴斐的确是在找叶知秋，只是不是好事罢了。

裴元护着叶晴出门，在门口，夏花对还留在那儿的秦梦瑶说："秦阿姨，叶晴说了，她不是不近人情的人。儿子、老公，她帮你救一个。"

叶晴瞥了夏花一眼，小声说："我什么时候说了？"

夏花却无所谓地说了句："她以为就她秦梦瑶会玩离间计？"

婚礼定在3月1号，这之前的春节，叶晴是在韩家过的。

那时她只有3个多月的身孕，肚子却早早显了出来。B超做过了，双胞胎的消息让快80岁的韩老将军一高兴直接从病床上起来，竟能下地行走了。

有了韩家大家长的照顾，再没人给过叶晴脸色。其实叶晴想说，在这之前，韩震也没让她受委屈。

再后来，在DH大的同学们忙着找工作的时候，叶晴却完成了她人生另一件大事，她嫁人了。3月的温度说不上高，但看着特意被韩家接来的外公和妈妈，叶晴觉得自己前所未有的温暖、幸福。

去婚宴现场前，两通电话让新娘微微悲喜交加了一下。

悲的是，就像夏花预想中那样，秦梦瑶为了她一个玩笑似的承诺舍弃了叶知秋。而韩先生在没告诉她的情况下处理好了两人的事情，还清了叶知秋的欠债，对伤者进行了补偿。

但不争气终究怎样都是不争气。

被秦梦瑶蹬了的叶知秋总算明白了什么，不再嗜赌却开始酗酒，终于在一晚买醉之后彻底失踪。而叶耀杰后来则成了警察局里的常客，从此社会上多了个不良少年。

好消息是叶绍有清醒迹象了。

韩震在心里对哥哥韩川说了声谢谢，他还记得那天他去找韩川，在路上，兄弟俩一同看到了头戴草帽、裙角飞扬的女孩——叶晴。

头顶的聚光灯有点耀眼，叶晴眯着眼，说了那句话：我愿意！

几年后的一个冬天，下了7场雪，窗棂压着厚厚的白雪，街角的咖啡厅播着音乐，感冒的她打着喷嚏问："永远有多远？如果有天我先死了，你会把我忘了吗？"

她的问题让他为难。

永远有多远？

巴黎说，永远是摩天轮又转了一圈。

夜空说，你看，永远是北极星再次升起。

普罗旺斯说，永远是薰衣草的芬芳花香。

永远有多远？

是一朵花开再落下的时间，

是夏蝉度不过的秋天，

是手里的冰激凌融化，

是冬去春来，

一年一年。

他不知道"我爱你"三个字有多久的保鲜期，

他只知道，

和她在一起，

每一刻都是小永远，

而小永远永远不会忘记。

番外一

天生一对

人生在世，百转千回，崎岖挫败在所难免。

一小部分人选择改变，他们想要更好的生活；绝大多数人则是固守，执拗着不愿改变，只想抓住手中现有的顺遂。

马鸣很懒，很胸无大志，很没抱负，却意外的是那一小撮勤奋生活的人中的一个，他想改变他的命运，因为马鸣自认他的人生真的挺悲惨的。

从小一起长大的兄弟，韩震结婚有老婆，唐安柏处对象有女友，陆凡失踪不算，而他，光棍一个，只好和狗做伴。

一伙买菜回来的大妈听到马鸣怀里那卷子里的呜咽声，拦住马鸣语重心长地说："年轻人，孩子可不是这么个抱法啊。"

马鸣已经记不清这是他遭遇的第几拨大妈了，他话也懒得说，直接手一抬掀起被子角："大妈，哪国孩子满腿长狗毛的……"

四少精疲力竭的口气让一路跟来的"雷碧""王子"一阵不乐意，两条狗跑过去，咬住马鸣的裤腿扯他走。

叶晴怀孕不能养狗，"雷碧"一家不得已被安置在马鸣家。马鸣哪会养狗啊？第一天遛狗就弄折了"公主"的腿。

"哎哟！"马鸣大叫着低头看，顿时觉得好无力。他是混得有多惨，连韩震家的狗都能随便欺负他，还不能还手。叹口气，他继续朝兽医院走去。

马鸣做的也是医生这行，可他从没想过有一天医兽的比医人的人气还高。"公主"一条腿，让他足足排了一小时的队，光排队也就算了，最让马鸣受不了的是负责约号的小姑娘看了眼"公主"随口就说："得缝针，缝针估计要到明天，你前面还有4个结扎，3个吊瓶，5个掏耳呢……都费力气着呢。"

马鸣当时就翻脸了，他一拍桌子："排不上你要我排什么？骗钱啊！"

"说得太对了，就是骗钱。"

马鸣强调似的点点头，可他马上就反应过来，后面这话不是自己说的啊？

他回头，看见脱了白大褂一身休闲装的钱小玲。钱小玲不是别人，刚好是韩川住院时教训过马鸣的那个年轻护士。

可昔日的死敌现在突然化身成了马鸣的战友，钱小玲也拍了下桌子："准备一个手术台！我们付了钱的。"

钱小玲气势很足，兽医院的人也自知理亏，乖乖去安排，这让马鸣又竖起了大拇指。

可直到他抱着"公主"上了手术台，看着钱小玲递来的塑胶手套，马鸣就有点反应不过来了："干吗？"

"做手术啊！你的狗腿伤了，不做手术做什么？"

"不是该让兽医来吗？"

钱小玲却明摆着一副赶鸭子上架的架势："少废话，再不缝针，你的狗血都快流没了。"

"你怎么骂人！谁的狗血啊！"马鸣不乐意地看了眼"公主"，情况的确不大好，没办法，他只好接过手套。

马鸣总觉得哪里有点不对，具体是哪儿，他说不上来。

身为医生，马鸣的技术还是过关的，只用了半个小时他就结束了缝合。

"呼。"马鸣吐了口气，"你这个护士没白当，打起下手来倒还可以。"他回头找钱小玲，钱小玲却不见了。

"这人，跑哪儿去了？"马鸣吸吸鼻子，准备脱手套。

"哎，手套别脱，这还有一只呢！"

一只吉娃娃被送到马鸣面前。

狗受伤也扎堆啊！马鸣快抓狂了。

那天，马鸣何止做了两个手术那么简单。忙得脚打后脑勺的兽医看见马鸣轻而易举就做了两个小手术，说什么也不让他走，退了钱不说，又塞给马鸣几百块，求爷爷告奶奶让马鸣帮忙做了个外创手术。对方还想再求，马鸣说什么也不做了。

领着3条狼狗、1只吉娃娃出了大门，钱小玲很认真地问马鸣："为什么不再做一个？"

马鸣回答得有点别扭，他小声嘀咕着："断猫子孙的事我可不做。"

钱小玲跟在马鸣身后，忍不住偷偷笑起来：这个马鸣还真和姐姐说的一样，技术高明，头脑低能。他难道就没想过钱小玲是怎么知道他会做手术的？

也是因为这次"重逢"，马鸣交到了一个正经的"异性"朋友。

转眼间，韩震家的一对小宝贝满月了。参加完满月宴，马鸣被不知从哪儿冒出来的表姐逮回了家。

马家人都到齐了，知道的人明白这是马家人聚会，不知道的还以为有要员病重，各军区精英齐聚会诊呢。瞧着这阵仗，马鸣担心爷爷又要旧事重提，想让他回部队医院。他挠挠头说："爷爷，我都说了，在不在部队一样是救人，何况我现在不是更深入群众吗？从群众中来，到群众中去，这可是咱党的群众路线，你总不能妨碍我爱党爱人民吧……"

马鸣的爷爷是解放军某军医大学的老校长，如今80岁高龄的他精神依然矍铄。老爷子敲了两下拐杖："三毛……"

"爷爷，人家有大名。"马鸣有个小名叫三毛，这秘密被他捂了二十几年，好在家人在朋友面前给他留面子，到现在朋友也不知道。马鸣瞧瞧四周，生怕隔墙有耳似的。

"叫三毛怎么了，不是这个贱名字，你早活不了这么大了！"老爷子精气神十足，胡子都快吹起来了。顺理成章的，老爷子从一九几几年马鸣那场大病说起，一直说到现在。这些话马鸣不知道听了多少遍。他想不通，身为医生的爷爷也会信是三毛这个名字救了自己一命。

"爸，今天说的不是这事，跑题了。"马鸣妈妈说话了。

马鸣眨眨眼。给他个八核的脑子，马鸣也想不到家里叫他回来是因为安排了相亲。早说啊，吓死他了。

应付相亲这事不难，至少对马鸣来说，应付一个有些奇葩的相亲对象，对他来说就是喝了满满一壶茶。

"我初中就是在国外读的，从小接受英国贵族式教育，修的是英国剑桥双料硕士。从19岁开始，我就在假期到世界各地旅游，我最爱法国的浪漫，美国多了些金钱味道，购物倒还好……"

他面前的大鼻孔叽里呱啦说了半个小时，马鸣忍着去厕所的冲动，心里想着那人怎么还不来。

"我说了这么多，你对我什么感觉？我觉得你还成，最起码个头够高，以前老妈介绍的那些军官，我穿上高跟鞋站在他们面前，他们一下就成二等残废了。听说你是医生，都治过什么病？"

"他治过什么病我不知道，但他不会治什么，我知道！"钱小玲的声音传来，让马鸣大大松了口气。

钱小玲坐在鼻孔女对面继续说："像你这种花痴病和忘本病他就不会治，所以你就另请高明吧。"

钱小玲拿起杯子喝水，发现杯子空了，她眉一皱："就你那个虚到极点的肾，喝那么多水能行？忍多久了，还不快去！"

这是马鸣和钱小玲共同约好演的一场戏，可他真如蒙大赦地奔厕所去了。离开时他瞥见钱小玲的眼神，总有种要中招的感觉。

马鸣回来时，鼻孔女已经走了，他口气轻快地说："走了啊？"

"你眼瞎？不会自己看啊。"钱小玲把胳膊横在桌上，样子说不出的霸气。

马鸣竖起大拇指："小玲，你是怎么让她知难而退的？"

他以为钱小玲会说出"马鸣是我男人"这类的理由，钱小玲还真这么说了，而且："除了这些，我还把你的身体状况向她汇报了下。"

"什么身体状况？"马小四脑子有点转不过弯来。

"肾虚呗。"

马鸣彻底说不出话了，他想得出自己马上就要被拎回家"受审"了，只是他没想到一切来得这么快。

可他没想到，自从进了家门，下到保姆，上到老妈都是笑着的，没人说他给马家丢了脸。马鸣觉得情况太不对头，便大着舌头说："妈，那姑娘太出色，人家看不上我。"

"谁说没看上，没看上对方会约在今天来咱家吗？"她拍拍儿子的肩，"干得好，你爷爷这次也很高兴，他可是和你韩爷爷比着呢……"

韩爷爷是韩震的爷爷，同马老爷子是一个部队的战友，两人比了一辈子了，现在连儿孙结婚生子这事儿也比。

"又不是种萝卜，看谁种得多，谁的个大，有什么好比的啊……"马鸣脑子里苦思着鼻孔女是什么思维，她怎么会答应呢？

就在这时，门开了，客人到了，一个脆生生的女声喊马鸣："马鸣，最近身体好点没啊？"

"小玲你来了。"马鸣妈绕过儿子，走向进门的钱小玲。

如果当一个女生愿意绕半个地球那么大的圈子去结识一个男人，那么她是对他动了情。

如果她愿意花费一段时间把自己慢慢种进一个呆子男的心里，那么她对他就是爱情。

回头的那秒，马鸣心里混杂了好多种情绪：轻松、庆幸、安心、甜蜜，以及一点点不好的预感……

他怎么好像掉进某个陷阱里出不来了？

钱小玲，年初归国，旅美医学硕士，父母军中任职。她在一次聚会上看见了马鸣，对这呆头鹅一见钟情，于是拜托了许多人，有了之后的故事。

番外二

孕气连连

关于怀孕这事儿，夏花曾经闹过一次笑话，可事情具体牵涉的又不止她。

有这么一段时间，夏花给叶晴的感觉总是有点神秘兮兮的。叶晴问她怎么了，她也只是说没事，一个字都不肯多说。

直到她发现这情况后的第三天……

当时叶晴在厨房里切水果，韩震和唐安柏最近公司都忙，几天没见的夏花难得登门，所以叶晴提前去超市做了大采购。

她哼着歌才切好水果，突然听到有奇怪的声音从洗手间传来。

叶晴放下手里的东西过去看，她一看吓了一跳。夏花趴在水池边，吐得一塌糊涂。

"花，你怎么了？我送你去医院吧。"叶晴拍着夏花的背，紧张兮兮地说。

夏花吐了半天，算是缓过点儿神，她朝叶晴摆摆手，表示没事，可下一秒她就抬起头，然后面无表情地对叶晴说了声："喂。"

"干吗？"

"我好像怀孕了。"夏花用种再平静不过的语气告诉了叶晴这个略惊人的消息。

叶晴眼睛瞪得老大，看着夏花，半天找回了自己的声音："确定吗？没搞错？"

夏花甩着手上的水珠："不知道。反正最近总感觉恶心，胃口也不好。"

叶晴翻了个白眼："这事儿还靠猜？得相信科学！"二话不说，她抓起夏花出了门。

　　叶晴风风火火的样子让夏花忍不住翻了个白眼。她嘴里说着"多大点儿事，那么啰唆"，手一勾，临出门拿到了她的太阳镜。

　　太阳出来了，她要做好防晒，可天知道匆忙戴好眼镜的夏花是怕被人看见罢了。

　　长这么大，夏花还是第一次有种做贼心虚的感觉，跟在她身后一同迈进药店大门的叶晴也有同感。

　　她拍了下猫着腰的夏花："是谁说这不是什么大事的？腰就不能挺直了？"

　　说着，叶晴在夏花腰上又拍了一下。

　　"喂，轻点，要真有了被你拍没了，小心我家狐狸报复你。"

　　其实和唐安柏在一起久了，夏花总觉得她的霸道啊、气势啊早就大不如前了，她自己也记不清从什么时候起，她欺压叶晴都要靠唐安柏的名头了。这就是狐假虎威吗？

　　夏花十分不满这样的自己，给自己打气似的朝叶晴挥了挥拳头。

　　叶晴耸耸肩，一副无所谓的样子，用了多少力气，她自己还是很清楚的。

　　"想不要我打你，你就给我理直气壮点，别总和偷地雷的似的。"

　　夏花不乐意地想发飙，可她突然想到什么，对叶晴说："我怎么理直气壮啊，我连验孕棒在哪儿都不知道……"

　　叶晴有点无语，她哪是不知道啊，是压根就不好意思问吧！

　　叶晴哼了一声，转身去找店员。

　　她们很快回了家。

叶晴和夏花都是新手，坐在客厅研究了半天说明书后，夏花像个赴战场的战士一样进了厕所。

她很快解决完问题，可拿起棒子，夏花却突然忘了要等多长时间，她放下验孕棒又去客厅问叶晴要说明书。

等夏花研究明白再回来，她才发现自己刚刚走得急，验孕棒没放稳，落在了地上。

她捡起一看，是两道杠，这是真中奖了啊！

"叶晴！"

她急忙去找叶晴。

那天回家前，韩震接到了唐安柏的电话。

如果能再给他一次选择的机会，韩震宁愿自己接的是一个真疯子的电话，而不是来自向来处事稳重的唐安柏。

唐安柏像个疯子似的在他耳边聒噪："石头，石头，石头……我要做爸爸了……我要做爸爸了！你替我高兴吧！"

韩震刚听清唐安柏说什么，电话那头就传来一位妇女的骂声："大白天制造噪音，不知道这多影响咱们市的精神文明建设吗？罚款50！"

虽然没亲眼见着，但韩震绝对能想象出兴高采烈的唐安柏是以怎样打了鸡血似的状态，接受红袖章老太太罚款的。

一辆打着加强全市精神文明建设旗子的宣传车从韩震身边超车而过，他撇撇嘴：又不是我当爹，我干吗要高兴！

韩震踩脚油门，一口气超了三辆车。

他想，也是时候提速了，总不能要他的孩子反过来给老二家的做小弟吧。

这么想着，韩先生阴着脸又把车速提高了两档。

他到了家，叶晴不在，屋子里也比平时乱了不少。

韩震脱了外套，把衣服拿在手里正准备往衣架上面挂，桌上一堆东西突然引起了他的注意。他拿起一根白色棒子，表情呆滞几秒后，眼睛就亮了起来。

这天，叶晴本打算约夏花去看婴儿用品的，没想到难得空闲的韩先生竟说要带她出门。

老实地坐在车里的叶晴直到车子停了看到车外的夏花他们时，才觉得哪里有点不对劲。

"韩震，你怎么把我带医院来了？"

"当然是做孕检啊！"

韩震和唐安柏异口同声地说，声音贱得不行。

夏花知道唐安柏要干吗，可韩震这是唱的哪出她就看不懂了。

直到……

"这是检查结果。你们两位的太太都没怀孕。"

在场的5个人，除了医生，3个在说："怎么可能……"

只有叶晴憋着一肚子的火："韩震，你在闹什么……"

后来当"雷碧"和"王子"的一窝小宝宝出生时，那支神奇的验孕棒也同时成了韩家和唐家的禁忌。

夏花心中一直很憋气，为什么假冒伪劣的验孕棒就摊在了自己头上？真够倒霉的。

直到两个多月后，她去叶晴家看"王子"生的小狗，盯着"王子"去厕所嘘嘘的位置，她才若有所思：敢情这验孕棒已经高级到人畜通用了？

关于验孕棒的阴影，一直伴随着小小唐、小小夏出生，也没走出夏花的记忆。

　　只不过在这件事上她还算善良，并没跟叶晴说。

番外三

爱是相随

安沁一直觉得她是个懒人，不爱旅行不爱动，人生最大的梦想是每天躺在一片有日光的海滩上晒太阳吃水果。

她从没想过有一天自己这个懒人会背着双肩包走了十几个国家、无数座城市。

陆凡离开的第三年，她站在巴黎的戴高乐机场，看着周围熙熙攘攘的人群，眯着眼给自己打气："陆凡，你躲我没关系，我不会追吗？"

手机响了，安沁看了眼来电号码随手挂断了。

电话是她妈打来的，不用接，安沁也知道她妈要对她说什么，无非是要她放弃，别再坚持了。

有时候安沁就特恨她爸妈，如果不是他们，也许现在一切都还好好的，陆凡还在她身边，马鸣欺负她时，还有陆凡在一旁保护她。

她喜欢陆凡很多年，真的很多年了……

安沁第一次见陆凡就喜欢上了他。

当时安沁去韩震家玩，韩震家有个很古老的立式大钟，安沁觉得无聊便去摆弄那钟，谁知道玩着玩着钟就倒了。看着倒向自己的大钟，安沁脑子蒙了。陆凡就是在那时出现的，他推开了安沁，自己的腿被倒下的钟砸了。

安沁吓哭了，她不认识陆凡，只能不停地问他有没有事。当时的安沁还不知道陆凡是哑巴，她只记得那个救了自己的少年只是皱着眉微笑着朝她摇头，像在说没事。

因为一个人的微笑而喜欢上他，这事儿放在以前，安沁觉得特别不靠谱。可安沁最初真是因为陆凡的笑喜欢上他的。

安沁成了陆凡的小尾巴，她觉得陆凡也喜欢她。

可一切在那个新年全变了，她和家里摊牌说喜欢的是陆凡而不是韩震，父母的脸色当时就变了，然后她就被关在家里半年多。等她找到机会回去找陆凡时，陆凡的态度也变了。安沁知道，父母肯定是和陆凡说了什么。

不过她不怕，她相信陆凡最终会和自己在一起。

可她预想了好多种结果，就是没想到陆凡会不辞而别。

这三年，她去了日本、澳洲，甚至还有非洲，每一个有人提起看见过陆凡的地方，她都要去。可除了在这些地方看一遍陆凡留下的痕迹，她再没见过陆凡。

"陆凡，不管你去了哪儿，我都要找到你！"安沁握拳给自己打气，这次她是信心满满的，因为有朋友和她说，在巴黎见过陆凡。

可是信心满满的安沁才到巴黎第一天就遇到了麻烦，她的钱包被小偷偷了。

巴黎的警察局和国内的没什么不同，接待她的是个白人女警官，金发，样子看上去和蔼得不得了。

可即便如此，安沁还是一脸愁苦。

说实话，法语除了一句"傻驴"一句"笨猪"她说得出来外，其余的都要照着《旅行手册》上的念。她记得自己来法国前买的那本《旅行手册》上倒是真有报警方面的用语介绍，可郁闷的是，那本小册子也跟着钱包一起丢了。

安沁急得额头冒汗，正不知道该说什么时，有人在她身后用中文讲："你是遇到麻烦了吗？"

安沁回头，看到的是个黄皮肤的男孩儿。

男孩儿说他叫陈硕，在附近一家华人餐馆打工，是来警察局送外卖的。陈硕帮助安沁做完笔录，送她出门，然后两人在警察局门口分手。

安沁望着法国的天，和中国的没什么两样的蓝色却让她觉得无望，按照巴黎警方的意思，钱包找回来的希望是很小的，没钱不要紧，可是没了证件她该怎么办呢？

正想着，陈硕又折返回来找安沁了，他拍着脑门："看我迷糊的，都忘了你钱包丢了。现在是不是没地方去了，你要是不怕我是坏人，就去我们店里先凑合一晚吧。"

安沁很感激陈硕的善意，不过她自己也有顾虑："我去了你们老板不会怪你吗？"

"没事，我们老板是出了名的好人，而且他不常来店里。"陈硕是个热心肠，直接拎着安沁的行李小跑到前头去了。

事后安沁和陈硕他妹妹说起这事儿时，安沁是这么说的："我当时脑子里飞速闪过的念头就是陈硕会不会是拐卖人口的啊？"

然后陈吟就笑着指指他哥说："就他，胆子比耗子还小，还拐卖人口呢！"

陈吟是陈硕的妹妹，在巴黎一所大学读书，和陈硕一起住在这家名叫Missing的小餐馆里，他们不是店老板，店老板安沁一直没见到。

她每天忙着在巴黎的大街小巷寻找陆凡的身影。

陈吟听了安沁和陆凡的故事，当时她就撇嘴，说："这个叫陆凡的要么就是不喜欢你，要么就不是男人，因为家人反对就不敢爱了，太不像个男人了。"

因为这事儿安沁差点儿和陈吟大吵一架，她知道陆凡是怎么想的，陆凡是怕给不了她幸福。

可安沁就想告诉他，没有他，她就是不幸福的啊。

转眼安沁在巴黎已经停留两个星期了，朋友说的见过陆凡的地方她都去了，可什么也没找到。

倒是有个好消息，她的钱包找回来了，是警察局通知的陈硕，陈硕去拿的。钱包里的钱没了，好在各种证件没丢。

安沁终于要回国了。

离开巴黎前，陈吟问她："安沁姐，你还要继续找下去吗？"

"要。"安沁坚定地说。

陈硕送安沁去了机场，回来时，看见店主坐在店里，两眼看着窗外，看样子是在想心事。

陈硕看不懂他这个店主。

说实话，他们认识的时间虽然没多久，他倒是真心感激店主，如果不是店主，他恐怕没那个能力供妹妹读书，甚至连现在这种可以自食其力的自由都没有。

他有次偷东西，对象就是当时在坐地铁的店主。店主当时身手敏捷地逮到了他，事后却没报警，还给了他这份工作。

陈硕很感激他的店主，所以那天店主突然回来要他去警察局帮一个人时，他也没多想就去了。

事后，他还帮着把那女生的钱包找了回来。

店主不会说话，可陈硕看得出，他爱那个女孩。

"老板，安沁已经到机场了。飞机再过半个小时就起飞。"

陆凡听了点点头。

其实他真的想自私一下，他真的想和安沁在一起，不管她父母是否同意。可他不能那么自私，安沁适合更好的人，这是安沁父母说的，也是他认为的。

陆凡起身，也许他该去美洲走走了。走到什么时候他不知道，也许要到那个人终于放下他吧。

他转身进屋。

店门在这时开了。

秋天，巴黎的风很凉。

陆凡听见身后那个熟悉的声音随着风传来。

她抱着他的腰说："陆凡，你这个浑蛋！"

曾几何时，人都想要有个可以让他们心安理得自私的理由。

安沁去过许多城市，她不知道，每个城市里，都有那么一个人站在离她不远的地方看着她。

爱也许不是追逐，而是相随。

后记

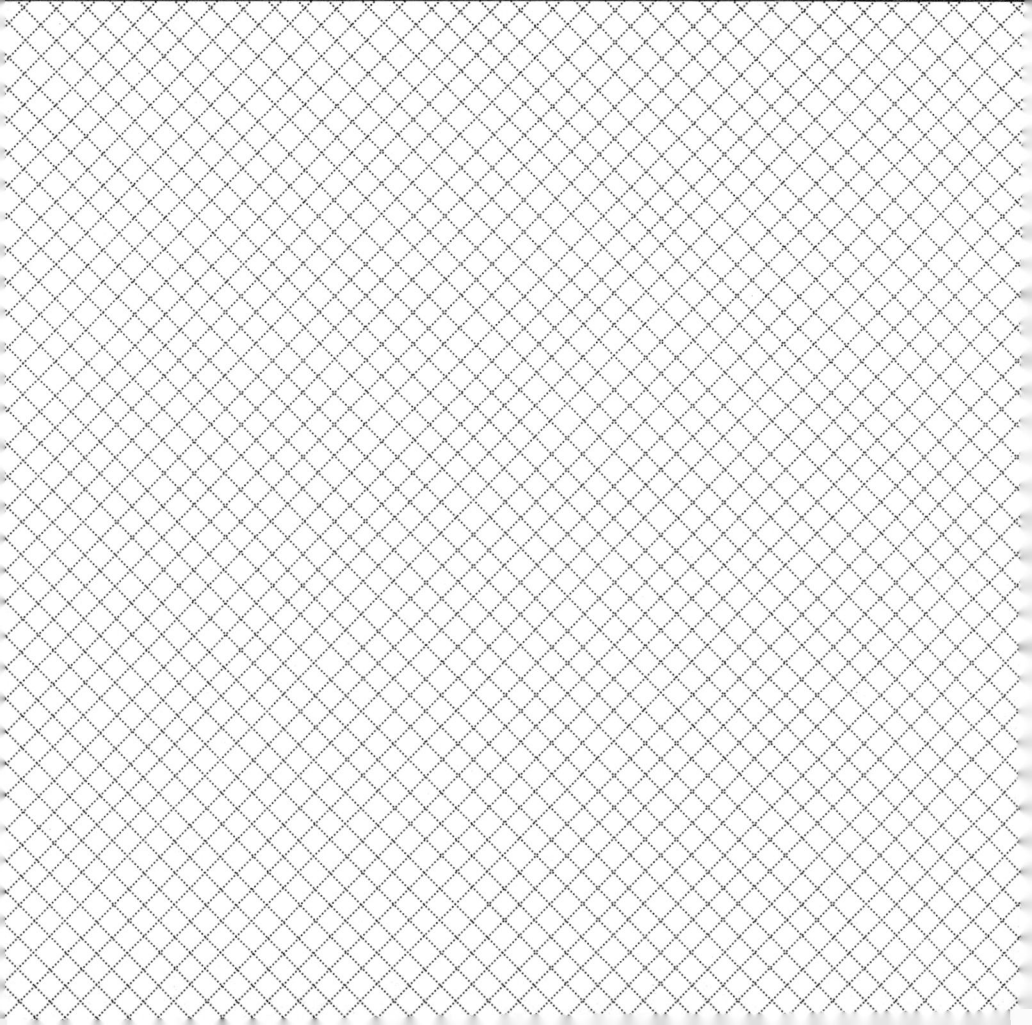

直到签订合同的那天，我第一次重新审视这个故事，幼稚的文字让我一度有了放弃的念头，可想起之前无数读者和我说起对这个故事的期待，我深深地吸口气开始修改。

当21万的文字最终被我重新修订成现在这个不足15万字的故事，我长舒一口气，终于结束了。比起旧版，叶晴和韩震的性格都做了新的调整，叶晴不再是唯唯诺诺，韩震也多了许多表情。我想看过老版的读者们会很高兴地看到，我终于给了陆凡一个结局。

早年的故事有着许多稚嫩之处，庆幸许多读者对这个故事的念念不忘才让它有了面世的机会，谢谢大家。

愿生活幸福，和乐平顺。

梧桐私语

2014-3-22于家乡

▶ **青林之初**/著
qing lin zhi chu

世界尽头
等到你

她爱的人，陪别人共白头；爱她的人，终得不到她的心。

从8岁至27岁，不怕路太长，只怕尽头没人等。

继『十年一品温如言』后
现代言情新花旦『青林之初』再续辉煌跌宕的纯爱经典！

那个站在巷尾的诗意少年，是绚烂青春里最后的救赎！

我陪你长大，陪你青春无双，陪你走到世界尽头——

只为等到一如初见的你。

内容简介：

八岁的乔萝因母亲的再婚而进入新家庭，但因与继父的女儿乔欢不合，间接导致乔欢受伤，母亲只好将她送去江南小镇青阁与外婆生活。在那段孤单的岁月里，乔萝遇见了古镇少年秋白，然而来之不易的年少缘份，却因秋白的不告而别戛然而止。在等待秋白的岁月里，少年江宸来到了乔萝身边，他陪她一起长大，一起走过青春无双。乔萝最终等来的，却是秋白身边另有其人，她心如死灰，接受了江宸的求婚。但在婚礼当天，秋白车祸死亡，乔萝自觉是秋白为阻止自己婚礼而来，与江宸虽成婚却如同陌生人。一直到多年以后，秋白的死亡终于真相大白，江宸也选择了放手。乔萝回头时，却发现，身后已经不会再有那个人等她……

时光与你共终老

有一千种爱情，就有一千种傻瓜。

人世间万般宠爱，
他只愿这一生誓死捍卫她微笑的样子。

Time grows old with you

内容简介：

她钟情了近八年的人，对她允过最重的一诺，之后却又在她的爱恋中以毫不眷恋的姿态抽离而出，叫她日后人生中所有的风花雪月与地老天荒都只剩下虚妄。

夺爱之仇、毁容之恨，终究只是一场笑话。

那场雪中，夏时意流尽所有血与泪，为命运赐她的挫折，为人生予她的多余和苟活。

那么那么多的话，她一时间反而什么都说不出来，只能紧紧地抱着他，仿佛只有这样，才能将自己的心意传递给他。

爱到伤害自己的傻瓜：夏时意。她替他坐了三年牢，可最后他要的人不是她了；她因他经历火场毁掉容貌，他却要和别的女人结婚了……爱了八年，她只想说一句：陆行彦，我好想你……

爱到执着守候的傻瓜：顾决。他知道她的一切，他感受她所受的所有伤害，他一直默默站在她的身后。可是，她爱了八年的人却不是他。直到最后，他仅仅说了一句告白：夏时意，我在时光尽头，守你一起终老。

峦/著

原来圣保罗不悲伤

SO
SAO PAULO
IS
NOT SAD

比圣保罗更悲伤的异国爱情，

比巴黎更浪漫的小说。

唯有相信爱情的人，
才能在这里看到爱情的美丽！

这是一本你值得读十次的小说，当
你读完它，你会邂逅你的挚爱。

**要好好活着，
因为你会死去很久很久。**

内容简介：

栾欢自小失去母亲，生活窘困，随后幸运地被母亲的初恋
情人李俊凯收养，并和他的儿女结下了深厚的情谊。伴随
着李若芸救下的男人容允桢的出现，他们的生活开始出现
了变化，感情也逐渐决裂……救了容允桢的是李若芸，嫁
给容允桢的却是栾欢……

可怜的少女栾欢，在遭遇失去母亲的困窘之后，随后的幸
运接踵而至。少年李若斯的倾慕，还有遇见的容允桢，让
她实现了现实版本的人鱼公主梦。可是这一切，都建筑在
她小心翼翼守护的秘密之上。也许，到真相大白的那天，
她会变得一无所有，但那些被小心翼翼存储起来的回忆会
伴随着她度过漫长的余生。
幸运的少年容允桢，意外被救之后，遇上了心仪的少女栾
欢，为了彼此的幸福，他向她求婚。然而这一切，都建筑
在他的隐瞒之上，他的心底隐瞒着一个不为人知的秘密。
到最后，当她选择离开他时，他才知道，自己早已无法自
拔地爱上了她。